LE DONJON DU BOURREAU

*Deuxième des riches et navrantes
aventures de frère Athelstan*

PAR

PAUL HARDING

Traduit de l'anglais
par Anne Bruneau
et Christiane Poussier

INÉDIT

« *Grands Détectives* »
dirigé par Jean-Claude Zylberstein

Sur l'auteur

Paul Harding — un des pseudonymes, avec C. L. Grace, de Paul C. Doherty — est né à Middlesbrough, dans le Yorkshire. Il a étudié l'histoire à Liverpool et à Oxford ; il est aujourd'hui professeur d'histoire médiévale. Il est l'auteur de plusieurs séries historico-policières, publiées en 10/18 : les aventures de Master Hugh Corbett, espion du roi Édouard Ier (sous son nom), et celles de Kathryn Swinbrooke, apothicaire à Cantorbéry au XVe siècle (sous le nom de C. L. Grace).

Titre original :
The House of the Red Slayer

© Paul Harding, 1992.
© Éditions 10/18, Département d'Havas Poche, 2000,
pour la traduction française.
ISBN 2-264-02825-4

A Jeffrey Norwood de Tower Books, Chico, Californie. Un ami loyal et bon.

PROLOGUE

Juin 1362

Le Crime — vil et sanglant — avait été conçu par une âme aussi noire que l'Enfer. Le soleil implacable et les eaux de la Méditerranée, lisses comme un miroir en l'absence de toute brise, allaient en être les témoins silencieux.

La canicule sévissait depuis le matin. A la mi-journée, elle pesait d'une chape de plomb sur la caraque à trois mâts, immobilisée au large de Famagouste, à Chypre. Les voiles pendaient mollement, le goudron et la poix fondaient entre les planches vermoulues. Les passagers — pèlerins, marchands, voyageurs, colporteurs — recherchaient le moindre coin d'ombre. Certains récitaient leur chapelet, d'autres, protégeant leurs paupières rougies de la réverbération, guettaient le plus petit souffle de vent dans les cieux limpides. Le pont du *Saint-Marc* était brûlant. Même l'équipage fuyait la lumière impitoyable du soleil et la fournaise. La vigie somnolait dans le nid-de-pie. Au-dessus de sa tête, un médaillon d'argent de saint Christophe, cloué au mât, reflétait l'éclat éblouissant des rayons solaires en une vaine supplique pour obtenir l'ombre et la fraîcheur d'une brise vivifiante.

Au pied du mât, à la verticale du nid-de-pie, sommeillait un chevalier, vêtu d'une chemise de lin et de chausses tachées de sueur, enfoncées dans des bottes de cuir qu'il ne cessait de remuer. Il s'épongea brusquement le front et gratta la barbe noire qui lui mangeait le visage d'une oreille à l'autre. Ensuite, il regarda un jeune garçon qui, à l'ombre du bastingage, admirait, bouche bée, les pièces d'armure entassées près de lui : heaume, gantelets, corselet de fer et haubert. Ce qui retenait surtout l'attention du gamin, c'était la simple mais immense croix rouge peinte sur le surcot de coton blanc. Après un bref coup d'œil au chevalier, l'enfant tendit la main vers la poignée à frettes perlées de la grande épée à double tranchant.

— Tu peux la toucher, mon garçon ! murmura le chevalier, dont les dents blanches étincelaient dans la face burinée. Vas-y ! Touche-la si tu veux !

Ravi, le gamin ne se le fit pas répéter deux fois.

— Tu veux devenir chevalier, petit ?

— Oui, messire ! Un croisé, bien que, pour l'instant, je ne sois qu'un orphelin, répondit l'enfant fort sérieusement.

Le chevalier esquissa un sourire, mais s'assombrit soudain en regardant la poupe : le timonier venait d'appeler le capitaine et tous deux scrutaient les flots. Le capitaine, l'air soucieux, ôta son grand chapeau à large bord et tapa du pied. Le chevalier l'entendit jurer à voix basse. La vigie hurla soudain :

— Navires à l'horizon, sans voiles ! Ils approchent à vive allure !

Ce fut le branle-bas sur le *Saint-Marc*. Des navires sans voiles écumant la mer, cela ne pouvait être que des pirates barbaresques ! Les gens affalés sur le pont s'agitèrent au milieu des pleurs des bébés et des cris des adultes. Soldats et marins s'activèrent et leurs pieds calleux claquèrent sur les échelles de bois. Le chœur des gémissements s'amplifia.

— Pas de voiles ! Des galères, à coup sûr ! s'écria un soldat.

Le brouhaha cessa. La peur de la mort remplaça l'exaspération devant la cruelle ardeur du soleil. La nuit finirait par tomber, la fournaise par s'apaiser et l'air par se rafraîchir, mais les galères au pavillon vert et aux rames légères, elles, ne disparaîtraient pas ! Elles rôdaient autour des îles grecques comme une meute de loups affamés et, si elles refermaient leur tenaille, la caraque n'en réchapperait pas. Les arbalétriers génois surgirent, coiffés de bonnets de laine blanche, leurs armes énormes tressautant sur leur dos. Ils étaient suivis de jeunes garçons chargés de carquois pleins de carreaux coniques.

— Une galère ! vociféra la vigie. Non, deux ! Non, quatre ! Filant nord-nord-est !

Tous — marins, passagers, soldats — s'agglutinèrent près du bord, déséquilibrant le navire qui piqua du nez comme un faucon.

— A vos postes !

Le capitaine au teint bistre dégringola l'échelle de poupe.

— Maître d'équipage ! rugit-il. Branle-bas de combat ! Les arbalétriers sur le château arrière !

Ce fut la ruée. De gros seaux d'eau de mer furent rapidement placés sur le pont près des tonneaux de sable gris et compact. Marins et soldats invectivaient les passagers terrifiés en les chassant vers la cale fétide, plongée dans l'obscurité. Le chevalier se leva en voyant le capitaine s'approcher.

— Des galères ! chuchota ce dernier. Que le Seigneur nous vienne en aide ! Elles sont nombreuses !

Il scruta le ciel limpide.

— Pas moyen de leur échapper ! Une seule hésiterait à attaquer, mais quatre...

— Pouvez-vous livrer bataille ?

— Ils n'engageront peut-être pas le combat, répondit le capitaine, le geste indécis, la voix accablée. Avec de la chance, ils se contenteront de nous rançonner.

Le chevalier acquiesça. Son interlocuteur mentait, il le savait. Il se tourna vers le gamin qui se glissait près de lui.

— Belle journée pour mourir ! observa-t-il doucement. Petit, aide-moi à passer mon armure.

L'enfant courut au bastingage et revint en chancelant

sous le poids de la lourde cotte de mailles. Tout en s'habillant, le chevalier parcourait le pont du regard. L'équipage avait fait de son mieux. Il régnait, à présent, un silence d'outre-tombe que ne brisaient que le clapotement de l'eau contre la coque et le bruit croissant des formes sombres qui s'approchaient.

— Galères porteuses de Mort ! chuchota le chevalier.

Le capitaine surprit ses paroles et fit volte-face.

— Pourquoi si nombreuses ? demanda-t-il, perplexe. On dirait qu'ils savaient que nous étions là.

Le chevalier enfila avec peine son haubert et boucla son baudrier de cuir.

— Que transportez-vous ?

Le capitaine haussa les épaules :

— De simples passagers, des fruits secs, des tonneaux de vin et des aunes de tissu.

— Pas de trésor ?

Le capitaine ricana et se remit à scruter les cieux en quête de brise, mais l'or aveuglant du soleil semblait narguer ses efforts inquiets. Le chevalier étudia les galères noires et effilées qui fondaient sur eux comme des rapaces. Il distingua les tuniques de coton jaune et les turbans blancs des hommes massés sur les ponts. Soudain, il se raidit en plissant les paupières.

— Les gardes du calife !

L'enfant leva les yeux.

— Quoi, messire ?

— Par les saintes reliques ! s'exclama le chevalier. Que font donc les troupes d'élite du calife, la crème des armées maures, à s'entasser dans des galères pour poursuivre un bateau qui ne transporte que des fruits et du vin ?

L'enfant le contemplait sans un mot. Le chevalier lui tapota la tête.

— Reste avec moi, petit, murmura-t-il. Reste près de moi. Si je tombe, ne montre pas ta peur. C'est ta meilleure chance de survie.

Les galères surgirent brusquement et le chevalier

sentit la puanteur qui s'exhalait des centaines d'esclaves manœuvrant les rames. Les ordres lancés par le capitaine maure parvinrent clairement à ses oreilles, l'eau portant jusqu'à lui les syllabes râpeuses de l'arabe. Les rames s'élevèrent en un éclair, blanches et dégoulinantes d'eau, pareilles à des lances. Les galères encerclèrent la caraque immobilisée : l'une prit position devant sa proue, une autre à sa poupe et les deux dernières, énormes, vinrent se placer à tribord et bâbord. Le capitaine du *Saint-Marc* s'essuya le front de la manche de son pourpoint.

— Ils ne vont peut-être pas attaquer ! murmura-t-il en se tournant vers le chevalier qui lut le soulagement dans ses yeux. Ils veulent négocier.

Agile comme un singe, il s'élança prestement sur le château arrière. La galère, à tribord, s'approcha et le chevalier vit les tuniques chamarrées d'un groupe d'officiers maures. L'un d'eux s'avança près du bord.

— Vous êtes le *Saint-Marc* de Famagouste ? cria-t-il.

— Oui, répondit le capitaine. Nous ne transportons que des passagers et des fruits secs. Il y a la trêve, enchaîna-t-il d'un ton suppliant. Votre calife a donné sa parole.

L'officier empoigna deux des rames levées pour ne pas perdre l'équilibre.

— Tu mens ! hurla-t-il. Tu as un trésor à ton bord, un trésor dérobé à notre calife. Remets-le-nous et laisse-nous fouiller ta caraque pour retrouver le voleur !

— Mais il n'y a aucun trésor ici ! gémit le capitaine.

Le Maure sauta sur le pont. Sa main couverte de bagues fendit l'air et un ordre guttural jaillit. Le capitaine du *Saint-Marc* lança un coup d'œil désespéré au chevalier, avant de s'effondrer, comme le timonier, sous la pluie de flèches décochées des galères. Le chevalier, en souriant, rabattit le ventail de son heaume et attira l'enfant près de lui. Il saisit son épée à double tranchant et se plaça dos au mât.

— Oui, dit-il à mi-voix, c'est une belle journée pour mourir.

Les tambours des galères se mirent à battre sur un rythme de guerre, les cymbales tintèrent, les gongs retentirent. Les arbalétriers génois firent de leur mieux, mais ce fut l'abordage : la foule des Sarrasins en tunique jaune, enhardis sous l'effet de la drogue, s'abattit sur le pont du *Saint-Marc*. Ici et là, pèlerins et marchands combattirent et périrent en petits groupes. Certains essayèrent de fuir dans l'obscurité de la cale, mais les gardes du calife les y suivirent et le sang ruissela entre les planches calfatées. Mais c'est autour du grand mât que la bataille fit rage : le chevalier, bien campé sur ses pieds légèrement écartés, fendait l'air de son épée et pataugeait jusqu'aux chevilles dans un magma de sang et d'entrailles sur lequel, bien décidés à le tuer, ses assaillants glissaient et dérapaient. A ses côtés, le visage illuminé par l'excitation du combat, le jeune garçon l'encourageait à pleins poumons, mais nul n'aurait pu résister éternellement à un si grand nombre d'ennemis. Ce fut bientôt la fin des combats : les galères s'écartèrent, les poupes pleines de prisonniers et de butin. Le feu léchant ses poutres, le *Saint-Marc* partit lentement à la dérive, entraîné par la brise qui se levait, et se mua en un bûcher funéraire flamboyant. Il coula à la nuit tombée. Çà et là, un cadavre ballotté par les flots témoignait du passage du Crime.

Décembre 1377

La bise assassine charriait la neige à travers Londres et les rafales de grésil transperçaient comme des poignards. Au début, il n'était tombé que quelques flocons blancs, mais bientôt il avait neigé dru, comme si la clémence du Seigneur s'était déversée du haut des cieux pour panser les blessures de cette sombre cité. Dans les monastères des alentours, les chroniqueurs, recroquevillés dans leurs cellules glacées, réchauffaient à grand-peine leurs doigts gourds et écrivaient que cet hiver atroce était le châtiment de Dieu.

Châtiment de Dieu ou non, la neige ne cessait de tomber en une chape qui recouvrait les ruelles puantes et les amoncellements d'ordures le long de la Tamise. C'est là aussi, près des eaux gelées, que les cadavres noirâtres et durcis des pirates du fleuve se balançaient aux potences basses. En ce mois de décembre, le froid cruel se faufilait dans les venelles comme un coupe-jarret et tuait les mendiants grelottant dans leurs hardes. A l'entrée de Smithfield, les lépreux, croupissant dans la crasse, ne pouvaient retenir leurs pleurs et leurs gémissements en sentant la morsure du froid sur leurs plaies béantes. Au coin de Cock Lane, on retrouvait mortes de vieilles putains décrépites, le visage gelé. Les rues étaient désertes. Même les rats ne fouillaient plus les détritus. Les énormes tas d'immondices étaient durs comme pierre, ainsi que les rigoles figées qui, en temps habituel, coulaient au milieu des rues et charriaient les eaux sales.

Les tourbillons de neige occultaient les cieux, rendant les nuits aussi noires que l'âme d'un damné. Aucun bon chrétien ne se serait risqué dehors, notamment à Petty Wales et à East Smithfield, quartiers entourant la Tour de Londres, dont les créneaux enneigés se dressaient orgueilleusement dans les ténèbres. Les soldats, sur le chemin de ronde verglacé de la forteresse, abandonnaient leur poste pour se blottir contre les murs. Aucune sentinelle ne montait la garde près de la herse, car chaînes et verrous avaient gelé : qui aurait pu les faire fonctionner, bloqués comme ils l'étaient ?

Cependant, même par une belle journée d'été, on évitait de s'approcher de la Tour. Les vieilles chuchotaient que le Diable lui-même l'avait édifiée et que les légions de corbeaux qui tournoyaient au-dessus des sinistres murailles étaient des démons en quête d'âmes pécheresses. Elles ajoutaient qu'on avait mélangé du sang humain au mortier des remparts et que, sous les fondations rocheuses, se trouvaient les squelettes de ceux qu'avait sacrifiés le grand César avant de bâtir la forteresse. D'autres — ceux qui savaient lire — disaient que c'était là pures balivernes : la forteresse et sa tour Blanche avaient été érigées sur l'ordre de Guillaume le Conquérant, désireux d'asseoir son autorité auprès des Londoniens. Et ils raillaient ces contes à effrayer les enfants.

Pourtant les commères n'avaient pas tout à fait tort : la Tour recelait d'atroces secrets. L'un des remparts s'élevait sur des couloirs glacés, aux parois souillées de traînées verdâtres. D'anciennes torches murales noircies pendaient de guingois dans leurs anneaux rouillés. Cela faisait des années que personne ne pénétrait dans ce dédale mystérieux de souterrains ; même les gardes l'évitaient. On y trouvait trois cachots, mais seulement deux portes. Dans la cellule du milieu — carré exigu et noir — gisait un squelette qui tombait en poussière. Nul n'aurait su dire à quoi il avait ressemblé de son vivant, lorsque la chair bien nourrie enrobait les os et qu'un sang chaud courait comme du vif-argent dans les veines et le cœur. Les ossements avaient jauni, à présent. Un rat détala d'entre les côtes pour explorer en vain les orbites vides avant de s'éclipser le long du bras décharné qui touchait le mur juste au-dessous du croquis rudimentaire d'une nef à trois mâts.

L'assassin tapi dans l'ombre du chemin de ronde verglacé de la tour de la Cloche ignorait l'existence de ces lieux, mais il savait que la forteresse abritait de profonds mystères. Il s'emmitoufla dans sa cape et murmura, en citant le verset de l'Évangile :

— Le temps est venu où toutes choses cachées seront revélées au grand jour !

Il scruta le ciel en fronçant les sourcils et déclara tout bas :

— Le sang appelle le sang !

La justice et la mort allant de pair : oui, cette idée lui plaisait assez. Il regarda la masse sombre de Saint-Pierre-aux-Liens. Dieu le comprendrait sûrement, n'est-ce pas ? N'avait-il pas marqué au front Caïn, qui avait tué son frère Abel ? Pourquoi les meurtriers resteraient-ils en liberté ? L'assassin ne se souciait guère du vent coupant, de la neige incessante ou du ululement lugubre et solitaire des chouettes près du fleuve gelé.

— Il y a plus glacial que ce vent mortel, chuchota-t-il en faisant son examen de conscience.

Son âme désespérée cachait une blessure qui ne se refermait pas. On célébrerait bientôt Noël et les Saints Innocents : temps de la candeur et de la tendresse, temps des viandes rôties lentement à la broche et des rameaux de verdure dans les maisons, temps des jongleurs, des réjouissances, des jeux, des puddings chauds et de l'hypocras. L'assassin sourit. Et comme tous les Noëls, les meurtriers se rassembleraient dans la Tour. Il se balança doucement d'avant en arrière. Le jugement allait commencer, les avertissements étaient prêts. Il leva les bras vers le ciel nocturne :

— Que le sang se répande ! s'exclama-t-il à mi-voix. Que la Vengeance arme mon bras !

Son regard tomba sur la croix de Saint-Pierre-aux-Liens.

— Que Dieu soit mon seul Juge, souffla-t-il en scrutant les ténèbres et en remettant ses mains sous sa cape.

Se remémorant le passé, il recommença à se balancer doucement en chantonnant un air qu'il était seul à connaître. Il avait chaud à présent. Il laverait, dans le sang des victimes, les blessures qui torturaient son âme.

CHAPITRE PREMIER

Frère Athelstan, du haut de la tour de St Erconwald, à Southwark, contemplait le ciel. Il se mordillait la lèvre et fulminait à mi-voix. Il avait cru que les nuages se seraient dispersés. Cela avait été le cas pendant un court laps de temps : les étoiles avaient alors étincelé comme des joyaux sur un coussin de velours. On approchait de la nuit la plus longue de l'année et le dominicain avait voulu observer les constellations et vérifier si l'auteur de *De sphera mundi*[1] ne s'était pas trompé. Mais les nuages chargés de neige, rabattus par le vent, avaient caché la voûte céleste comme un voile épais.

Le frère battit la semelle et souffla sur ses doigts gourds. Puis, après avoir récupéré encrier de corne, plume, astrolabe et rouleau de parchemin, il souleva la trappe et descendit précautionneusement l'escalier. Il faisait un froid de loup dans l'église obscure. Il prit de l'amadou et alluma les petits cierges devant la statue de la Vierge ainsi que les torches de la nef et les gros cierges de cire près du tabernacle. Il redescendit ensuite les degrés de l'autel pour passer sous le tout nouveau jubé que Huddle venait d'orner d'un tableau représentant le Christ libérant les âmes des Limbes. Il admira la vigueur des traits de pinceau et les teintes de vert, rouge, bleu et or.

---

1. Ouvrage de Johannes de Sacrobosco (1190-1244), astronome anglais de l'ordre de saint Augustin, qui sera la référence en Europe dès la seconde moitié du XIIIe siècle.

— Ce garçon a du génie ! observa-t-il à mi-voix, en se reculant pour étudier les personnages.

Si seulement l'imagier avait usé d'un peu plus de retenue pour peindre une jeune femme aux gros seins généreux ! Cecily la ribaude avait soutenu que c'était son portrait tout craché.

— Ah oui ! Eh bien, vérifions ! s'était exclamé Tab, le chaudronnier, avant qu'Ursula, la porchère, ne lui enfonçât son coude dans les côtes.

Hochant la tête, Athelstan alla se réchauffer les mains à un petit brasero à charbon de bois, dont les braises rougeoyantes éloignaient un peu l'air glacial de la nuit. Il remarqua, dans la nef, les rameaux verts, le houx et le lierre dont l'épouse de Watkin, le ramasseur de crottin, avait entouré les grands piliers massifs. Il se sentit heureux. Le toit avait été réparé et les baies garnies de panneaux de corne [1].

— Cela ressemble, à présent, plus à une église qu'à un long souterrain avec des trous dans les murs ! se félicita-t-il à voix basse.

On approchait de la fin de l'Avent. Tous ces rameaux allaient fêter la venue de l'Enfant Jésus.

— Du vert éternel pour le Dieu éternel, murmura-t-il.

Une silhouette ramassée, plus sombre que les ombres alentour, surgit furtivement d'un bas-côté plongé dans l'obscurité.

— Tu apparais toujours au bon moment, Bonaventure !

Le gros matou s'avança à pas feutrés et s'arrêta aux pieds d'Athelstan. Il s'étira et se frotta contre l'habit noir du dominicain, quémandant une caresse. Le prêtre jeta un coup d'œil à la ronde et chuchota :

— Il n'y a pas de souris, ici, Dieu merci !

Il n'oublierait pas de sitôt la fois où Ranulf, le tueur

---

1. Le verre était cher. La plupart des maisons se contentaient de panneaux de corne ou de parchemin. (*N.d.T.*)

de rats, avait posé ses pièges dans la jonchée[1]. Cecily s'y était pris le gros orteil en nettoyant l'église, un beau matin, et le chapelet de jurons vomi par sa jolie bouche avait surpassé tout ce qu'avait jamais entendu Athelstan, qui, pourtant, avait servi dans les armées du roi et dépassé la trentaine.

Il se baissa pour prendre le chat dans ses bras et examina la grosse tête noir et blanc et les oreilles déchirées.

— Alors, Bonaventure, maître Chasseur, tu es venu chercher ta récompense, hein ?

Il alla dans le transept sombre et récupéra, sur le rebord d'une baie, un bol de lait presque gelé et des morceaux de pilchard.

— Qui mène la vie la plus enrichissante, Bonaventure ? dit-il en s'accroupissant pour nourrir le chat. Un matou de Southwark ou un dominicain qui aime les étoiles, mais doit œuvrer dans les bas-fonds ?

Avec un clignement d'yeux, le chat se tassa sur lui-même et engloutit la nourriture dans l'écuelle d'étain, tout en observant d'un œil l'épaisse jonchée, au bas d'une colonne, qu'agitaient de petits mouvements. Athelstan retourna devant les degrés de l'autel et s'agenouilla en se signant, avant de réciter la première prière de l'office divin :

— *Veni, veni, Emmanuel !* Viens, ô viens, Emmanuel !

Quand le Christ reviendrait-il donc soigner les âmes blessées et rétablir la justice ? se demanda fugitivement le prêtre... Non ! il s'était juré de ne pas songer à Cranston, de ne pas penser à cette large face rougeaude, à ce crâne dégarni, à ces yeux bleus malicieux et à cette énorme panse prête à avaler la mer et ses poissons. Il se rappela une vieille légende, celle du Diable qui, en vue du Jugement dernier, recueillait les prières négligemment récitées par les prêtres et enfermait tous les

---

1. En été, le sol était recouvert d'un mélange de joncs et de rameaux. En hiver, on le recouvrait de paille. (*N.d.T.*)

mots oubliés dans une besace. Le dominicain, paupières closes, respira profondément pour se calmer.

Les psaumes achevés, il regagna la petite sacristie glaciale et se trempa les mains dans le lavarium. Il parcourut la pièce du regard.

— Pas d'ornements violets, aujourd'hui, marmonna-t-il avant de consulter le grand missel. C'est la Sainte-Lucie.

Il ouvrit l'armoire délabrée et choisit une chasuble aux parements d'or, brodée en son milieu d'une croix écarlate. Contrairement au meuble à l'odeur de moisi, le vêtement liturgique, tout neuf, sentait bon. Il s'émerveilla de tant de splendeur et pensa à celle qui l'avait confectionné, la veuve Benedicta.

— Que cette chasuble est belle !... aussi belle que Benedicta ! soupira-t-il. Pardonnez-moi, Seigneur !

Il s'excusa à mi-voix pour sa distraction avant de dire les prières que doit réciter tout officiant en s'habillant pour la messe.

Il s'imposait une certaine discipline. Il n'ignorait pas que les ombres tapies au fond de son âme pouvaient resurgir pour interrompre le rite matinal. Il ne devait pas y penser. L'étroite fenêtre de la sacristie frémit lorsque le volet claqua. Athelstan sursauta. L'enclos sacré, le cimetière, était encore plongé dans la nuit noire, et sous les monticules de terre, veillés par des croix de bois abîmées, les aïeux des braves gens de la paroisse dormaient du sommeil éternel en attendant le retour du Christ. Pourtant, Athelstan savait qu'il y avait quelque chose d'autre, quelque chose de sournois et de démoniaque, qui commettait le terrible sacrilège de déterrer les morts.

Chassant ces réflexions morbides, il prit le calice et la patène dans le coffre et plaça les hosties sur un plat. Il remplit ensuite, à moitié, un gobelet de vin de messe, mais, soupçonneux, s'empara du pichet pour en examiner le contenu.

— On dirait, déclara-t-il aux ténèbres environnantes, que notre sacristain Watkin a tâté au vin.

Il remplit le bassin pour le rite des ablutions, cette

partie de la messe où le prêtre se lave de ses péchés, et il regarda l'eau où flottaient de minuscules particules de glace.

— Quels péchés ? soupira-t-il.

Le visage au teint d'albâtre de Benedicta qu'encadrait une chevelure aile-de-corbeau lui traversa l'esprit. Il sentit Bonaventure se frotter à sa jambe.

— Ce n'est pas un péché, n'est-ce pas ? confia-t-il au chat. Ce n'est sûrement pas un péché. C'est une amie et je suis seul.

Il prit une grande respiration.

— Tu es un sot, Athelstan ! se morigéna-t-il. Tu es prêtre, à quoi peux-tu t'attendre ?

Il poursuivit dans cette veine en revêtant les habits liturgiques. Il s'en était ouvert au père prieur, car enfin pourquoi cette solitude ? En dépit de ses doléances, il s'efforçait de se faire aimer de ses ouailles, dans cette paroisse qu'il desservait. Mais c'était son autre fonction, celle de clerc de Sir John Cranston, le coroner, qui lui pesait. Et pourquoi ? Il souleva machinalement Bonaventure et se mit à le caresser. Les morts violentes, le sang et les plaies béantes ne l'impressionnaient plus guère. En revanche, ce qui le glaçait jusqu'aux os, c'était les crimes prémédités, les assassinats soigneusement organisés par des êtres qu'emprisonnaient les ténèbres du péché mortel. C'est ce genre de mystères, il le sentait, qu'il allait devoir affronter. Son sixième sens était en alerte et des pressentiments l'assaillaient comme si le Mal qui rôdait dans le cimetière solitaire n'attendait que l'occasion de se mesurer à lui. Il sortit de sa rêverie et embrassa Bonaventure sur le sommet du crâne.

— Allons célébrer la messe !

Il rentra dans l'église et aperçut les premières lueurs de l'aube par les panneaux de corne. Il frissonna. Un froid de gueux régnait malgré les braseros. Il gagna l'autel et contempla le ciboire qui contenait le saint sacrement — le corps du Christ sous forme de pain — et qui étincelait sous le ciborium[1] doré. Un seul cierge

---

1. Baldaquin qui couvrait le tabernacle du maître-autel. (*N.d.T.*)

brillait sur l'autel, indiquant la présence de Dieu. La porte de la nef s'ouvrit avec fracas et Mugwort, le carillonneur, s'avança de sa démarche dandinante, les joues rouges et tremblantes et son crâne chauve enfouis sous des chiffons de laine.

— Bien le bonjour, mon père ! beugla-t-il d'une voix qui — Athelstan l'aurait juré — s'entendait à l'autre bout de la paroisse.

Fermant les yeux, le dominicain supplia le Seigneur de lui accorder de la patience tandis que Mugwort se mettait à sonner la cloche, plus comme un tocsin que comme un appel à la prière. Le tintamarre s'acheva enfin. Benedicta, enveloppée dans sa cape brune, se faufila dans l'église. Elle adressa un sourire timide à Athelstan qui attendait patiemment au pied de l'autel. Elle fut suivie par Cecily. Athelstan devina que c'était la ribaude à cause de la vague de parfum bon marché qui la précédait partout. Pourvu que ses seules activités, à présent, soient de servir de couturière à Benedicta et de nettoyer l'église ! pria le dominicain. Il pensa à la plaisanterie qui circulait dans la paroisse : Cecily avait plus roulé dans le cimetière que la charrette des morts. Pernel, la vieille Flamande, vint ensuite. Les cheveux teints en roux, le visage fardé de blanc, cette femme cachait un passé douteux et une moralité encore plus douteuse. Athelstan se promit fermement de l'avoir à l'œil. Le bruit avait couru qu'elle n'avalait pas l'hostie, mais l'emportait chez elle pour la placer dans sa ruche et garantir ainsi une bonne santé à ses abeilles. S'il la prenait sur le fait, il ne lui donnerait plus la communion, ni n'accepterait sa sotte réflexion, à savoir que ses rayons de miel épousaient toujours la forme d'une église. Watkin — ramasseur de crottin, sacristain, gardien de St Erconwald, chef du conseil paroissial — arriva enfin. Sa progéniture, qui ne cessait de s'accroître, parcourut la nef latérale dans un grand bruit de sabots. L'un des garçons, Crim, qui s'était au moins lavé les mains, se glissa près du prêtre pour servir d'enfant de chœur. Encadré de Bonaventure, le chat, et de Crim, le gamin à la frimousse malpropre, Athelstan se sentit légèrement ridicule. Et le dernier à entrer fut Manyer, le bourreau, qui referma violemment la porte.

Athelstan respira profondément et fit un signe de croix, se jurant de se concentrer sur le mystère eucharistique plutôt que sur les scènes immondes qui se déroulaient dans le cimetière.

Sir John Cranston, coroner de la cité de Londres, s'était immobilisé dans Blind Basket Alley, donnant sur Poor Jewry. La rigole, véritable écharde de glace, séparait l'arrière des maisons à colombages. Le brave magistrat battait la semelle et soufflait sur ses mains gantées de mitaines pour essayer — mais en vain — de les réchauffer.

— Lève cette torche ! ordonna-t-il sèchement au clerc dizainier [1].

Il fixa les hommes qui l'entouraient, silhouettes sombres dans la lumière blafarde, puis la fenêtre aux volets fermés de la demeure austère et lugubre. Il réserva son regard le plus venimeux à Luke Venables, chef dizainier, qui l'avait tiré d'un lit douillet. En temps normal, déjà, Cranston aimait bien faire la grasse matinée, mais il l'appréciait d'autant plus, en ce moment, qu'il avait vécu une semaine d'intense labeur. Deux jours auparavant, il s'était rendu à Saint-Étienne de Walbrook pour examiner le cadavre de William Clarke, qui avait grimpé au clocher à la recherche d'un nid de pigeon. Le nigaud avait rampé de poutre en poutre jusqu'au moment où il avait glissé et fait une chute mortelle. Cranston avait rendu son verdict : l'accident était dû à la poutre. Conséquemment, il avait condamné le curé furieux à payer quatre pence. Puis, la veille, Cranston était allé à West Chepe voir le corps de William Pannar, équarrisseur, trouvé près de la Grande Citerne. Pannar avait eu la sotte idée de consulter un mire pour une petite dou-

---

1. Membre du guet veillant à l'exécution des décisions du pouvoir municipal. (*N.d.T.*)

leur. Bien sûr, l'autre avait pratiqué une saignée et, sur le chemin du retour, le malheureux s'était écroulé et avait, sans autre forme de procès, rendu l'âme.

Cranston se remit à tambouriner à la porte en se mordillant les lèvres. Il n'y avait pas que son travail qui lui mettait martel en tête. Maude, son épouse bien-aimée, se montrait moins franche ces derniers temps et il la soupçonnait de lui dissimuler quelque terrible secret. Il était profondément épris d'elle et goûtait fort les plaisirs de la chair, mais récemment — et la veille encore — elle avait refusé ses avances quand il s'était glissé amoureusement auprès d'elle. Elle avait protesté sur un ton doux et plaintif dans l'obscurité, sans vouloir s'expliquer ni être consolée. Et voici qu'à l'aube cette buse de Venables l'avait fait sortir dans le froid pour forcer l'entrée de cette maison mystérieuse. Cranston heurta l'huis à nouveau, mais nul bruit ne lui répondit si ce n'est les jurons étouffés et les raclements de pieds de ses compagnons.

— Bon !

Il se retourna vers le chef du guet.

— Rappelez-moi la situation.

Venables connaissait bien Cranston. Il scrutait avec anxiété la face rougeaude et moustachue, les yeux d'un bleu limpide et le front ridé sous le grand bonnet en poil de castor. « Sir John est un brave homme, pensait le dizainier, mais quand il monte sur ses grands chevaux, c'est le Diable en personne ! »

Il désigna la perche à houblon cassée au-dessus du linteau de la porte.

— Voici les faits, Sir John. Cette demeure appartient à Simon de Wyxford. C'est sa taverne. Il n'a aucune famille, seulement un garçon d'auberge du nom de Roger Droxford. Il y a huit jours, maître et serviteur se sont violemment querellés pendant toute la journée. Le jour de la Saint-Nicolas, Roger a ouvert l'auberge, comme d'habitude, installé les bancs et vendu du vin. Personne n'a vu Simon. Le lendemain, des voisins ont demandé à Roger où se trouvait son maître. Il a répondu que Simon était parti à Westminster recouvrer certaines créances.

Venables, les joues gonflées, se tourna vers l'une des silhouettes dans la pénombre.

— Raconte la suite à Sir John.

— Il y a quatre jours... entonna l'autre, un gringalet emmitouflé dans son mantel.

Cranston ne distingua, au-dessus du collet, qu'une paire d'yeux timorés et un nez qui avait la goutte.

— Plus fort ! rugit-il. Abaisse ton collet !

— Il y a quatre jours, reprit le garde en s'empressant d'obéir à Cranston, des témoins virent Roger s'en aller, un ballot sur le dos. Nous crûmes qu'il s'enfuyait, mais il se rendit chez un voisin, Hammo, le cuisinier, et lui dit qu'il partait à la recherche de son maître. Il confia la clef à Hammo, au cas où son maître reviendrait sans crier gare. La nuit dernière, poursuivit le dizainier en s'éclaircissant la gorge, Francis Boggett, tavernier de son état, vint se faire rembourser une dette que Wyxford lui devait.

— Au fait, au fait, mon garçon ! s'impatienta Cranston.

Le chef dizainier prit doucement la parole :

— Boggett s'introduisit dans l'auberge et ne trouva trace ni du maître ni du serviteur. Aussi se paya-t-il en emportant trois tonnelets de vin.

— Comment est-il entré ? demanda le coroner, la voix tranchante.

— Hammo lui remit la clef.

Sir John pinça les lèvres.

— Que l'on inflige une amende de cinq pence à Boggett pour avoir pénétré chez autrui sans permission, et une de deux pence au cuisinier pour complicité. Avez-vous la clef ? s'enquit-il en foudroyant Venables du regard.

Celui-ci hocha la tête. Cranston claqua des doigts et le dizainier la lui tendit. Le coroner se redressa de toute sa hauteur.

— Moi, coroner de cette cité, proclama-t-il avec emphase, considérant les faits troublants qui m'ont été relatés, j'autorise les officiers de la Couronne que nous sommes à investir cette demeure pour savoir la vérité. Chef dizainier, accompagnez-moi !

Une légère confusion s'ensuivit lorsque Venables demanda de l'amadou à l'un de ses compagnons. Le coroner ouvrit la porte et s'avança dans la taverne plongée dans l'obscurité. La pièce glaciale sentait le renfermé et la saleté. Ils se cognèrent contre des fûts, des tabourets et des tables jusqu'à ce que Venables enflammât de l'amadou et allumât deux flambeaux. Il en donna un à Cranston et ils passèrent d'une salle à l'autre avant de monter à l'étage. Là, ils trouvèrent les deux chambres mises à sac, les coffres et les cassettes avec leur couvercle brisé ou jeté de côté. Mais de cadavre, point !

— Vous savez ce que nous recherchons, hein ? murmura Cranston.

Venables acquiesça d'un geste.

— Mais nous n'avons encore rien jusqu'à présent, Sir John.

— Y a-t-il une cave ?

Cranston emboîta le pas au chef de guet et ils revinrent dans la grande salle sombre qu'ils fouillèrent jusqu'à ce qu'ils découvrent une trappe. Venables l'ouvrit. Ils descendirent précautionneusement une échelle de bois. Le cellier était une longue pièce rectangulaire, munie d'une ouverture où passaient les tonneaux déchargés des charrettes. Ordonnant à Venables de rester là où il était, Cranston s'avança prudemment dans la cave, sa grande carcasse rendue grotesque par la faible lueur dansante des flambeaux. Il s'arrêta au fond, baissa la torche et jeta un coup d'œil derrière trois grosses barriques de vin. La lumière fit scintiller, comme des fils d'or, les toiles d'araignée accrochées aux fûts. Cranston se pencha et toucha la tache visqueuse qu'il avait remarquée. Il leva la main dans la lumière et contempla le sang qui engluait ses doigts comme de la pâte. Il allongea le bras le plus possible pour tâter l'espace derrière les tonneaux.

— Sir John, cria le chef du guet, tout va bien ?

— Aussi bien que possible, messire Venables. J'ai retrouvé l'aubergiste, ou, du moins, une partie de l'aubergiste !

Il sortit la tête décapitée de derrière les barriques et la brandit comme s'il était un exécuteur des hautes œuvres. Un seul regard à la face livide, aux yeux mi-clos, à la bouche ensanglantée et molle, au cou déchiqueté suffit à Venables : il s'assit lourdement sur une pierre saillante, le corps agité de violents haut-le-cœur. Cranston reposa la tête et revint sur ses pas, en s'essuyant les doigts sur le mur parsemé de traces d'humidité. En passant, il tapota doucement l'épaule du chef de guet.

— Buvez du clairet, mon brave ! Ça calme l'estomac et fortifie le cœur !

Il s'arrêta et fit un pas en arrière.

— Ensuite, rédigez des mandats pour l'arrestation de Roger Droxford. Qu'il soit déclaré hors-la-loi, et offrez...

Cranston plissa les paupières.

— Oui, offrez dix livres de récompense pour ce scélérat, mort ou vif. Faites apposer les sceaux sur la maison ! S'il n'y a pas de testament ou si aucun héritier ne se déclare, la municipalité fera ses choux gras.

Il remonta l'échelle et les marches de l'estaminet pour gagner la rue où régnait un froid implacable.

— Nous avons retrouvé l'aubergiste ! annonça-t-il. Assassiné. Je crois que votre chef a besoin de vous pour s'occuper du cadavre.

Puis, la main sur le pommeau de son grand poignard gallois, Cranston parcourut péniblement les venelles et les passages verglacés. Il tourna enfin dans la Mercery et suffoqua, le souffle coupé par la bise glaciale.

« Oh, vivement l'été ! Vivement les talus de fleurs sauvages et l'herbe grasse et luxuriante ! » gémit-il *in petto*.

Il dérapa sur les pavés glissants et se rattrapa en grimaçant aux poutres d'une façade.

— Athelstan devrait être là pour m'aider, pesta-t-il à mi-voix, peut-être pas à découvrir des corps décapités, mais au moins à m'empêcher de tomber cul par-dessus tête sur ce verglas !

Il arriva à Cheapside. Une silhouette sortit furtivement de l'ombre et vint à sa rencontre. Il dégaina à demi son poignard.

— Sir John ! Pour l'amour de Dieu !

Le coroner dévisagea de plus près le visage émacié du mendiant unijambiste qui vendait, d'ordinaire, des colifichets à un étal branlant, au coin de Milk Street.

— Déjà tiré du lit, Leif ? Tu cherches une belle fille ?
— Sir John, on m'a volé !
— Va trouver le shérif !
— Sir John, j'ai pas d'argent, j'ai rien à manger.
— Alors reste au lit !

Leif s'appuya contre le mur.

— J'ai pas pu payer mon loyer et j'ai été chassé de ma soupente, geignit-il.

— Alors, va mendier à Saint-Barthélemy ! aboya Cranston, avant de poursuivre laborieusement son chemin.

Il entendit Leif le suivre à cloche-pied.

— Sir John, aidez-moi !
— Du vent !
— Oh, merci, Sir John ! s'écria le mendiant en entendant des piécettes rebondir sur le sol.

Leif connaissait assez le gros coroner pour comprendre qu'il détestait qu'on le vît faire la charité.

Cranston s'arrêta devant la porte de son logis et observa les fenêtres éclairées à la bougie. Leif faillit le heurter et il l'écarta d'un haussement d'épaules. « Quelle mouche a piqué Maude ? » se demanda-t-il. Pour lui, se marier équivalait à fourrer sa main dans un sac plein d'anguilles : ce que l'on en sortait était le fruit du hasard. Lui avait été comblé par la chance. Il adorait Maude, depuis ses cheveux châtain clair jusqu'au bout de ses jolis petits pieds.

Tandis qu'il rêvassait, quelqu'un surgit de la ruelle qui longeait sa demeure.

— Par la mort diantre ! s'exclama-t-il. Mais personne ne dort dans cette maudite ville !

L'homme s'approcha et Cranston reconnut les armoiries du lord-maire.

— Par la mort diantre, répéta-t-il, encore des ennuis !

Le jeune messager, claquant des dents, récita d'une voix rauque :

— Sir John, le lord-maire et ses shérifs désirent vous voir sur l'heure au Guildhall[1].

— Va au diable !

— Merci, Sir John. Le lord-maire m'avait prévenu que vous répondriez quelque chose comme ça. Dois-je vous attendre ?

Le damoiseau frappa dans ses mains.

— Sir John, je suis transi !

Beuglant un dernier « Par la mort diantre ! », Cranston tambourina à l'huis. Une servante au visage maigre lui ouvrit. Derrière elle, il aperçut son épouse Maude qui s'était habillée. Il distingua des traces de larmes sur son joli minois. Il lui sourit pour cacher ses propres appréhensions.

— Ma femme, je me rends de ce pas au Guildhall... ou plutôt, j'irai après le petit déjeuner.

Il entraîna le jeune messager.

— Qu'on lui donne à manger, à lui aussi ! Il en a besoin, on dirait !

Puis il fit volte-face pour ressortir dans la rue et rentrer en tenant Leif par la peau du cou.

— Ce maudit fainéant va se joindre à nous. Ensuite, qu'on lui donne du travail ! Il passera la Noël ici !

Il caressa son énorme panse.

— Pour tous, du porridge et des tourtes épicées !

Il huma l'air.

— Et de ces petits pains mollets que l'on vient de sortir du four !

Il lança un regard matois à son épouse.

---

1. Résidence du lord-maire. (*N.d.T.*)

— Et de l'hypocras bien chaud ! Puis qu'on dise au palefrenier de me seller un cheval !

Il arborait un large sourire, mais sa gaieté forcée ne l'empêchait pas de remarquer la pâleur maladive de sa femme. Il détourna les yeux.

« Seigneur ! pensa-t-il. Vais-je perdre Maude ? »

Il se défit rapidement de sa cape et s'éloigna à grands pas, caressant délicatement l'épaule de son épouse au passage.

C'était le moment de la sainte communion. Athelstan déposait les hosties sur la langue de ses paroissiens. Crim tenait la patène au cas où des morceaux viendraient à tomber. La plupart des membres du conseil paroissial assistaient à l'office, certains entrant au milieu de la messe.

Le dominicain s'apprêtait à retourner vers l'autel lorsqu'il entendit taper sur le mur du bas-côté. Bien sûr ! il avait oublié les lépreux, deux malheureux qu'il avait autorisés à s'établir dans l'ossuaire aux murs suintant d'humidité. Il leur donnait à manger et à boire. Il leur fournissait, également, de l'eau de mûre pour se laver, mais n'avait jamais pu ne serait-ce qu'entrevoir leurs visages blêmes à la peau desquamée. L'un d'eux, à n'en pas douter, était un homme, d'après ses vêtements. Il regrettait de ne pas faire plus pour eux, mais la loi canonique était formelle : un lépreux ne devait pas communier avec les autres fidèles, mais recevoir la sainte communion par « le trou aux ladres », une mince fente dans le mur de l'église.

Se rappelant ses devoirs, Crim ramassa une baguette de frêne et la tendit à Athelstan qui plaça l'hostie sur la pointe et la poussa dans le trou aux ladres. Le dominicain répéta l'opération en récitant une prière à voix basse, avant de revenir vers l'autel.

La messe terminée, il ôta ses vêtements liturgiques, en s'efforçant de ne pas entendre le fracas qui s'élevait dans la nef : Watkin rangeait les bancs en vue de la réunion du conseil paroissial. Le prêtre s'agenouilla sur un prie-Dieu et demanda au Seigneur de le guider. Il espérait que ses paroissiens ne feraient pas allusion aux actions sacrilèges qui se déroulaient dans le cimetière.

Dès qu'il mit le pied dans la nef, il sut que sa prière n'avait pas été exaucée. Watkin était assis à la place d'honneur, les autres membres sur les bancs de chaque côté. Crim avait apporté le siège qui se trouvait dans le chœur, et, en le prenant, Athelstan surprit le regard suffisant de Watkin, ses inquiétants clignotements d'yeux et sa bouche crispée : le ramasseur de crottin se préparait à annoncer une nouvelle d'importance.

Ursula, la porchère, s'était jointe à eux en amenant, dans l'église, son énorme truie bien grasse, malgré le chœur de protestations. La bête farfouillait ici et là en poussant des grognements voluptueux. Athelstan était convaincu que l'horrible animal lui adressait des sourires moqueurs. Mais il ne souleva aucune objection : il valait mieux que la truie fût dedans que dehors. La vieille Ursula, bavarde comme une pie, avait certes un cœur d'or, mais le dominicain nourrissait une haine féroce envers la truie bardée de lard qui passait son temps à arracher les légumes qu'il essayait de faire pousser dans son jardin.

Après avoir invoqué l'Esprit-Saint, Athelstan se rencogna sur son siège.

— Mes chers frères et mes chères sœurs, soyez les bienvenus à cette réunion en cette fête de Sainte-Lucie.

Il s'efforça de ne pas croiser le regard de Watkin.

— Il nous faut débattre de certaines questions.

Il sourit à Benedicta avant de remarquer avec effroi les coups d'œil haineux que l'épouse de Watkin décochait à Cecily la ribaude. Les deux femmes se détestaient cordialement, l'épouse de Watkin ayant, un jour, demandé à haute et intelligible voix pourquoi son mari éprouvait le besoin de discuter, si souvent, de l'entretien de l'église avec Cecily. Huddle, l'imagier, fixait vaguement un mur nu, imaginant probablement la fresque qu'il y brosserait si Athelstan lui procurait l'argent nécessaire.

La réunion concerna surtout des problèmes liés à la

vie quotidienne de la paroisse. La fille de Pike, le fossier, voulait épouser l'aîné d'Amisias, le foulon. Athelstan consulta le grand registre et fut heureux d'annoncer qu'il n'y avait pas consanguinité. Puis la conversation porta sur la Noël qui approchait : on parla de la cérémonie de l'Étoile du Berger qui se déroulerait dans l'église, des trois messes, du non-paiement des frais d'enterrements et de la mauvaise habitude qu'avaient certains gamins de boire au bénitier comme à une fontaine !

Tab le chaudronnier s'offrit à confectionner des bougeoirs, deux gros, ornés de lions. Gamelyn, le clerc, s'engagea à chanter une belle hymne à la fin de chaque messe pendant toute la période de Noël. Le dominicain approuva l'idée d'un mystère dans la nef, le jour de la Saint-Étienne, et on s'interrogea sur le choix de l'enfant qui serait l'évêque, le jour des Saints-Innocents, le 28 décembre [1].

Athelstan, cependant, le désespoir au cœur, observait Watkin qui, affalé sur son siège, raclait le sol de ses bottes boueuses et lançait des regards impatients à la ronde, poing serré sur sa braguette. Benedicta perçut l'inquiétude d'Athelstan. Elle scruta anxieusement cet homme qu'elle aimait, mais inaccessible du fait de sa vocation. A la fin, le dominicain ne sut plus de quoi parler.

— Eh bien, Watkin, dit-il sèchement, je parie que tu as une nouvelle de la plus haute importance à nous communiquer.

Le ramasseur de crottin se leva en bombant le torse. De profondes rides sillonnaient son front luisant de crasse. Sa tignasse d'un roux flamboyant se dégarnissait petit à petit, ne laissant qu'une frange broussailleuse. Surmontant son nez en pied de marmite, ses yeux bleu pâle, très rapprochés, lançaient des éclairs à l'assistance.

— Le cimetière a été saccagé ! sortit-il tout à trac.

Athelstan baissa la tête en gémissant.

---

1. Le jour des Saints-Innocents, les enfants disent la messe et dansent dans les églises. (*N.d.T.*)

— Qu'est-ce que tu veux dire ? beugla Ranulf, le tueur de rats.

Son visage pointu et osseux était enserré dans une coiffe noire de toile huilée.

— On a déterré des corps ces derniers temps ! répondit Watkin.

Ce fut la consternation. Athelstan bondit de sa chaise et réclama le silence en tapant dans ses mains jusqu'à ce que s'apaise le tumulte.

— Vous n'ignorez pas qu'on enterre souvent, dans notre cimetière de St Erconwald, des inconnus, des mendiants, que personne ne réclame. Aucune tombe de paroissiens n'a été profanée.

Il poussa un long soupir.

— Pourtant, Watkin a raison. On a enlevé trois cadavres récemment ensevelis : une jeune mendiante, un mercenaire du Brabant tué à la suite d'une rixe dans une taverne et un vieillard qui demandait l'aumône près de l'hôpital Saint-Thomas et qu'on a retrouvé mort de froid dans la cour de l'auberge du *Tabar*.

Athelstan s'humecta les lèvres.

— Le sol est dur, enchaîna-t-il. Watkin sait à quel point il est difficile de creuser une fosse convenable à la pelle et à la pioche, et le peu de profondeur a facilité ces vols sacrilèges.

— On devrait monter la garde ! s'écria le fossier.

— Êtes-vous prêt à le faire, Pike ? s'enquit doucement Benedicta. Avez-vous l'intention de passer la nuit dans le cimetière à guetter les pilleurs de tombes ?

Ses yeux noirs s'attardèrent sur les autres membres du conseil.

— Qui veillera ? Qui sait si ces enlèvements ont lieu la nuit ? poursuivit-elle. Peut-être se déroulent-ils l'après-midi ou le soir ?

Athelstan la remercia du regard.

— Je pourrais surveiller le cimetière, proposa-t-il. Je l'ai déjà fait, d'ailleurs, tout en... euh...

Il hésita.

— ... tout en observant les étoiles, mon père, acheva

Ursula, provoquant un concert de rires affectueux, car tous les paroissiens connaissaient l'étrange passe-temps de leur prêtre.

Huddle l'imagier s'agita nerveusement :

— Pourquoi ne pas demander l'aide de Sir John Cranston ? Il nous enverrait peut-être des soldats.

Athelstan fit signe que non.

— Il n'entre pas dans les attributions de messire le coroner d'ordonner aux soldats du roi d'aller ici ou là.

— Et les dizainiers ? gueula l'épouse de Watkin. Et le guet ?

En effet, songea amèrement Athelstan. Mais les échevins et le guet ne se préoccupaient guère de St Erconwald et encore moins de son cimetière. Quant à la profanation des tombes de trois inconnus, ils s'en soucieraient comme d'une guigne.

— Qui sont-ils ? s'interrogea Benedicta. Pourquoi font-ils cela ? Que veulent-ils, ces mécréants ?

Le silence accueillit ses paroles. Tous les regards se tournèrent vers le prêtre, quêtant une réponse. C'était le moment que redoutait Athelstan. Le cimetière était un enclos sacré. A son arrivée dans la paroisse, neuf mois auparavant, il avait fait la leçon à ceux qui essayaient d'y commercer et aux garnements qui s'amusaient avec les os déterrés par les chiens et les porcs errants.

— Le cimetière, avait-il proclamé, est une parcelle de terre qui appartient à Dieu et où les fidèles attendent le retour de Notre-Seigneur Jésus-Christ.

Même alors, Athelstan n'avait pas révélé la raison majeure de son interdiction : tout comme les autorités ecclésiastiques, il redoutait secrètement les adorateurs de Satan, du Malin, du Prince des Ténèbres, qui pratiquaient souvent leur magie noire dans les cimetières. Il avait, d'ailleurs, entendu parler d'un cas dans la paroisse de St Peter Cornhill où un sorcier avait utilisé le sang des cadavres pour faire apparaître démons et scorpions.

Athelstan toussa. Que répondre ? Mais, soudain, la porte s'ouvrit à toute volée et Cranston, son sauveur, s'avança majestueusement dans la nef.

CHAPITRE II

Cranston rejeta sa cape et repoussa en arrière son couvre-chef en castor.

— Allons, mon frère, beugla-t-il en adressant un clin d'œil à Benedicta, on a besoin de nous à la Tour. Apparemment, le Crime se moque des intempéries.

Pour une fois, l'entrée fracassante de Cranston enchanta Athelstan, qui le dévisagea attentivement.

— Vous avez goûté au clairet, Sir John ?

Touchant son nez charnu en signe de connivence, Cranston reconnut d'une voix pâteuse :

— Un peu !

— Et que fait-on pour le cimetière ? se plaignit Watkin. Sir John, notre prêtre doit rester ici pour s'en occuper !

— Silence, gringalet puant ! lui lança Cranston.

L'épouse de Watkin se leva, le regard torve.

— Sir John, je vous rejoins dans un instant, s'interposa Athelstan avec tact. Watkin, je verrai cette affaire à mon retour. D'ici là, veillez à donner à manger à Bonaventure et à éteindre les torches. Cecily, pourriez-vous vous charger de la nourriture pour les lépreux ?

La fille de joie acquiesça, les yeux vides.

— C'est vrai, marmonna le dominicain, que pendant la journée ils errent de-ci de-là et se débrouillent seuls.

Il gratifia ses paroissiens favoris de son sourire le plus radieux, puis dévala rapidement les marches verglacées de l'église pour gagner le presbytère. Il se coupa du pain qu'il recracha vite : aigre et rassis.

— Je mangerai en chemin, murmura-t-il en fourrant vélin, plumes et encrier dans ses sacoches de selle.

Philomel, son vieux cheval, lui donna de petits coups de tête en hennissant doucement, ce qui ne facilita pas la tâche d'Athelstan, qui consistait à attacher la sangle sous le gros ventre du destrier chargé d'ans.

— Tu ressembles de plus en plus à Cranston ! bougonna le dominicain.

Il mena Philomel devant le porche et monta rapidement les marches de l'église. Appuyé contre une colonne, Cranston lorgnait Cecily d'un œil concupiscent, tout en essayant de décourager Bonaventure de se frotter contre sa jambe. Le magistrat ne supportait pas les chats depuis certaine campagne en France où il commandait la défense d'une place forte : un jour, les soldats français avaient, au moyen de trébuchets, lancé des cadavres de chats à l'intérieur des remparts dans l'espoir de répandre la contagion. Bonaventure, à l'inverse, adorait le coroner. Il devinait infailliblement sa présence et ne manquait jamais de faire une apparition quand il venait.

Athelstan chuchota quelques mots à Benedicta et s'excusa d'un sourire auprès de Watkin et des autres membres du conseil. Puis il alla prendre sa cape dans le chœur et revint juste à temps pour empêcher Cranston de buter sur la grosse truie d'Ursula et de se retrouver les quatre fers en l'air. Le coroner sortit en coup de vent, fustigeant Athelstan du regard pour lui couper toute envie de rire. Il monta à cheval en stigmatisant d'une voix claironnante la présence de cochons dans une église et en s'écriant, avec force jurons, que rien ne lui ferait plus plaisir, pour l'heure, qu'un morceau de porcelet rôti. Athelstan jeta ses sacoches sur le dos de Philomel et s'éloigna vers Fennel Alleyway avant que Cranston n'aggravât la situation.

— Pourquoi la Tour, Sir John ? s'empressa-t-il de demander à son compagnon, afin d'apaiser son courroux.

— Je vous l'expliquerai tout à l'heure, mon bon moine ! rétorqua Cranston d'une voix rocailleuse.

— Je ne suis pas moine contemplatif, Sir John, mais frère prêcheur ! rectifia Athelstan.

Cranston rota et but une large rasade de vin à la régalade.

— De quoi s'agissait-il dans l'église ?

— D'une réunion du conseil paroissial.

— Non, je veux dire : cette histoire de cimetière ?

Athelstan lui raconta les faits et le coroner s'assombrit.

— Croyez-vous que ce soit des adorateurs de Sátan ? Des suppôts de Belzébuth ? murmura-t-il en se rapprochant du dominicain.

Celui-ci grimaça.

— Peut-être !

— Sûrement ! dit le magistrat du tac au tac. Qui, à part eux, s'intéresserait à des cadavres rongés par la pourriture ?

Il calma son cheval car Philomel, conscient du rétrécissement de la ruelle, flanellait[1] en direction de la monture de Cranston.

— Si seulement je pouvais débarrasser la cité de ces mécréants ! éructa Cranston. Dans mon traité sur l'administration municipale...

Ses yeux bleus scrutèrent le visage d'Athelstan pour y déceler la moindre trace d'ennui, puis il commença à pérorer sur son sujet favori.

— Dans mon traité, ceux qui pratiquent la magie noire se verraient infliger de lourdes amendes la première fois et la peine de mort en cas de récidive.

Il haussa les épaules.

— Mais peut-être sommes-nous en présence d'actes répugnants, certes, mais dénués de gravité !

— Ce genre d'actions n'est jamais dénué de gravité. J'ai assisté, un jour, à une séance d'exorcisme dans une petite église près de Blackfriars. Un jeune enfant, pos-

---

1. Hocher agressivement la tête, en parlant d'un cheval. *(N.d.T.)*

sédé par le Démon, parlait des langues bizarres et se mettait, seul, en état de lévitation. Le Démon, affirmait-il, était entré en lui après une cérémonie où le cadavre d'un pendu tenait lieu d'autel.

Cranston frissonna.

— Si vous avez besoin de mon aide... offrit-il d'un ton mal assuré.

— Voilà qui est fort bon de votre part, Sir John ! ironisa gentiment Athelstan. Comme d'habitude, votre générosité me coupe le souffle.

— Tout ami de Notre-Seigneur Jésus-Christ est mon ami ! contre-attaqua Cranston. Même un moine !

— Je suis frère prêcheur, pas moine ! corrigea Athelstan derechef en lançant un coup d'œil irrité au coroner.

Mais celui-ci rit à gorge déployée, content de sa vieille plaisanterie à l'encontre du dominicain.

Ils laissèrent enfin derrière eux les venelles encombrées en veillant à éviter les paquets de neige qui tombaient des hauts toits pentus et ils débouchèrent sur la chaussée principale menant au Pont de Londres[1]. Les pavés verglacés étaient recouverts d'une fine couche de neige qu'un vent mordant balayait en rafales aussi violentes qu'inattendues. Certains marchands avaient abaissé leurs étals, mais se calfeutraient derrière des auvents de toile déchiquetée pour se protéger de la bise qui charriait de lourds nuages noirs, porteurs de grésil.

— C'est un temps à ne pas mettre un chien dehors, soupira Cranston.

Un vendeur de reliques, devant l'auberge de l'*Abbé de Hydes*, s'efforçait de vendre une houlette qui, à l'entendre, avait appartenu à Moïse. Deux hommes, enchaînés ensemble et relâchés de la prison de Marshalsea où l'on détenait les personnes endettées,

---

1. Construit au XIIe siècle, ce fut l'unique pont de Londres jusqu'au XVIIIe siècle. Traversant la Tamise sur vingt arches, c'était une véritable rue avec échoppes, moulins à eau et chapelle (celle de St Thomas Becket). (*N.d.T.*)

demandaient la charité pour eux-mêmes et d'autres malheureux. Pris de compassion à la vue de leurs pieds bleus de froid, Athelstan leur donna quelques piécettes. Les montures de Cranston et du dominicain étaient bien ferrées. Les rares passants, par contre, tenaient à peine en équilibre et glissaient sur le verglas sournois. Ces cœurs vaillants avançaient précautionneusement en s'appuyant aux pans de bois des façades. Mais, comme le fit remarquer Cranston, la Justice, elle, ne chômait pas : devant l'hôpital Saint-Thomas, on avait attaché à une claie un boulanger accusé d'avoir vendu du pain moisi. Athelstan se rappela le quignon infect qu'il avait recraché et regarda le pauvre artisan qu'on traînait derrière un âne. Un cornemuseux éméché suivait, cahin-caha, en jouant un air discordant pour couvrir les gémissements du prisonnier. Au pilori, un tavernier tordait la bouche en ingurgitant le vin tourné qu'on le forçait à boire, tandis qu'une fille publique, étroitement ligotée, était fouettée par un dizainier qui, le visage en sueur, lacérait son dos à l'aide de longues et épaisses branches de houx.

— Sir John, murmura Athelstan, cette malheureuse a assez souffert.

— Qu'elle aille au diable ! répliqua Cranston, hargneux. Elle l'a sans doute bien mérité !

Athelstan observa plus attentivement la face ronde et cramoisie du coroner.

— Sir John, que vous arrive-t-il, par pitié ?

Le dominicain sentait que, sous ses airs faussement bonhomme et son ivresse, le coroner était en proie à une extrême colère ou à une profonde anxiété. Cranston esquissa un sourire forcé en clignant des yeux. Il dégaina son épée et, faisant pivoter son cheval, s'approcha du poteau et trancha les cordes qui liaient la prostituée. Celle-ci s'écroula, ensanglantée, sur la glace. Le dizainier, dont le faciès repoussant était rendu plus grotesque encore par un rictus, s'avança, menaçant, vers Cranston. Le coroner brandit son arme et abaissa le collet de son habit.

— Je suis Cranston, coroner de cette cité ! hurla-t-il.

L'homme recula prestement. Sir John prit, sous sa cape, un peu d'argent qu'il lança à la putain.

— Gagne ton pain honnêtement, gueuse ! vociféra-t-il.

Sur ce, il décocha à Athelstan un regard rageur qui coupait court à tout commentaire. Ils passèrent ensuite devant le quartier mal famé pour arriver au majestueux Pont de Londres. La chaussée, toute verglacée, disparaissait dans la brume. Athelstan s'arrêta et agrippa Cranston par le bras.

— Sir John, ce silence n'est pas normal !

Cranston rit doucement.

— C'est maintenant que vous vous en apercevez, mon frère ? Regardez ! La Tamise est gelée !

Athelstan jeta un coup d'œil incrédule par-dessus le parapet. En temps ordinaire, les eaux du fleuve bouillonnaient et tourbillonnaient autour des piles. A présent, elles avaient laissé la place à un champ de glace qui s'étendait à perte de vue. Athelstan allongea le cou et entendit les cris des gamins qui jouaient avec des tibias de bœuf en guise de patins. Quelqu'un avait même installé un éventaire sur place. Athelstan sentit la faim lui tenailler l'estomac en humant le fumet des tourtes à la viande de bœuf bien chaudes. Ils dépassèrent la chapelle de Saint-Thomas pour prendre Bridge Street, Billingsgate puis Botolph's Lane et atteindre Eastcheap. On aurait dit qu'une mauvaise fée des glaces avait jeté un sort sur la cité : peu d'étals étaient ouverts et le vacarme habituel des apprentis et des boutiquiers avait été étouffé par l'étau implacable de l'hiver. Ils s'arrêtèrent devant une rôtisserie. Athelstan acheta une tourte brûlante et y mordit goulûment en savourant la sauce ainsi que l'odeur délicieuse de la pâte fraîche et de la viande fortement épicée. Cranston l'observait.

— Vous vous délectez, mon frère, n'est-ce pas ?

— Oui, certes. Pourquoi ne m'imitez-vous pas ?

Cranston eut un sourire en coin.

— J'aimerais bien, mais... n'est-ce pas l'Avent ? Ne l'auriez-vous pas oublié, mon frère ? Vous êtes censé faire maigre !

Athelstan contempla la tourte à moitié dévorée. Puis il rit avant de la terminer en se léchant les doigts. Cranston hocha la tête.

— Où va le monde si même les dominicains ne tiennent aucun compte de la règle canonique ! lança-t-il sur un ton faussement plaintif.

Athelstan se passa la langue sur les lèvres et se rapprocha du magistrat.

— Vous vous trompez, Sir John. Nous sommes le 13 décembre, fête de sainte Lucie, vierge et martyre. J'ai le droit de manger de la viande.

Il traça un signe de croix dans l'air.

— Et vous, celui de boire deux fois plus de clairet qu'à l'accoutumée.

Le dominicain reprit les rênes en mains.

— Alors, Sir John, qu'est-ce qui nous vaut cette visite à la Tour ?

Cranston s'écarta pour laisser passer une lourde charrette à larges roues chargée d'un énorme tas de pommes vertes et acides.

— Sir Ralph Whitton, gouverneur de la Tour. Vous en avez entendu parler ?

— Comme tout le monde. C'est un vaillant guerrier, un brave croisé et un ami personnel du régent, Jean de Gand [1].

— « C'était », rectifia Cranston. On l'a retrouvé à l'aube dans sa chambre du bastion nord, la gorge tranchée d'une oreille à l'autre, la poitrine barbouillée de plus de sang que n'en pisse un cochon qu'on égorge.

— Des traces de l'assassin ou de l'arme ?

---

1. Jean de Gand, duc de Lancastre (1340-1399), quatrième fils d'Édouard III, assuma la régence à la fin du règne, la mort de son frère aîné, le Prince Noir, ayant précédé de peu celle de leur père. (*N.d.T.*)

Cranston fit signe que non, en soufflant sur le bout de ses doigts pincés par le gel.

— Rien ! dit-il d'une voix éraillée. Whitton avait une fille, Philippa. Celle-ci est fiancée à un certain Geoffrey Parchmeiner qui bénéficiait de la confiance et de l'estime de Sir Ralph. Tôt ce matin, le jeune homme alla réveiller son futur beau-père et le trouva assassiné.

Le coroner reprit son souffle.

— Ce qui est curieux, c'est qu'avant sa mort Sir Ralph se doutait qu'on allait attenter à sa vie. En effet, il y a quatre jours, il a reçu un avertissement.

— Comment cela ?

— Je l'ignore, mais, de toute évidence, le gouverneur se mit à avoir peur. Pour plus de sécurité, il déménagea de ses quartiers habituels au sommet de la tour Blanche pour s'installer dans le bastion nord. Deux soldats de confiance gardaient l'escalier menant à sa chambre. La porte entre cet escalier et le couloir était fermée à clef. Sir Ralph possédait une clef, les gardes l'autre. Même chose pour sa chambre : il la verrouillait de l'intérieur, tandis que les deux sentinelles gardaient la seconde clef.

Cranston se pencha brusquement et tira sur la bride du cheval d'Athelstan : un énorme paquet de neige glissant d'un toit s'écrasa dans la rue.

— Il vaudrait mieux partir d'ici, observa laconiquement le dominicain. Sinon, vous pourriez avoir un autre cadavre sur les bras, et cette fois-là, c'est vous que l'on soupçonnerait !

Cranston accueillit cette remarque par un rot et une autre rasade de sa gourde.

— Geoffrey Parchmeiner figure-t-il au nombre des suspects ? demanda Athelstan.

— Je ne crois pas. Les deux portes étaient encore fermées à clef. Les gardes ont ouvert celle du couloir et laissé passer le jeune homme avant de la refermer. Ce dernier a apparemment longé le couloir, frappé à la porte et essayé de réveiller le gouverneur. N'y parvenant pas, il est revenu appeler les gardes pour qu'ils ouvrent la porte de Whitton. Sir Ralph gisait sur sa couche, la gorge tranchée. Les volets étaient grands ouverts.

Cranston détourna la tête et cracha pour s'éclaircir la voix.

— Autre précision, les gardes n'auraient jamais permis à quiconque d'entrer sans une fouille approfondie, et cela inclut le jeune Parchmeiner. On n'a retrouvé ni dague ni poignard dans la pièce.

— Que redoutait donc Sir Ralph ?

Cranston fit signe qu'il l'ignorait.

— Dieu seul le sait ! Mais nous avons une belle collection de suspects, à commencer par le sous-gouverneur, Gilbert Colebrooke, qui briguait son poste et ne s'entendait guère avec lui. Puis il y a le chapelain, William Hammond, qui fut surpris par Sir Ralph à vendre des provisions provenant des réserves de la Tour. Deux chevaliers de l'ordre de l'Hôpital Saint-Jean-de-Jérusalem[1], amis du gouverneur, sont arrivés pour passer la Noël avec lui, comme ils en avaient l'habitude. Et finalement, il y a un païen, un serviteur muet, un Sarrasin que Sir Ralph a ramené des croisades.

Athelstan resserra son capuchon : la bise commençait à lui pincer le haut des oreilles.

— *Cui bono ?* demanda-t-il.

— Hein ?

— C'est la fameuse question de Cicéron : « A qui profite le crime ? »

Cranston crispa les lèvres :

— Bonne question, en effet, mon cher dominicain. Cela nous amène au frère de Sir Ralph, Sir Fulke Whitton, qui va hériter d'une partie des biens du défunt.

Le magistrat retomba dans le silence, yeux mi-clos, laissant échapper quelques rots discrets, dus à son copieux petit déjeuner. Athelstan, qui se targuait de

---

1. Ordre chevalier établi depuis 1110, qui assurait la sécurité, l'accueil et les soins aux pèlerins en Terre sainte. Il construisit le Krak des Chevaliers et la forteresse de l'île de Rhodes. (*N.d.T.*)

connaître son corpulent compagnon comme le dos de sa main, se mit en devoir de lui tirer les vers du nez.

— Eh bien, Sir John, ce n'est pas tout, n'est-ce pas ?

Cranston rouvrit les yeux.

— Non, en effet. Whitton n'était aimé ni à la Cour, ni des Londoniens, ni des paysans.

Athelstan sentit son estomac se nouer. Ce n'était pas la première fois qu'ils se heurtaient à ce problème.

— Vous pensez à la Grande Communauté du Royaume[1] ?

Cranston acquiesça.

— C'est fort possible. N'oubliez pas, mon frère, que certains de vos paroissiens pourraient en faire partie. Si la Grande Communauté décide d'agir, et que la révolte prenne de l'ampleur, les rebelles essaieront de s'emparer de la Tour. Qui est maître de la Tour est maître de la Tamise, de la cité, de Westminster et de la Couronne.

Athelstan raccourcit les rênes en réfléchissant aux propos du magistrat. La situation à Londres n'était guère brillante. Le roi[2] était encore un enfant et Jean de Gand, son oncle, un régent très impopulaire. La Cour vivait dans le luxe tandis que la paysannerie, liée à la glèbe par des lois iniques, succombait sous les impôts. Depuis quelque temps, telles des feuilles apportées par une forte brise, couraient des rumeurs, des bruits selon lesquels des paysans du Kent, du Middlesex et de l'Essex avaient créé une société secrète, appelée la Grande Communauté, dont les chefs complotaient un soulèvement et une marche sur la capitale. Athelstan connaissait même vaguement un des meneurs : un certain John

---

1. Ce mouvement annonce la Grande Révolte paysanne de 1381, dont les principaux chefs furent Wat Tyler, Jack Straw et John Ball. (*N.d.T.*)
2. Richard II (1367-1399), fils du Prince Noir, petit-fils d'Édouard III. Lors de la Grande Révolte de 1381, il fit preuve d'un grand courage en affrontant la foule des révoltés. Mécène et protecteur de Chaucer, en particulier. Il est âgé de dix ans à l'époque du roman. (*N.d.T.*)

Ball, prêtre démuni, homme d'une éloquence telle qu'il pouvait transformer le vilain le plus placide en un rebelle furieux en lançant des phrases du genre : « Quand Adam cultivait et qu'Ève filait, qui donc était gentilhomme ? »

L'assassinat de Whitton était-il le préambule de la révolte ? se demanda Athelstan. Certains de ses paroissiens seraient-ils impliqués ? Ils se rencontraient — il le savait — dans des bouges et des tavernes, et Dieu sait que leurs doléances étaient fort légitimes. Ces lourds impôts et ces lois implacables auraient suffi à faire s'insurger un saint. Et en cas d'émeute, quelle attitude adopter ? Se ranger du côté des autorités ou se joindre aux rebelles, comme bon nombre de prêtres ? Il coula un regard vers Cranston. Le coroner était plongé dans ses pensées et, à nouveau, le dominicain perçut une certaine tristesse chez son compagnon.

— Sir John, avez-vous martel en tête ?
— Non, non ! marmonna le magistrat.

Athelstan n'insista pas. « Sir John, conclut-il à part lui, a peut-être abusé de la boisson hier soir. »

Ils parcoururent Tower Street, enfouie sous la neige, et passèrent devant l'église où un pauvre marchand de chapelets, à genoux, faisait pénitence pour ses péchés. Ses mains, raidies par le froid, serraient un rosaire. Athelstan sourcilla devant le genre de pénitence qu'imposaient certains prêtres à leurs paroissiens. Cranston poussa un long soupir et la buée flotta dans l'air comme de l'encens.

— Par la mort diantre ! pesta-t-il. Quand reverrons-nous le soleil ?

Ils venaient de s'enfoncer dans Petty Wales lorsqu'une voix de femme, mélodieuse et limpide, entonna un des cantiques de Noël préférés d'Athelstan. Ils l'écoutèrent un moment avant de traverser la place envahie par la gelée. La Tour se dressa devant eux. Remparts abrupts, tourelles, bastions, merlons et créneaux, tout était recouvert de neige. Masse de pierre taillée, l'imposante forteresse semblait avoir été bâtie

45

non pour défendre Londres, mais pour la réduire à l'obéissance.

— Quel endroit sinistre ! marmonna Cranston. Le Donjon du Bourreau.

Il jeta un coup d'œil perplexe à Athelstan.

— Nos vieilles connaissances, la Mort et le Crime, y rôdent.

Athelstan frissonna, pas seulement de froid. Ils franchirent le pont-levis. Les douves et leur habituelle fange verte étaient complètement gelées. Ils passèrent sous l'arche noire de la tour du Milieu. L'énorme porte évoquait une gueule béante dont les dents auraient été la herse de fer à moitié baissée. A son sommet, les têtes de deux pirates capturés dans la Manche accueillaient les visiteurs par des rictus figés. Athelstan balbutia une prière :

— Que Dieu nous protège des démons, des anges des ténèbres, des scorpions et autres esprits malins qui habitent ces murs !

— Que Dieu me protège des vivants ! rétorqua Cranston. Je crois que Satan lui-même doit pleurer en voyant le mal dont les hommes sont capables !

Des sentinelles, enveloppées dans leurs capes de serge brune, montaient la garde en s'abritant sous l'étroite voûte.

— Sir John Cranston, coroner ! rugit le magistrat. Je représente le roi. Et voici mon clerc, frère Athelstan, qui pour ses péchés est également curé de St Erconwald à Southwark. Endroit où le Vice et la Vertu font bon ménage et s'entendent comme larrons en foire ! poursuivit-il en ricanant devant l'indignation manifeste du dominicain.

Les gardes se contentèrent de les saluer, peu désireux de bouger à cause de la froidure. Athelstan et Cranston dépassèrent la tour du Mot de Passe et gravirent une allée aux pavés verglacés sur lesquels leurs chevaux glissaient et bronchaient. Ils tournèrent à gauche à la tour Wakefield et franchirent un autre des cercles concentriques des défenses pour se diriger vers la cour centrale, ensevelie sous une épaisse couche de neige qui recouvrait également les grands engins de guerre entreposés là : trébuchets, béliers, mangonneaux [1] et énormes chariots cuirassés de fer. Sur leur droite s'élevait un logis massif aux poutres apparentes, qui jouxtait d'autres bâtiments. Une sentinelle somnolait sur l'escalier et ne leva même pas les yeux lorsque Cranston réclama un palefrenier à cor et à cri. Un valet d'écurie, le nez rouge, se précipita en reniflant pour emmener leurs montures, tandis qu'un autre les conduisait dans la grand-salle, en haut de l'escalier. Deux chiens de chasse au poil hirsute fouillaient la jonchée crottée. L'un d'eux fit mine de lever la patte sur Cranston et gronda lorsque ce dernier le chassa d'un coup de botte.

La pénombre envahissait la grand-salle aux dalles boueuses et à la lourde charpente basse. On avait empilé beaucoup de bûches dans l'âtre assez vaste pour y rôtir un bœuf, mais la cheminée avait besoin d'un bon ramonage, car de la fumée refluait dans la pièce et flottait sous les poutres comme une brume. Le petit déjeuner s'achevait, les marmitons enlevaient les écuelles en bois et en étain. Dans un coin, deux individus s'amusaient à provoquer un blaireau en lui opposant un chien. D'autres personnes s'agglutinaient près du feu.

Athelstan parcourut la pièce du regard. La mort y pesait comme une chape de plomb. Il reconnut l'odeur, la méfiance et la peur indicible qui suivent toujours un assassinat atroce et inexplicable. Lorsque Cranston déclina à nouveau ses titres d'une voix claironnante, l'une des silhouettes près de la cheminée accourut vers eux. C'était un grand rouquin dégingandé aux paupières rougies et dénuées de cils. Son visage mal rasé aux joues creuses s'ornait d'un nez aquilin.

— Je suis le sous-gouverneur, Gilbert Colebrooke. Vous êtes le bienvenu, Sir John.

Il dévisagea immédiatement Athelstan de ses yeux larmoyants.

---

1. Petit engin de guerre, du genre des trébuchets. (*N.d.T.*)

— Mon clerc ! annonça le coroner d'un ton égal avant de saluer le petit groupe. Les proches du gouverneur, je suppose ?

— Oui ! répondit laconiquement Colebrooke.

— Eh bien, présentez-nous, mon garçon !

Lorsqu'ils s'avancèrent, les personnes assises sur des escabeaux près de la cheminée se levèrent pour les accueillir. Après les présentations, Cranston se mit inévitablement à mener l'interrogatoire. Comme d'habitude, Athelstan resta en retrait, étudiant ces suspects qu'il ne tarderait pas à interroger à son tour. Il débusquerait leurs secrets, peut-être même révélerait-il au grand jour des scandales qu'il aurait été plus avisé de taire.

D'abord, le chapelain, William Hammond. Maigre et austère dans son habit noir, il marchait voûté comme un oiseau, le teint blafard et maladif, le crâne dégarni à part quelques mèches de cheveux gras et grisonnants. Un homme amer, conclut le dominicain, en notant le nez aussi pointu qu'une dague, les petits yeux de belette et les lèvres serrées comme l'escarcelle d'un avare.

A la droite du chapelain, Sir Fulke Whitton, le frère du défunt, replet et onctueux, arborait un visage affable sous une chevelure couleur de blé mûr. Sa poignée de main était ferme et, malgré sa remarquable bedaine, il se déplaçait avec la grâce et la rapidité d'un athlète.

Il était flanqué de la fille du gouverneur assassiné, Philippa. Sans être d'une grande beauté, elle avait des traits larges et des yeux noisette souriants qu'encadrait une belle chevelure châtaine. Bien en chair, elle rappela un chapon dodu à Athelstan. Près d'elle se tenait, ou plutôt se dandinait, son promis, Geoffrey Parchmeiner. La mine avenante, les traits bien dessinés, le damoiseau avait des cheveux aile-de-corbeau, huilés et apprêtés comme ceux d'une femme, et des joues empourprées par le clairet rouge sang qu'il faisait tourner dans un gros gobelet. Un joyeux drille, songea Athelstan, en remarquant avec amusement les chausses moulantes et la braguette avantageuse du jeune homme. Sous sa cape couleur fauve, le jabot de sa chemise débordait sur le pourpoint de sarcenet[1]. Et ses poulaines étaient si longues et si pointues qu'il les avait attachées au genou par une cordelette écarlate.

« Dieu seul sait comment il parvient à marcher sur ce verglas ! » pensa le dominicain.

Il avait reconnu le genre de godelureaux qui singeaient les jeunes seigneurs de la Cour. En tant que parcheminier ayant pignon sur rue à Londres, Geoffrey ne devait pas manquer des fonds nécessaires pour imiter les us et coutumes des courtisans.

Sir Gerard Mowbray et Sir Brian Fitzormonde, les chevaliers hospitaliers mentionnés par Cranston, se ressemblaient comme des frères, vêtus tous deux du manteau noir frappé de la croix blanche au pied fiché. Athelstan n'ignorait pas la redoutable réputation des moines-chevaliers, ayant été parfois leur confesseur à la maison mère de Clerkenwell. Les deux hommes étaient dans la force de l'âge et tout en eux — barbe impeccablement taillée, regard perçant, cheveux coupés ras — dénotait les soldats. Ils se déplaçaient avec une souplesse de félin, conscients de leur valeur. « Voilà des guerriers, se dit Athelstan, qui tueraient sans hésiter s'ils estimaient leur cause juste. »

Ils entouraient un personnage basané, souple d'allure, qui avait des cheveux et une barbe abondamment huilés et qui portait un pantalon bouffant bleu et une lourde cape militaire sur un pourpoint. De ses yeux toujours en mouvement, il observait Cranston et Athelstan comme s'ils étaient ses ennemis. Le coroner lui posa une question d'un ton rogue, mais l'autre se borna à le regarder sans mot dire et à montrer sa bouche béante. Athelstan, pris de pitié, détourna la tête : à la place de la langue, il n'y avait qu'un trou noir.

— Rastani est muet, expliqua Philippa d'une voix basse, singulièrement voilée. Il était mahométan autrefois, mais il s'est converti à notre foi. C'est...

---

1. Tissu d'origine sarrasine. (*N.d.T.*)

Elle se mordit les lèvres.

— C'était le serviteur de mon père.

Ses yeux s'embuèrent et elle agrippa le bras de son fiancé, bien que le damoiseau parût moins stable qu'elle sur ses pieds.

Colebrooke réclama des sièges et, surprenant le coup d'œil de convoitise que jetait le coroner sur le clairet de Gilbert Parchmeiner, demanda qu'on apportât également du posset[1]. Cranston et Athelstan s'assirent au milieu du groupe. Sans se gêner, le magistrat rejeta sa cape sur ses épaules et étendit ses jambes grosses comme des jambons pour profiter de la chaleur de l'âtre. Quant au posset, il l'avala d'un trait avant de tendre son gobelet à un page qui le remplit à nouveau. Puis il but bruyamment en claquant des lèvres et en regardant les personnes présentes comme s'il s'agissait d'amis intimes. Tout en installant son écritoire sur ses genoux, Athelstan pria le Ciel pour que Cranston restât sobre et ne s'endormît pas. Geoffrey ricana. Les deux chevaliers n'en croyaient pas leurs yeux.

— Vous êtes bien le coroner royal ? demanda Sir Fulke d'une voix forte.

— Oui, intervint Athelstan. Il ne faut pas juger l'arbre par l'écorce !

Cranston fit derechef claquer ses lèvres.

— En effet, murmura-t-il. Et je pense que c'est vrai pour tous ceux rassemblés ici. N'oubliez jamais ce sage dicton : tout homme né d'une femme est trois personnages à la fois : celui qu'il a l'air d'être, celui qu'il prétend être et celui qu'il est réellement.

Il adressa à la ronde un sourire radieux, puis un autre, quelque peu égrillard, à Philippa :

— Cela vaut également pour le beau sexe.

Il se souvint soudain de Maude, ce qui le dégrisa plus vite qu'un seau d'eau glacée, et il poursuivit avec irritation :

---

1. Mélange de vin brûlant et de lait caillé. (*N.d.T.*)

— Et cela vaut également pour l'assassin de Sir Ralph Whitton, gouverneur de la Tour.

— Soupçonnez-vous l'un d'entre nous ? s'enquit Sir Fulke, toute bonhomie envolée.

— Oui ! éructa Cranston.

— Vous nous insultez ! balbutia le chapelain. Vous êtes ivre, messire ! Vous entrez ici en prenant de grands airs, vous ne nous connaissez pas et...

Athelstan posa la main sur le bras de son compagnon. Il sentait le coroner de méchante humeur et avait remarqué que les chevaliers hospitaliers écartaient leurs capes pour dégager les dagues accrochées à leurs ceintures. Cranston comprit l'avertissement.

— Je n'accuse personne, reprit-il plus diplomatiquement. Mais il apparaît souvent que le Crime, à l'instar de la charité bien ordonnée, commence... par ses proches.

— Nous sommes confrontés à trois problèmes, s'interposa avec tact Athelstan : qui a assassiné Sir Ralph, pourquoi et comment ?

Le sous-gouverneur claqua grossièrement de la langue. Cranston se pencha vers lui.

— Vous désirez dire quelque chose, messire ?

— Oui ! Sir Ralph a pu être envoyé dans l'au-delà par n'importe quel rebelle, par un paysan venu de la centaine de villages environnants ou par un sicaire payé pour accomplir cet abominable forfait.

Cranston l'approuva d'un sourire.

— C'est possible, acquiesça-t-il avec affabilité, mais je reviendrai plus tard sur cette hypothèse. D'ici là, que nul ne quitte la Tour !

Il contempla la grand-salle lugubre.

— Après avoir examiné le corps, j'aimerais m'entretenir à nouveau avec vous tous dans un endroit plus agréable.

Le sous-gouverneur acquiesça.

— La chapelle Saint-Jean dans la tour Blanche, déclara-t-il. Il y fait plus chaud et nous y serons plus tranquilles et plus en sécurité.

— Bien ! Bien ! dit Cranston en ébauchant un sourire faux. C'est là-bas que je vous reverrai tout à l'heure. A présent, je voudrais examiner la dépouille de Sir Ralph.

— Elle se trouve dans le bastion nord, précisa Colebrooke avant de se lever brusquement et de sortir le premier.

Cranston, tanguant comme un galion, lui emboîta le pas tandis qu'Athelstan se hâtait de remballer plume, encrier et parchemin. Le dominicain se félicitait : il avait des noms et une première idée des personnalités en présence. En outre, le coroner, rusé comme un renard, avait joué à merveille son tour favori, celui de s'attirer l'inimitié de tous.

— Si vous rudoyez un peu les suspects, avait-il un jour proclamé, ils ont moins de temps pour concocter leurs mensonges. Car, comme vous le savez, mon frère, la plupart des criminels sont des menteurs.

Colebrooke les attendit au pied de l'escalier de la grand-salle et les guida silencieusement le long des murs vertigineux de la tour Blanche. Celle-ci brillait de tout l'éclat de l'épaisse couche de neige à sa base, et des traces de gel et de grésil sur chaque recoin, corniche et rebord de meurtrière. Athelstan prit le temps de la contempler.

— Magnifique ! soupira-t-il. Comme l'œuvre de l'homme peut être grandiose !

— Et terrifiante ! ajouta Cranston.

Pendant quelques secondes, ils admirèrent, immobiles, la pierre blanche et lisse de l'impressionnant donjon, mais au moment où ils se remettaient en route, une porte, située sous une volée de marches, à la base de la tour, s'ouvrit à grand fracas. Un bossu livide à la tignasse blanche, véritable créature de cauchemar, apparut devant eux et s'arrêta net, comme figé sur place. Il portait des bottes trop grandes pour lui et son corps se dissimulait sous une masse bigarrée de guenilles sales. Soudain, il s'avança à quatre pattes, comme un chien, en faisant voler la neige à droite et à gauche. Le sous-gouverneur se détourna en le maudissant.

— Bienvenue à la Tour ! hurla la créature d'une voix suraiguë. Bienvenue dans mon royaume ! Bienvenue dans la vallée de l'Ombre de la Mort !

Athelstan scruta les traits tordus et exsangues de l'albinos accroupi à ses pieds, ainsi que ses yeux troubles.

— Bonjour, mon ami ! dit le dominicain. Qui es-tu ?

— Mains-Rouges. Mains-Rouges, marmonna le bossu qui écarta ses lèvres bleues, ses chicots jaunes claquant de froid. Je m'appelle Mains-Rouges.

— Eh bien, tu es un drôle de chrétien, Mains-Rouges ! aboya Cranston.

Le regard matois du dément se posa sur le magistrat.

— A chaque fou sa marotte, rétorqua-t-il. Un fou avise bien un sage !

Sa main surgit de derrière son dos et il agita un bâton où était attachée une vessie de porc boueuse.

— Alors, mes beaux seigneurs, vous voulez jouer avec Mains-Rouges ?

— Va au diable ! gronda Colebrooke en s'avançant vers lui, l'air menaçant.

Mais l'albinos se contenta de lui décocher un coup d'œil furieux.

— Le vieux Mains-Rouges sait des choses. Le vieux Mains-Rouges n'est pas aussi sot qu'il le paraît.

Ses doigts crasseux se tendirent comme des griffes vers le dominicain.

— Mains-Rouges peut être votre ami en échange de quelques piécettes.

Athelstan ouvrit son aumônière et mit deux pièces dans la main du bossu.

— Voilà pour toi ! dit-il avec douceur. Maintenant, tu peux être l'ami de Sir John et le mien.

— Que sais-tu ? demanda Cranston.

L'autre sautilla sur place.

— Sir Ralph est mort. Exécuté par la main de Dieu. Les Ombres sont là. Le passé d'un homme ne le quitte jamais. Sir Ralph aurait dû s'en souvenir !

Il fixa le sous-gouverneur avec animosité :

— Et d'autres aussi devraient s'en souvenir ! Mais Mains-Rouges a beaucoup à faire ! Mains-Rouges doit s'en aller !

— Sir John, frère Athelstan, intervint Colebrooke, la dépouille de Sir Richard nous attend.

— Vous allez voir le sang et le carnage, hein ? s'écria Mains-Rouges en bondissant comme un chevreau. Un homme mauvais, Sir Ralph ! Il n'a que ce qu'il mérite !

Le sous-gouverneur lui envoya un coup de botte, mais il détala avec des éclats de rire suraigus.

— Qui est-ce ? murmura Athelstan.

— Un ancien maçon. Sa femme et son enfant trouvèrent la mort dans un accident, il y a plusieurs années.

— Et Sir Ralph lui permettait de rester ici ?

— Sir Ralph ne supportait pas sa présence, mais n'y pouvait rien. Mains-Rouges était maître maçon du vieux roi[1], aussi bénéficiait-il d'une pension de la Couronne et du droit de vivre dans la Tour.

— Pourquoi ce nom de Mains-Rouges ?

— Il vit près des cachots et c'est lui qui nettoie les instruments de torture et le billot après les exécutions.

Athelstan frissonna et s'emmitoufla dans sa cape. « En vérité, pensa-t-il, c'est la Vallée des Ombres, c'est un lieu où règnent violence et malemort. »

Le sous-gouverneur allait poursuivre son chemin lorsque Cranston lui empoigna le bras.

— Que voulait dire Mains-Rouges en affirmant que Sir Ralph était un homme mauvais qui avait reçu son juste châtiment ?

Colebrooke détourna ses yeux larmoyants.

— Sir Ralph était quelqu'un de bizarre, laissa-t-il échapper à voix basse. Parfois, je crois que son âme était hantée par des démons.

---

1. Édouard III, grand-père du jeune roi Richard II.

CHAPITRE III

Athelstan et Cranston, à la suite du sous-gouverneur, contournèrent les façades à pans de bois des communs et des appentis, puis passèrent sous l'arche de la courtine intérieure pour déboucher sur une cour verglacée et arriver au pied du bastion nord. Colebrooke s'arrêta et désigna l'énorme tour qui se dressait de toute sa masse au-dessus des douves.

— Les culs-de-basse-fosse se trouvent au-dessous de l'escalier menant au premier étage. Cet étage comporte une chambre, celle où a péri Sir Ralph, précisa-t-il avec un geste las.

— Celle où il a été assassiné ! rectifia Cranston.

— Y a-t-il d'autres chambres ? s'enquit Athelstan.

— Il existait un second étage autrefois, mais l'accès en a été muré.

Athelstan leva les yeux : la vue des créneaux enneigés lui coupa le souffle.

— Un bastion de silence ! murmura-t-il. Quel endroit sinistre pour rendre son âme à Dieu !

Ils gravirent les marches. Dans la salle des gardes, deux soldats se recroquevillaient sur des tabourets autour d'un brasero. Colebrooke se contenta d'un bref salut. Ils montèrent un autre escalier abrupt et tirèrent la porte entrouverte qui donnait sur un passage sombre, suintant d'humidité. Marmonnant des jurons, Colebrooke saisit de l'amadou sur une pierre en saillie : les torches murales prirent vie. Les trois hommes longèrent le couloir glacial. Le dominicain remarqua les débris de maçonnerie, les briques éparpillées et les fragments d'ardoise qui bloquaient l'ancienne entrée vers le second étage. Colebrooke sortit un trousseau de clefs de sous sa cape. Il ouvrit la porte et s'effaça avec une politesse presque narquoise devant Athelstan et Cranston.

La toute première impression des deux hommes devant cette chambre voûtée fut de grisaille et de tristesse. Aucune tapisserie, aucune tenture. Seul pendait au mur un crucifix de bois noir portant la silhouette émaciée du Christ agonisant. Un vaste lit à baldaquin trônait en bonne place, ses courtines couleur rouille et malpropres soigneusement fermées. Une table et des tabourets complétaient l'ameublement tandis qu'à trois ou quatre chevilles enfoncées dans la paroi étaient encore accrochés un épais pourpoint, une cape et un large baudrier. Une bassine d'étain fendillée et une aiguière à moitié cachée sous un linge taché étaient placées sur le lavarium en bois, de l'autre côté du lit. La cheminée — étroite mais profonde — aurait peut-être suffi à chauffer la pièce, mais il ne restait dans l'âtre que des cendres froides. Un brasero, plein de charbon de bois à moitié consumé, occupait, seul, le centre de la pièce. Athelstan aurait parié qu'il faisait plus froid qu'à l'extérieur. Cranston désigna les volets ouverts avec un claquement de doigts.

— Par le cul du diable, mon garçon, il gèle à pierre fendre, ici !

— Nous avons tout laissé en l'état, messire ! lui rétorqua Colebrooke.

— Est-ce par là que l'assassin serait entré ? dit Athelstan en montrant la fenêtre et en contemplant l'impressionnante ouverture en forme de losange.

— Ce ne peut être que par là ! bougonna le sous-gouverneur en allant refermer bruyamment les volets.

Athelstan embrassa la chambre du regard. Il reconnaissait l'odeur fétide de la mort et remarqua avec dégoût la jonchée crasseuse et le pot de chambre ébréché et plein.

— Par la mort diantre, aboya Cranston en touchant le récipient de sa botte, enlevez-moi ça d'ici, si vous ne voulez pas que ça pue la male peste !

Puis il s'approcha du lit et tira les courtines. Athelstan recula d'effroi : le corps exsangue de Sir Ralph gisait sur l'oreiller et les draps d'une propreté douteuse. Ses mains roides agrippaient encore la courtepointe ensanglantée et sa tête était rejetée en arrière. Les traits déformés par le rictus de la mort, il semblait contempler, sous ses lourdes paupières entrouvertes, l'horrible plaie béante qui courait d'une oreille à l'autre. Le sang, qui avait jailli comme le vin d'un tonneau percé, recouvrait d'une couche épaisse et figée la poitrine du défunt et la literie. Athelstan repoussa les draps et examina le cadavre livide à demi dénudé.

— La cause du trépas est évidente, conclut-il. Mais je ne vois trace d'aucune autre blessure ou ecchymose.

Il bénit silencieusement la dépouille et s'écarta.

Colebrooke, resté sagement en arrière, chuchota :

— Sir Ralph redoutait de mourir ainsi.

— Quand a-t-il commencé à avoir peur ? demanda Athelstan.

— Oh, il y a trois ou quatre jours !

— Pourquoi ? intervint Cranston. Que craignait-il ?

Le sous-gouverneur haussa les épaules.

— Dieu seul le sait ! Sa fille ou son frère vous en diront plus, certainement. Tout ce dont je suis sûr, c'est qu'avant son assassinat Sir Ralph se sentait talonné par l'Ange de la Mort.

Cranston alla à la fenêtre et repoussa le volet pour se pencher au-dehors, en dépit du froid.

— Quel à-pic ! commenta-t-il en se redressant aussitôt, au grand soulagement du dominicain qui était le seul à savoir combien il avait bu.

Le magistrat referma violemment les volets.

— Qui oserait tenter cette escalade en pleine nuit et au beau milieu de l'hiver ?

— Il y a des encoches dans le mur, répondit Colebrooke, l'air suffisant. Peu le savent, bien sûr !

— A quoi servent-elles ?

— Oh, c'est une sorte d'escalier, une précaution prise par le bâtisseur de la tour. Si un ouvrier tombait dans les douves, il pouvait s'en tirer ainsi.

— Donc, bafouilla Cranston, se laissant choir sur un escabeau et s'épongeant le front, vous affirmez que quelqu'un, probablement un soldat ou un tueur à gages, a grimpé jusqu'à cette fenêtre grâce à ces encoches ?

Il se retourna pour regarder les volets.

— Et, d'après vous, l'assassin a introduit sa dague entre les volets pour soulever le loquet, avant de pénétrer dans cette pièce et de trancher la gorge de Sir Ralph ?

Colebrooke hocha lentement la tête :

— Je le suppose !

— Et je suppose, enchaîna sarcastiquement Cranston, que Sir Ralph n'a pas bougé de son lit, mais s'est laissé tranquillement égorger comme un agneau.

Le sous-gouverneur s'approcha des volets et mit le loquet en place, puis il prit sa dague, la glissa dans la fente et la souleva. Il ouvrit les volets et se retourna vers Cranston, un sourire aux lèvres.

— C'est faisable, messire ! déclara-t-il sèchement. L'assassin sera entré à pas de loup, puis aura traversé la chambre. Il suffit de quelques secondes pour trancher la gorge d'un homme, surtout d'un homme qui a bu plus que de raison.

Athelstan réfléchit aux propos du sous-gouverneur. C'était cohérent. Cranston et lui n'ignoraient pas l'existence des Chevaliers de l'Ombre, ces truands capables de s'introduire dans une demeure et de la piller sans éveiller le propriétaire, sa femme, ses enfants ni même ses chiens : pourquoi ici en serait-il autrement ? Le dominicain examina la chambre soigneusement : les solides murs de granit, le plafond voûté et les dalles froides en pierre meulière sous la jonchée.

— Non, mon frère ! s'écria Colebrooke comme s'il lisait dans ses pensées. Vous ne trouverez pas de passages secrets ici. Il n'y a que deux façons de pénétrer dans cette pièce : par la fenêtre ou par la porte. De plus, comme vous l'avez vu en montant, des sentinelles veillent dans la salle des gardes et l'accès à l'étage au-dessus est bloqué par des gravats.

— A-t-on découvert des traces de sang ? demanda Athelstan avant de se récrier avec irritation en surprenant le ricanement et le regard de côté que jetait le sous-gouverneur à la dépouille sanglante. Non, je veux dire « ailleurs » ! Près de la fenêtre ou de la porte. Quand l'assassin est reparti, son poignard ou son épée devait être plein de sang.

Colebrooke eut l'air dubitatif.

— Voyez vous-même, mon frère. Moi, je n'ai rien trouvé.

Athelstan lança un coup d'œil désespéré à Cranston qui, affalé comme un sac sur son tabouret, fermait à demi les yeux : les pintes englouties dès le matin faisaient leur effet ainsi que les efforts vigoureux par ces températures glaciales. Le dominicain explora les lieux méthodiquement : du sang coagulé recouvrait abondamment la literie et le corps, mais Athelstan n'en décela aucune trace près de la fenêtre ou de la porte, ni dans la jonchée.

— Rien d'autre n'avait été dérangé ?

Colebrooke fit signe que non. Cranston s'anima soudain.

— Pourquoi Sir Ralph s'est-il installé ici ? cracha-t-il. Ce n'était pas ses quartiers ordinaires.

— Il pensait y être plus en sécurité. Le bastion nord est un des endroits les plus inaccessibles de la forteresse. Il logeait habituellement dans les appartements royaux de la tour Blanche.

— Et effectivement, il n'encourut aucun danger jusqu'à ce que les douves gèlent, conclut Athelstan.

— C'est vrai, dit Colebrooke. Ni moi ni personne d'autre n'y avons songé.

— Mais un tueur ne se ferait-il pas repérer ? s'étonna Cranston.

— Probablement pas. La Tour est plongée dans

l'obscurité, en pleine nuit. Aucune sentinelle ne montait la garde sur le bastion nord. Quant aux soldats sur le chemin de ronde, ils ont dû passer leur temps à essayer de ne pas crever de froid.

— Bien ! décida Cranston, les paupières plissées. Revoyons le cours des événements, avant de rejoindre les autres !

— Sir Ralph soupa dans la grand-salle en buvant à tire-larigot. Puis Geoffrey Parchmeiner et deux soldats l'escortèrent jusqu'à cette chambre. Ces derniers vérifièrent que tout était en ordre dans la pièce ainsi que dans le couloir et la salle des gardes.

— Et ensuite ?

— Sir Ralph se renferma à double tour. Les autres, à l'extérieur, entendirent la clef tourner. Ils raccompagnèrent Geoffrey dans le couloir, verrouillèrent la porte à l'autre bout et commencèrent leur veille. Ils ne quittèrent pas leur poste de toute la nuit et ne remarquèrent rien d'anormal. Et moi non plus, lors de mes rondes de nuit.

Athelstan leva la main.

— Expliquez-nous cette histoire de clefs.

— Sir Ralph possédait une clef de sa chambre et les sentinelles ont le double, normalement accroché dans la salle des gardes.

— Et la porte du couloir ?

— Là encore, Sir Ralph avait une clef et les gardes l'autre. Vous les verrez toutes les deux, accrochées à des chevilles, quand vous redescendrez.

— Continuez, messire ! Que s'est-il passé ensuite ?

— Juste après prime, ce matin, Geoffrey Parchmeiner...

Le sous-gouverneur coula un regard sournois vers Athelstan.

— Vous l'avez vu, n'est-ce pas, ce futur gendre bien-aimé ? Eh bien, il est venu réveiller Sir Ralph.

— Pourquoi Geoffrey ?

— Sir Ralph avait toute confiance en lui.

— Apportait-il une boisson ou de la nourriture ?

— Non ! Il en avait l'intention, mais Sir Ralph a déclaré qu'à cause du froid il souhaitait la présence de Geoffrey à son chevet, quand il se réveillerait. Ainsi ils organiseraient la journée avant de partager le petit déjeuner avec sa parentèle dans la grand-salle.

— Continuez ! grogna Cranston, l'air exaspéré, en battant la semelle.

— Eh bien, les gardes ont accompagné Geoffrey jusqu'à la porte du couloir, en haut de l'escalier, et l'ont fait entrer avant de verrouiller la porte derrière lui. Ils l'ont entendu longer le couloir, frapper à la porte en criant, mais le gouverneur n'a pas bougé. Geoffrey est revenu un moment après. « Impossible de réveiller Sir Ralph ! » leur assura-t-il.

S'interrompant, Colebrooke se gratta la tête et ferma les yeux pour mieux se souvenir des faits et gestes de chacun.

— Geoffrey décrocha la clef de la chambre, puis changea d'avis et vint me chercher dans la grand-salle. Je me précipitai ici, pris la clef et déverrouillai la porte.

Le sous-gouverneur désigna le lit :

— Et nous avons trouvé Sir Ralph dans cet état.

— Les volets étaient ouverts ? demanda Cranston.

— Oui.

— Depuis combien de temps les douves sont-elles complètement gelées ? s'enquit Athelstan.

— Depuis trois jours environ.

Colebrooke se frotta les mains vigoureusement et supplia :

— Faut-il vraiment que nous discutions ici, Sir John ? Il existe des endroits plus confortables pour mener un interrogatoire !

Le coroner s'étira.

— Tout à l'heure, murmura-t-il. Sir Ralph était gouverneur de la Tour depuis... ?

— Oh, depuis quatre ans, à peu près.

— L'aimiez-vous ?

— Non ! Il avait la main lourde et était très à cheval

sur la discipline, sauf quand il s'agissait de sa fille et de son promis.

Cranston hocha la tête et retourna auprès du cadavre.

— Je suppose, bougonna-t-il, qu'on n'a pas retrouvé l'arme du crime. Pourriez-vous vérifier à nouveau, mon frère ?

Le dominicain pesta à part lui, mais, avec l'aide de Colebrooke, il fouilla rapidement la pièce en écartant la jonchée du pied et en examinant les cendres froides de l'âtre.

— Rien ! déclara le sous-gouverneur. Il serait difficile d'y cacher ne serait-ce qu'une aiguille.

Athelstan alla dégainer l'épée du baudrier de Sir Ralph.

— Nulle trace de sang ! nota-t-il. Pas une goutte ! Sir John, nous devrions partir.

Ils s'arrêtèrent dans le couloir pour s'intéresser à une tache sur le sol, mais ce n'était que de l'huile. Ils avaient presque descendu l'escalier lorsque Athelstan retint le sous-gouverneur.

— Et les deux sentinelles ? dit-il tout bas. Sont-ce les mêmes gardes que la nuit dernière ?

— Oui. Des mercenaires au service de Sir Ralph lorsqu'il faisait partie de la suite de monseigneur le régent.

— Loyaux ?

Colebrooke eut une petite moue.

— A mon avis, oui. Ils ont prêté serment et, surtout, Sir Ralph venait de doubler leur solde. Ils n'avaient rien à gagner à sa mort et beaucoup à perdre.

— Et vous ? Avez-vous quelque chose à y gagner ? insinua Cranston d'une voix pâteuse.

Colebrooke porta la main à sa dague.

— Sir John, cette remarque m'offense, mais j'avoue que je n'appréciais guère Whitton. En revanche, il était dans les bonnes grâces de monseigneur le régent.

— Briguiez-vous son poste ?

— Bien sûr. Je crois que j'en étais digne plus que lui.

— Le régent ne partageait pas cette opinion, n'est-ce pas ?

— Jean de Gand se livre peu, observa amèrement Colebrooke, mais j'espère qu'il va me nommer au poste de gouverneur, à présent.

— Pourquoi ? demanda doucement Athelstan.

Colebrooke eut l'air surpris.

— Ma loyauté est à toute épreuve. En cas d'émeutes, je défendrai la Tour jusqu'à mon dernier souffle !

Cranston lui tapota la poitrine en esquissant une grimace.

— Vous avez mis le doigt dessus, mon brave. Vous et moi pensons la même chose. Il se peut que l'assassinat de Sir Ralph soit lié aux complots qui poussent comme des champignons dans les villages et les hameaux autour de Londres.

Colebrooke approuva :

— Whitton menait ses gens à la baguette et un tueur engagé par la Grande Communauté n'aurait eu aucun mal à accomplir sa basse besogne.

Athelstan sourit, lui aussi, et lui posa la main sur l'épaule.

— Vous avez peut-être raison, messire, mais il y a un défaut à votre théorie.

Le sous-gouverneur lui opposa un regard vide.

— Ne comprenez-vous pas ? expliqua Athelstan à mi-voix. Quelqu'un, dans la Tour, a dû dire à l'assassin quand, où et comment trouver Sir Ralph.

Le sous-gouverneur, la mine dépitée, les précéda dans l'escalier. Les deux gardes, trapus et corpulents, étaient restés accroupis, les mains tendues vers le brasero chauffé au rouge. Ils daignèrent à peine bouger à l'approche de Colebrooke et Athelstan perçut leur dédain pour un officier subalterne appelé soudain à un poste de commandement.

— Vous étiez de garde hier soir, n'est-ce pas ? leur demanda le dominicain.

Ils confirmèrent d'un signe de tête.

— Vous n'avez rien vu d'anormal ?

Leur mouvement de tête, cette fois-ci, s'accompagna de sourires suffisants, comme s'ils trouvaient Athelstan légèrement amusant et plutôt ennuyeux.

— Debout ! rugit Cranston. Debout, misérables fainéants ! Par la mort diantre, j'ai fait fouetter jusqu'au sang des hommes qui vous valaient cent fois !

Les deux sentinelles se levèrent d'un bond en entendant les menaces et le ton implacable du coroner.

— Voilà qui est mieux ! approuva le magistrat d'une voix caressante. Et maintenant, mes gaillards, répondez correctement aux questions de mon clerc et tout ira bien.

Il empoigna un des gardes par l'épaule.

— Sinon, je fais répandre le bruit que c'est vous qui avez profité de la nuit pour tuer votre gouverneur.

— C'est faux ! s'écria le soldat d'une voix grinçante. Nous étions loyaux envers Sir Ralph. Nous n'avons rien vu et rien remarqué jusqu'à ce que le papegai — je veux dire, le futur gendre de Sir Ralph — descende les escaliers quatre à quatre en gueulant qu'il ne parvenait pas à réveiller le gouverneur. Il a pris la clef, puis il a fait mine de remonter, mais s'est ravisé et est allé chercher le sous-gouverneur.

— Vous l'avez entendu frapper à la porte et appeler Sir Ralph ? demanda Athelstan.

— Bien sûr !

— Mais il n'est pas entré ?

— La clef était ici, en bas, répliqua le garde en montrant une cheville dans le mur. Elle pendait là, sous notre nez. Et il n'y en avait que deux. Une ici et une gardée par Sir Ralph.

— Vous en êtes certain ? intervint Cranston.

— Oui, oui ! persista le soldat. J'ai trouvé l'autre clef sur la table près du lit de Sir Ralph quand j'ai ouvert la porte de sa chambre. Elle est en ma possession.

— Ah bien, dit Cranston à voix basse, cela suffit pour l'instant. Allons inspecter l'extérieur de la forteresse.

En quittant le bastion nord, ils entendirent soudain

un vacarme assourdissant en provenance de la haute cour[1]. Ils suivirent le sous-gouverneur qui se ruait sous une arche donnant sur la cour d'un blanc immaculé. Le bruit venait d'un bâtiment situé entre le corps du logis et la tour Blanche. Tout d'abord, Athelstan ne comprit pas ce qui se passait. Il vit des silhouettes courir en tous sens et des chiens sauter dans la neige en jappant. Colebrooke poussa un profond soupir de soulagement.

— Oh, c'est seulement lui ! murmura-t-il. Regardez !

Athelstan et Cranston, cloués par la stupeur, virent un ours gigantesque et hirsute s'avancer vers eux en se dandinant. Debout sur ses pattes arrière, le fauve battait l'air de ses griffes.

— J'ai déjà vu des ours, chuchota Cranston, des petits à poils raides aux prises avec des mâtins, mais aucun n'avait cette majesté.

La bête gronda et Athelstan remarqua les longues chaînes qui pendaient de son collier en fer : chacune était tenue par un gardien. Mains-Rouges, le fou, fit traverser la cour à l'animal et l'attacha à un énorme poteau de l'autre côté du corps de logis.

— Quelle bête magnifique ! s'extasia le dominicain à mi-voix.

— Un prince norvégien en fit présent au grand-père de notre roi — que Dieu le bénisse, précisa le sous-gouverneur. Cet ours s'appelle Ursus Magnus.

— Ah ! releva Athelstan, amusé. D'après la constellation.

Colebrooke ne comprit pas.

— Les étoiles, expliqua le moine. Une constellation dans les cieux.

Colebrooke, un sourire crispé aux lèvres, les condui-

---

1. Située à l'intérieur de la seconde enceinte, elle comprend les chenils, fauconneries, cuisines, logements des valets, chapelle et jardins et s'oppose à la basse-cour, située entre la première et la seconde enceinte, où se tiennent les ateliers des artisans, le pressoir, la forge... (*N.d.T.*)

sit à une poterne de la muraille extérieure. Il repoussa le loquet ; les gonds grincèrent et la porte massive émit quelques craquements de protestation lorsqu'il l'ouvrit brutalement.

« Cela fait des mois, pensa Athelstan, que personne n'est passé par là. »

Ils avancèrent à pas prudents sur les douves gelées. Une sensation d'irréalité et d'étrangeté, née du silence et de l'épaisse brume, les envahissait.

— C'est la seule fois où vous marcherez sur l'eau, mon cher frère ! plaisanta Cranston.

Athelstan rit :

— C'est une impression bizarre, en effet !

Il scruta les traits tirés de Colebrooke.

— A quoi sert donc cette porte ?

Le sous-gouverneur haussa les épaules.

— On l'utilise très rarement. Parfois, un agent secret ou un messager veut traverser les douves ou alors quelqu'un sort en douce de la forteresse. A présent, dit-il en frappant de sa botte l'épaisse couche de glace, cela ne fait aucune différence.

Athelstan contempla les alentours. Derrière lui, l'impressionnante muraille s'élançait vers les nuages porteurs de neige tandis que la rive opposée s'enfonçait dans la brume dense. Aucune vie, aucun son à part leur respiration et le raclement de leurs bottes sur les douves gelées. Ils marchaient doucement, précautionneusement : la glace n'allait-elle pas se fissurer et l'eau réapparaître ? Ils longèrent les remparts jusqu'au bastion nord.

— Où sont les encoches ? s'enquit Cranston.

Colebrooke leur fit signe d'approcher et leur montra la paroi. Les encoches étaient à peine visibles, mais ils finirent par les distinguer : on aurait dit, profondément incrustées dans la pierre, les marques de serres d'un oiseau gigantesque. Cranston posa la main sur l'une d'elles.

— Oui ! Quelqu'un est bien passé par là. Regardez ! La glace est brisée.

Le dominicain examina les entailles gelées et en convint. Puis il les suivit des yeux jusqu'à ce qu'elles se perdent dans la brume tenace, tout comme le sommet du bastion.

— Dangereuse, l'escalade ! observa-t-il. Et encore plus en pleine nuit !

Il scruta le sol couvert de givre. Se penchant soudain, il ramassa un objet et le cacha au creux de sa main jusqu'à ce que Colebrooke fît demi-tour.

— Qu'est-ce que c'est ? articula péniblement le coroner. Qu'avez-vous découvert ?

Athelstan tendit sa paume. Le magistrat esquissa un sourire en voyant luire une boucle de botte en argent doré.

— C'est bien cela ! marmonna-t-il. Quelqu'un est passé par là. Tout ce qu'il nous reste à faire, c'est retrouver le propriétaire de cette boucle. Ensuite, ce sera le Banc du roi[1], un procès vite expédié et une bonne petite pendaison bien longue !

Athelstan eut un geste navré.

— Oh, Sir John ! soupira-t-il. Si seulement les choses étaient aussi simples !

Ils refranchirent la poterne pour gagner la haute cour. La forteresse semblait s'être animée, bien qu'il gelât toujours à pierre fendre, sans signe de radoucissement. Les maréchaux-ferrants avaient allumé leurs forges et la cour résonnait du tintamarre des marteaux sur l'enclume et du ronflement des soufflets que maniaient des apprentis dépenaillés. Un boucher découpait un porc étripé tandis que les gâte-sauce égouttaient les morceaux de viande pour en faire partir le sang et couraient les mettre dans de vastes tonneaux de saumure pour qu'ils passent l'hiver sans dommage. Un palefrenier faisait trotter un cheval boiteux en criant à ses compa-

---

1. Le roi exerce la justice soit par des juges itinérants, soit par deux cours : le Banc commun ou Cour des plaids communs qui jugent des contestations entre particuliers et le Banc du roi qui juge les procès criminels. (*N.d.T.*)

gnons de déceler la partie atteinte. Filles de cuisine et marmitons trempaient des piles de plats graisseux en étain dans des barriques d'eau chaude. Le sous-gouverneur sourit en observant la scène :

— Bientôt Noël ! Tout doit être fin prêt !

Athelstan opina en voyant trois gamins chargés de houx et de rameaux verts traverser la cour en direction du grand donjon.

— Vous allez fêter la Nativité ? s'étonna le dominicain en désignant du menton une charrette à grandes roues d'où des soldats déchargeaient d'énormes fûts de vin.

— Bien sûr ! Ce n'est pas la première fois que la Mort frappe la Tour et les funérailles de Sir Ralph auront lieu avant Noël.

Il se remit en route, comme lassé par leurs questions.

Athelstan ne bougea pas, mais, lançant un clin d'œil à Cranston, il s'écria :

— Messire !

Le sous-gouverneur se retourna en s'efforçant de cacher son irritation.

— Oui, mon frère ?

— Pourquoi tant de gens se sont-ils rassemblés ici ? Je veux parler des chevaliers hospitaliers, de messire Geoffrey et de Sir Fulke.

Colebrooke eut un haussement d'épaules.

— Le frère du gouverneur habite ici.

— Et le jeune Geoffrey ?

Colebrooke ricana.

— Je pense qu'il est aussi amoureux de demoiselle Philippa qu'elle de lui. Sir Ralph l'avait invité à célébrer Noël à la Tour. Pourquoi pas ? Toute activité a cessé dans la cité, par suite du mauvais temps, et Sir Ralph insistait, surtout depuis qu'il ressentait ces craintes étranges, pour que le fiancé de sa fille restât à ses côtés.

— Les deux chevaliers hospitaliers ? demanda Cranston.

— De vieux amis du gouverneur. Ils viennent ici

tous les ans célébrer la Noël et cela se passe toujours de la même façon : ils arrivent pendant l'Avent et, la veille de Noël, vont souper à la *Mitre Dorée*, en face de la Tour. Ils restent jusqu'à l'Épiphanie, ne repartant que le lendemain. Ils l'ont déjà fait trois fois, bien que Dieu seul sache pourquoi.

Il lança un crachat jaunâtre sur la neige immaculée.

— Comme je vous l'ai dit, Sir Ralph avait ses petits secrets et je n'ai jamais cherché à les connaître.

Cranston ne tenait plus en place : il était gagné par le froid et l'ennui. Athelstan pria donc Colebrooke de les ramener à la tour Blanche. Là, ils rejoignirent la chapelle Saint-Jean en passant par un escalier à vis et une antichambre. Athelstan sentit la paix pénétrer en son âme dès qu'il respira l'agréable odeur de l'encens. Il parcourut la nef à la belle charpente et contempla les bas-côtés bordés par douze piliers enguirlandés de larges rubans de velours vert et écarlate. Sur le sol lavé, les dalles d'un rouge étrange semblaient irradier leur propre chaleur tandis que les délicates fresques murales et les grands vitraux captaient la lueur aveuglante de la neige et baignaient le chœur et la nef d'une lumière chaude. Au pied des piliers, des braseros où brûlaient des herbes odoriférantes embaumaient l'air des senteurs douceâtres de l'été. Athelstan était envahi par un sentiment de confort, de sérénité et de chaleur. Cependant, il parcourait la chapelle d'un regard envieux : si seulement St Erconwald était aussi belle ! Il vit la grande étoile d'argent accrochée en haut du jubé et, bafouillant d'émerveillement, s'avança dans le chœur plongé dans le silence et admira les degrés en marbre et le magnifique autel de pur albâtre.

— Quelle quiétude ! murmura-t-il en rejoignant ses compagnons.

Colebrooke sourit, un peu gêné.

— Avant de quitter la grand-salle, j'ai ordonné qu'on décore la chapelle, déclara-t-il en jetant un coup d'œil à la ronde. Je ne sais si c'est un tour de force ou une invention des architectes, ou si c'est l'épaisseur des murs ou bien son emplacement à l'intérieur de la Tour, quoi qu'il en soit, il fait toujours chaud dans cette chapelle.

— Je meurs de soif ! annonça Cranston d'une voix solennelle. J'ai grimpé un nombre incalculable de marches, examiné un cadavre horrifiant, manqué tomber à chaque pas sur de la glace, et j'en ai assez ! Messire, vous paraissez être un homme de cœur. Veuillez convoquer les autres ici, et pour faire honneur à Noël, demandez qu'on apporte un pichet de clairet pour moi et mon clerc.

Colebrooke s'exécuta, mais pas avant qu'Athelstan et lui eussent installé des escabeaux en un large demi-cercle. Après le départ du sous-gouverneur, le dominicain prit une table de bois poli dans le chœur et y déposa ses plumes, son encrier et du parchemin. Il veilla à réchauffer l'encre au brasero pour qu'elle coule claire et limpide. Cranston se recroquevilla sur son siège, ôta sa cape et savoura la chaleur et l'odeur de l'encens. Athelstan le dévisagea attentivement.

— Sir John, lui conseilla-t-il tout bas, n'abusez pas du vin. Vous avez assez bu et vous êtes épuisé.

— Du vent ! s'écria Cranston d'une voix pâteuse, pleine de colère. Je boirai tout mon saoul si ça me chante !

Athelstan se recueillit et pria le Seigneur de l'aider. Jusqu'ici, Sir John s'était assez bien comporté, mais la boisson pouvait lui mettre le diable au corps. Dieu seul savait alors de quels méfaits il était capable. Colebrooke revint à toute vitesse. Un serviteur le suivait, porteur — au grand désespoir du dominicain — d'une énorme cruche de clairet et de deux gros gobelets. Cranston s'empara du pichet comme un homme mourant de soif et engloutit le contenu des deux gobelets au moment même où les proches du défunt entraient et prenaient place sur les escabeaux. Il ferma ensuite les paupières, émit un rot retentissant et se proclama satisfait.

L'assistance, sur la défensive, fixait la face rougeaude du magistrat de la Couronne, affalé devant eux, bras ballants. Elle n'en croyait pas ses yeux.

Athelstan hésitait entre exaspération et admiration. Cranston avait martel en tête, mais à quel propos ? Son aptitude, pourtant, à garder tous ses esprits même après avoir bu jusqu'à plus soif fascinait toujours autant son clerc.

Le dominicain passa rapidement l'assemblée en revue. Les deux hospitaliers arboraient un air dédaigneux et lointain. Philippa s'agrippait plus fort à son fiancé ; celui-ci, légèrement éméché, échangeait des sourires affables avec Cranston.

Rastani, le serviteur, paraissait mal à l'aise et effrayé par l'impressionnant crucifix suspendu à la charpente. Athelstan se demanda si la conversion du Sarrasin à la vraie foi n'était pas simulée. Sir Fulke tirait une mine longue d'une aune, comme s'il désirait en finir au plus vite avec ces formalités lassantes. Quant au chapelain, il dissimulait mal son agacement devant une convocation aussi cavalière.

— Mille mercis à tous, commença doucement Athelstan en triturant le bout de sa plume d'oie. Demoiselle Philippa, veuillez accepter nos condoléances pour la disparition soudaine et terrible de votre père. Nous connaissons à présent les détails de cette mort.

— C'est un meurtre !

Philippa s'avança, les traits tendus, sa poitrine généreuse se soulevant sous sa robe de lourd taffetas.

— C'est un assassinat, mon frère ! Mon père a été assassiné !

— Oui, oui, c'est vrai, bafouilla Cranston. Mais par qui, hein ? Pourquoi et comment ?

Il se redressa et tapota son nez cramoisi avec des manières d'ivrogne.

— Ne vous inquiétez pas, demoiselle Philippa ! Nous démasquerons le coupable et l'enverrons se balancer au gibet de Tyburn !

— Votre père, reprit Athelstan, semblait redouter quelque chose. Il a quitté ses quartiers habituels pour s'enfermer dans le bastion nord. Pourquoi ? Qu'est-ce qui l'effrayait ?

Le silence s'épaissit étrangement et la tension redoubla devant cette intrusion dans leurs secrets les plus profonds.

— Je vous ai posé une question, insista Athelstan avec onctuosité. Qu'est-ce qui a effrayé Sir Ralph au point qu'il se soit claquemuré dans une chambre, qu'il ait doublé la solde de ses gardes et exigé que l'on fouille les visiteurs ? Qui voulait sa mort avec un tel acharnement qu'il a traversé en pleine nuit des douves gelées, escaladé le mur à pic d'une tour et pénétré dans une pièce gardée pour commettre, vers la minuit, un vil assassinat ?

— Les rebelles ! lança Colebrooke. Des traîtres qui se sont débarrassés d'un homme prêt à défendre le jeune roi jusqu'à la dernière goutte de son sang.

— Billevesées ! l'interrompit le dominicain. Comme vous l'avez dit vous-même, messire, monseigneur le régent va nommer un successeur à la loyauté sans faille.

— Mon père avait une personnalité bien à lui, balbutia Philippa tout à trac.

Athelstan soutint son regard larmoyant.

— Nul ne doute que votre père ait été quelqu'un de spécial dans sa vie et dans ses secrets. Vous les connaissez, n'est-ce pas ? Alors, pourquoi ne pas les révéler ?

La jeune femme détourna les yeux. Elle fouilla sous sa cape et jeta un parchemin jauni sur la table.

— Voici ce qui a changé la vie de Père, bredouilla-t-elle, mais j'ignore pourquoi.

Athelstan prit le parchemin en observant l'assistance : il remarqua la tension soudaine des hospitaliers. Il sourit *in petto*.

« Bien, pensa-t-il, on commence à y voir plus clair ! »

CHAPITRE IV

Le parchemin luisant portait des traces de doigts. Ce carré de six pouces de côté s'ornait d'un dessin grossier représentant une nef à trois mâts et de grandes croix noires dans chaque coin.

— Est-ce tout ? voulut savoir Athelstan en redonnant le vélin à la jeune fille.

Celle-ci se raidit. Sa lèvre inférieure trembla et ses yeux s'embuèrent.

— Il y avait autre chose, n'est-ce pas ? poursuivit le dominicain.

Philippa acquiesça. Geoffrey lui saisit la main et la caressa doucement comme si elle était une enfant.

— Oui, dit-elle. Une galette de sésame.

— Une quoi ? aboya Cranston.

— Une galette de sésame ; cela ressemble à un biscuit jaunâtre.

— Qu'est-il arrivé ?

— Un jour, j'ai vu mon père déambuler sur le chemin de ronde. Il me parut très agité. Tout à coup, il lança cette galette de toutes ses forces dans les douves. Ensuite, ce ne fut plus le même homme : il tint tout le monde à distance et exigea de déménager dans le bastion nord.

— Est-ce exact ? demanda Cranston à l'assistance.

— Bien sûr ! riposta le chapelain, acerbe. Demoiselle Philippa n'est pas une menteuse.

— Alors, mon père, reprit Cranston d'un ton doucereux, Sir Ralph vous aurait-il fait ses confidences ?

Il leva une main grassouillette.

— Je ne vous demande pas de trahir le secret de la confession. Tout ce que je veux savoir, c'est s'il s'est ouvert à vous.

— J'en doute, ricana Colebrooke. Sir Ralph avait des questions à poser au chapelain sur certaines provisions et fournitures qui, apparemment, ont disparu des magasins.

William Hammond lui fit face, les lèvres retroussées comme un chien prêt à mordre.

— Tenez votre langue, messire ! s'écria-t-il d'une voix grinçante. C'est vrai, certaines choses semblent s'être envolées dans la nature, mais cela signifie-t-il que c'est moi le coupable ? Je ne suis pas le seul à avoir accès à la tour Wardrobe, insinua-t-il lourdement.

— Expliquez-vous ! ordonna le sous-gouverneur.

— Oh, nenni ! intervint Cranston. Nous ne sommes pas là pour discuter de provisions, mais de la vie d'un homme. Je vous le redemande, et ce de par votre allégeance au roi — car cela pourrait être un cas de haute trahison : Sir Ralph s'est-il confié à l'un d'entre vous ? Ce parchemin a-t-il une quelconque signification ?

Un chœur de « non » lui répondit, mais Athelstan remarqua que les hospitaliers détournaient le regard en marmonnant leur réponse.

— J'espère que vous dites la vérité ! observa brutalement Cranston. Sir Ralph peut avoir été abattu par des paysans complotant une rébellion. Votre père, demoiselle Philippa, était un ami proche du régent et un allié de confiance de la Cour.

Athelstan prit la parole pour calmer l'atmosphère.

— Demoiselle Philippa, parlez-moi de votre père !

La jeune femme, yeux baissés, entrelaça nerveusement les doigts.

— C'était un homme de guerre. Il a combattu les Lettons en Prusse, puis a servi près de la Caspienne avant d'aller par-delà les mers, en Égypte, en Palestine et à Chypre.

Elle cligna des yeux et désigna les chevaliers :

— Mais eux pourront vous en dire plus à ce sujet.

Elle prit une profonde inspiration.

— Il y a quinze ans, il combattait en Égypte au service du calife. Il revint au pays couvert de gloire et de richesse. J'avais trois ans à l'époque. Ma mère mourut l'année suivante et nous fîmes partie de la suite de Jean de Gand. Mon père devint l'un de ses principaux lieutenants et, il y a quatre ans, il fut promu gouverneur.

Athelstan esquissa un sourire encourageant. Il connaissait ce genre d'hommes. Ces soldats de métier, ces mercenaires qui se battaient généralement pour leur foi, ne rechignaient pas à servir dans les armées des infidèles. Athelstan scruta les visages autour de lui. Ils paraissaient sereins et calmes, mais il sentait qu'il y avait anguille sous roche. Tous réprimaient leurs antipathies et leurs rivalités dans leur zèle à répondre à ses questions.

— Je suppose, annonça-t-il sèchement, que vous avez déjà passé au crible les papiers de Sir Ralph.

— Cela va sans dire ! répondit Sir Fulke. J'ai vérifié tous ses documents, ses comptes domestiques, ses rapports, ses lettres, et n'y ai rien trouvé d'anormal. Après tout, je suis son exécuteur testamentaire, ajouta-t-il, l'œil flamboyant comme s'il s'attendait à être contredit.

— Bien sûr, bien sûr, concéda Cranston.

Athelstan le déplora. « En effet, pensa-t-il, et tout document compromettant aura été détruit. »

Il fixa le damoiseau qui se tenait près de Philippa.

— Depuis combien de temps, messire, connaissez-vous votre fiancée ?

Les joues empourprées par la boisson, Geoffrey serra plus fort la main de sa promise.

— Depuis deux ans, répondit-il, radieux.

Athelstan remarqua le sourire entendu qu'échangeaient les amoureux.

Cranston, quant à lui, coula un regard égrillard à la jeune fille et observa ce couple mal assorti : si Geoffrey frappait par sa beauté exceptionnelle, alliée à une prospérité probable, Philippa, elle, n'avait pas été très gâtée par la nature. Et puis, Sir Ralph avait été homme de guerre. Or, Geoffrey n'appartenait pas, à première vue, au type de soupirants que ce genre de familles accueillait à bras ouverts. Cranston, alors, se rappela Maude et la cour passionnée qu'il lui avait faite. L'amour est chose étrange, lui répétait constamment Athelstan, et les contraires s'attirent souvent.

— Messire Parchmeiner, veuillez expliquer votre présence à la Tour.

Le jeune homme eut un renvoi discret et cligna des yeux comme s'il allait sombrer dans le sommeil.

— Eh bien, tout commerce en ville s'est arrêté à cause du mauvais temps. Sir Ralph désirait que je séjourne à la Tour pendant la Noël, surtout depuis qu'il se sentait gagné par l'affolement et l'inquiétude.

— Connaissiez-vous la raison de son angoisse ?

— Non ! bredouilla Geoffrey d'une voix pâteuse. Pourquoi le saurais-je ?

— Vous entendiez-vous bien avec lui ?

— Je l'aimais comme un père.

Cranston reporta son attention sur Sir Fulke, qui manifestait ouvertement son impatience.

— Sir Fulke, vous êtes l'exécuteur testamentaire de Sir Ralph, m'avez-vous dit ?

— Oui. Et j'ajouterai, avant même que vous me le demandiez, que j'en serai également son bénéficiaire après ratification par le tribunal des successions.

— Que stipule le testament ?

— Sir Ralph possédait des terres près de Charterhouse à St Giles. Elles iront à Philippa, ainsi que l'argent placé chez les banquiers lombards de Cornhill.

— Et vous, de quoi héritez-vous ?

— Des prairies et des pâturages du manoir de Holywell, près d'Oxford.

— Un beau legs.

— Oui, Sir John, mais pas assez pour tuer !

— Je n'ai pas dit cela.

— Vous l'avez insinué.

Athelstan s'empressa d'intervenir.

— Sir Ralph était-il riche ?
— Il avait amassé une petite fortune à l'étranger, précisa sèchement Sir Fulke, mais il veillait à la dépense.

Athelstan remarqua le rictus amer du chapelain. « Sir Ralph, pensa-t-il, devait probablement être avaricieux. » Le dominicain lorgna vers Cranston et se lamenta en son for intérieur : bouche bée, bedaine flasque, le brave coroner avait entamé une de ses courtes siestes.

« O Seigneur, supplia Athelstan en son for intérieur, faites qu'il ne ronfle pas ! »

— Pourquoi, Sir Fulke, habitez-vous la Tour, qui est une demeure plutôt inhospitalière ? demanda Athelstan à brûle-pourpoint.

Sir Fulke haussa les épaules.

— Mon frère me payait pour que je l'aide officieusement.

Athelstan et lui firent mine de ne pas entendre le ricanement de Colebrooke. Cranston, à présent, dodelinait de la tête en émettant de petits rots et des claquements de langue. Philippa pinça les lèvres et Athelstan jura à part lui : pourvu que l'interrogatoire ne s'achevât pas sur des rires narquois !

— Sir Gerard, Sir Brian, cria-t-il presque dans l'espoir de réveiller Cranston, quand êtes-vous arrivés ?

— Il y a deux semaines, répondit Fitzormonde. Nous venons chaque année.

— C'est une tradition, ajouta Mowbray. Depuis que nous avons servi en Égypte avec Sir Ralph, nous nous retrouvons pour évoquer de vieux souvenirs.

— Vous étiez donc ses amis proches ?

— En un sens, oui. Des compagnons, des vétérans.

Mowbray caressa sa barbe bien taillée.

— Mais, pour être franc, Sir Ralph inspirait plus de crainte et de respect que d'amour.

Athelstan prit le parchemin et le leur brandit sous le nez.

— Connaissez-vous la signification de ce croquis et celle de la galette de sésame ?

Les chevaliers firent signe que non, mais le dominicain, convaincu qu'ils mentaient, se pencha vers eux.

— Pourquoi, chuchota-t-il, pourquoi cela a-t-il plongé Sir Ralph dans la terreur ?

Il dévisagea lentement le reste de l'assemblée.

— Un verre d'hypocras ! éructa Cranston.

— Qui a trouvé ce parchemin ? se hâta de demander Athelstan.

Sir Fulke désigna Rastani, dont le visage basané reflétait l'angoisse, voire la peur.

Athelstan se tourna vers lui :

— Qu'est-ce que cela signifie, Rastani ?

L'autre le fixa d'un regard vide.

— Où l'as-tu découvert ?

L'homme esquissa soudain des gestes étranges.

— Il vous comprend, mais ne peut parler, rappela Philippa.

Fasciné, le dominicain contempla l'étonnante sarabande que lui traduisait la jeune fille.

— Il a vu ce parchemin sur une table, dans la chambre de Père. Il y a quatre jours. A l'aube du 9 décembre — cela et la galette de sésame.

Athelstan parvint à capter l'attention de Rastani.

— Tu étais très attaché à ton maître, n'est-ce pas ?

Le muet opina.

— Alors pourquoi ne l'as-tu pas suivi dans le bastion nord ?

L'homme ouvrit et referma la bouche comme un poisson.

— Je vais répondre à cette question, intervint Philippa. Quand il reçut ce message, Père prit ses distances avec Rastani, Dieu seul sait pourquoi.

Elle caressa gentiment la main du serviteur.

— Comme je l'ai dit, Père était devenu bizarre. Même moi avais du mal à reconnaître ses façons d'agir.

Tout à coup, Cranston s'ébroua en claquant des lèvres.

— Oui ! Oui ! Tout ça est bel et bon ! beugla-t-il.

Mais l'un d'entre vous s'est-il approché du bastion nord la nuit où il a été tué ?

Tous nièrent formellement.

— Donc, vous pouvez rendre compte de vos allées et venues ?

— Moi, oui ! proclama Sir Fulke. Rastani et moi sommes sortis acheter des provisions chez un marchand de Cripplegate. Ou, du moins, c'est là que se trouve son échoppe. Renseignez-vous auprès de maître Christopher Manley à Heyward Lane près de l'église de Tous-les-Saints.

— Ce n'est pas loin de la Tour, hein ?

— En effet.

— Et quand êtes-vous partis ?

— Avant le dîner. Nous ne sommes revenus qu'après prime ce matin lorsque nous avons appris la mort de Sir Ralph. Rastani et moi pouvons nous fournir mutuellement un alibi. Si vous en doutez, vérifiez auprès de maître Manley. Il nous a vus nous loger à l'auberge de Muswell Street.

Sir John se leva en s'étirant.

— Bien ! Bien ! A présent, mon clerc et moi, claironna-t-il, aimerions vous questionner séparément. Mais demoiselle Philippa et messire Parchmeiner pourront rester ensemble, ajouta-t-il en souriant à la jeune fille. Messire Colebrooke, que les invités attendent dans la salle du bas !

Des grommellements et des murmures de protestation s'élevèrent, mais Cranston, ragaillardi par sa sieste, lança des regards féroces sous ses sourcils broussailleux et son front ridé. Tous sortirent à la suite de Colebrooke, excepté Philippa et Geoffrey.

— Votre chambre, messire, demanda Athelstan, où se situe-t-elle ?

— Au-dessus de la grande porte d'entrée.

— Vous ne l'avez pas quittée de la nuit ?

Le damoiseau ébaucha un sourire timide :

— Je loue votre perspicacité, Sir John. Je gage que

c'est la raison pour laquelle vous m'avez prié de rester, n'est-ce pas ? J'ai passé la nuit auprès de Philippa.

Cette dernière détourna la tête en rougissant. Cranston, l'air amusé, tapota l'épaule du jeune homme.

— Pourquoi avez-vous décidé de ne pas réveiller Sir Ralph vous-même ?

Geoffrey se frotta les yeux.

— Comme je vous l'ai dit, je n'avais pas de clef, et puis je sentais que quelque chose n'allait pas. Je le jure devant Dieu. Il faisait un froid de gueux dans le couloir et aucun son ne provenait de la chambre.

Il prit une mine désolée.

— Je n'ai pas l'âme d'un guerrier, et, pour être franc, je n'appréciais guère que Sir Ralph m'emploie comme un simple page, mais il n'avait confiance en personne.

— Vous voulez dire Colebrooke et les autres ?

— Oui.

Cranston dévisagea Philippa :

— Votre père a-t-il déjà été d'humeur aussi chagrine dans le passé ?

— Oui, il y a trois ans, juste avant la Noël. Mais cela lui passa lorsqu'il rejoignit ses compagnons pour un souper à la *Mitre Dorée*, comme il avait coutume de le faire.

— Ses compagnons ? reprit Athelstan.

— Les deux hospitaliers. Sir Gerard Mowbray et Sir Brian Fitzormonde, et puis Sir Adam Horne, marchand de la cité.

— Était-ce là tous les compagnons d'armes de votre père ?

— Non, il y en avait un autre, un certain Bartholomew. Bartholomew... répéta-t-elle en se mordant la lèvre... Burghgesh, je crois, mais il n'est jamais venu ici.

— Pourquoi ?

— Je l'ignore.

Elle eut un rire sans joie.

— Je crois qu'il est mort.

— Pourquoi votre père voulait-il à tout prix retrouver ses amis à la Noël ?

— Je n'en sais rien. Un pacte qu'ils auraient conclu il y a longtemps.

Athelstan scruta son interlocutrice. Elle cachait quelque chose, il en était sûr.

— Dites-moi, enchaîna-t-il en changeant de sujet, n'y a-t-il qu'une seule poterne donnant sur les douves ?

— Oh, non ! Il y en a plusieurs.

Le dominicain jeta un coup d'œil à Cranston.

— Sir John, avez-vous d'autres questions ?

— Non. C'est assez. Priez le père William Hammond d'entrer.

Le prêtre, la mine longue d'une aune, ne décolérait pas : il répondit brièvement à l'interrogatoire d'Athelstan en se rongeant jusqu'au sang l'ongle du pouce. Oui ! il se trouvait bien dans la forteresse ce soir-là, mais dans sa chambre de la tour Beauchamp près de Saint-Pierre-aux-Liens.

Les deux hospitaliers furent plus courtois tout en restant sur leurs positions : ils logeaient à la tour Martin et avaient passé la soirée à boire et à jouer aux échecs.

— Je vous certifie, Sir John, affirma Mowbray d'une voix rauque, que nous avons bien assez de mal à trouver notre chemin en plein jour dans cette forteresse ; alors, s'y promener la nuit, quand il gèle à pierre fendre...

— Mais vous savez ce que cela signifie, hein ? insista Athelstan d'un ton accusateur en brandissant le parchemin jauni.

— Par ma foi, non ! protesta Fitzormonde.

— Messire, je ne vous crois pas. Vous connaissez la signification de la galette de sésame, également.

Les deux chevaliers nièrent d'un signe de tête.

— Oh, allons ! poursuivit le dominicain. Ne tournons pas autour du pot ! Vous êtes des moines-soldats. Votre ordre combat pour la foi en Terre sainte. Mon ordre aussi a des frères qui servent là-bas. Ils rapportent des récits qu'ils racontent lors des repas à Blackfriars.

— Quels récits ? s'enquit Mowbray, une pointe de défi dans la voix.

— Il paraîtrait que, dans les monts de Palestine, vit une mystérieuse secte d'infidèles, les hachischins, qui se livrent, dans l'ombre, à de nombreux meurtres. Leur chef, le Vieux de la Montagne, les armerait de dagues en or et les enverrait exécuter, sous l'emprise de la drogue, les victimes désignées par lui.

Cranston vit les hospitaliers se crisper et, pour la première fois, manifester un certain trouble, surtout Fitzormonde.

— Or ces assassins, continua Athelstan, avertissent leurs victimes, non pas par un dessin, mais par une galette de sésame. C'est le signe qu'une mort violente les frappera sous peu.

Le moine se leva en s'étirant pour soulager ses jambes ankylosées.

— Je me pose la question : pourquoi cette mystérieuse secte si répandue autour de la Méditerranée irait-elle commettre un crime dans une chambre sombre et glaciale de la Tour de Londres ?

— Qu'insinuez-vous ? s'écria Mowbray. Si vous voulez nous accuser, faites-le franchement.

— Je n'accuse personne, je me borne à souligner un fait étrange.

— Rastani vient de Palestine, déclara le chevalier. Sir Ralph avait pris ses distances avec ce serviteur soi-disant fidèle.

— Soi-disant ? releva rapidement Cranston.

— Je ne crois pas qu'il se soit vraiment converti à notre foi. Ce genre d'homme a des griefs et peut attendre des lustres pour régler ses comptes.

— Mais Rastani ne se trouvait pas à la Tour !

— Il aurait pu y revenir sans se faire voir !

— Non ! Non ! Non !

Athelstan se rassit en hochant la tête.

— La mort de Sir Ralph est plus complexe. Vous avez guerroyé avec lui ?

— Oui. Le calife du Caire nous a engagés pour mater des rébellions dans sa ville d'Alexandrie.
— Et ensuite ?
— Sir Ralph est rentré en Angleterre. Nous avons attendu quelque temps avant de rejoindre notre maison mère de Clerkenwell.
— Avez-vous jamais retraversé les mers ? s'enquit Cranston.

Mowbray fit signe que non.
— Fitzormonde se trompe un peu. A l'époque où nous étions les compagnons d'armes de Sir Ralph, nous n'appartenions pas encore à l'ordre des Hospitaliers de Saint-Jean. Nous n'y sommes entrés qu'après notre séparation. L'ordre nous a renvoyés en Angleterre, moi à Clerkenwell et Fitzormonde à Rievaulx près de York.

Athelstan observa les visages fermés et tendus des chevaliers.
— Pardonnez-moi, reprit-il tranquillement. Je ne veux pas vous traiter de menteurs, mais nous nous occupons d'une affaire fort embrouillée à laquelle vous êtes mêlés.

En se penchant, il ouvrit soudain la cape de Mowbray.
— Vous portez votre cotte de mailles ? Et vous aussi, Sir Brian ? Pourquoi ? Craignez-vous la dague de l'assassin ? Dormez-vous bien ? Quels secrets partagiez-vous avec Sir Ralph ?
— Par la sainte Croix ! s'exclama Sir Brian en bondissant. En voilà assez ! Nous vous avons dit tout ce que nous savons. Contentez-vous-en !

Ils quittèrent dignement la salle. Cranston s'affala sur l'escabeau en étendant les jambes.
— Quel beau chambard, hein ! De quoi s'agit-il ? De haute trahison ou d'un crime sordide en pleine nuit ?
— Je l'ignore.

Athelstan referma son encrier en corne et mit de l'ordre dans son matériel de scribe.

— Mais nous avons la boucle trouvée sur les douves gelées et je sais à qui elle appartient.

— Par la mort diantre, vous avez un œil d'aigle, pour un moine !

— Et pour un dominicain, j'ai l'esprit vif, Sir John, et vous l'auriez également si vous avaliez moins de clairet !

— Je bois pour noyer mon chagrin, chuchota Cranston, les yeux dans le vague.

« Que fait Maude en ce moment ? » se dit-il. Que cachait-elle ? Pourquoi ne lui parlait-elle pas au lieu de lui lancer de longs regards mélancoliques ?

Il contempla, agacé, une petite statue de la Vierge à l'Enfant, posée dans une niche. En fait, le coroner n'aimait pas Noël. Les réjouissances lui rappelaient trop son petit Matthew. La peste avait emporté le chérubin, mais pas avant que son père ait vu son émerveillement d'enfant devant Noël. Les souvenirs assaillaient-ils aussi Maude ?

— Sir John ?

Cranston cligna des yeux pour cacher ses larmes et sourit à Athelstan.

— J'ai besoin de me restaurer, mon frère !

Le dominicain lut la douleur dans les yeux de son ami ; il détourna le regard.

— Tout à l'heure, Sir John. D'abord, voyons Sir Fulke ! Et puis j'aimerais fouiller la chambre de Sir Ralph dans la tour Blanche.

Cranston acquiesça et s'éloigna lourdement. Le dominicain rangea son écritoire, puis resta un moment assis, admirant la beauté de la chapelle Saint-Jean et la comparant à l'austérité de St Erconwald. Il pensa à Benedicta. Comme elle était ravissante ce matin à la première messe ! Il se demanda si Huddle s'inspirerait d'elle en peignant la Visitation, dont il voulait décorer une des nefs latérales. Qu'allait-elle faire à la Noël ? songea-t-il. Elle avait parlé d'un frère à Colchester. Peut-être resterait-elle à Southwark et accepterait-elle d'aller se promener ou du moins de partager une coupe

de vin avec lui en évoquant le passé ? On pouvait se sentir si seul à Noël ! Il aperçut le crucifix et se souvint, tout d'un coup, des actes sacrilèges commis dans le cimetière de St Erconwald. Il fallait tirer cette affaire au clair. Qui était le coupable et pourquoi agissait-il ainsi ?
— Frère Athelstan ! Frère Athelstan !
Cranston le toisait, l'air moqueur.
— Vous buvez trop de clairet, mon frère ! railla-t-il. Allons ! Il nous faut passer au crible la chambre de Sir Ralph. Colebrooke et Sir Fulke vont nous y rejoindre.

On accédait aux appartements du gouverneur, situés dans une tourelle de la tour Blanche, par un escalier de bois poli. La chambre agréable, qu'embaumaient les plantes odoriférantes, formait un contraste saisissant avec la pièce sinistre du bastion nord. Le jour filtrait par deux petites fenêtres surmontant des coussièges et par un oriel dont le vitrail représentait l'Agnus Dei. Les murs de plâtre, peints en vert pâle, s'ornaient de losanges or et argent. Une épaisse tapisserie pendait au-dessus de l'étroite cheminée, le carrelage était bien lisse et une courtepointe à glands dorés recouvrait le large lit à baldaquin, au pied duquel bâillait l'énorme coffre personnel du défunt.

— Quel luxe ! murmura le coroner. Qu'est-ce qui a bien pu lui flanquer une frousse telle qu'il a abandonné cette chambre pour le trou à rats du bastion nord ?

Accroupis devant le coffre, ils entreprirent d'examiner les papiers de Whitton, mais ils ne trouvèrent rien sur ses campagnes en terre étrangère. Tous les documents concernaient son mandat de gouverneur ou ses années au service de Jean de Gand. Ils passèrent près d'une heure à trier lettres, contrats et comptes rendus. Seul un livre d'Heures attira l'attention du dominicain. Chaque feuillet était décoré, comme en filigrane, de délicates enluminures aux couleurs éblouissantes : tantôt apparaissaient des anges, dessinés d'un trait léger, tantôt un prêtre aspergeait d'eau bénite un corps enveloppé d'un linceul, avant l'inhumation. Ou c'était la scène de la Nativité avec Marie et Joseph s'inclinant vers l'Enfant Jésus endormi, ou encore la Descente du Christ aux limbes : Jésus chassait les démons au faciès noirâtre grâce au pouvoir de son regard d'or. Athelstan, fasciné par la beauté des enluminures, se plongea dans la lecture et remarqua qu'à la page de garde Sir Ralph avait gribouillé prière sur prière à saint Julien : « Saint Julien, priez pour moi ! Saint Julien, écartez de moi la colère de Dieu ! Saint Julien, intercédez pour moi auprès de la Bienheureuse Marie toujours Vierge ! » Les mêmes litanies revenaient sur les pages blanches à la fin du livre d'Heures. Athelstan les parcourut toutes, indifférent aux ronchonnements de Cranston et au trépignement irrité de Sir Fulke. Il referma enfin le coffre et se releva.

— En avez-vous terminé, mon frère ? demanda sèchement le gentilhomme.

Athelstan lui lança un regard aigu : son affabilité et sa bonne humeur n'étaient à l'évidence qu'un masque. En ce moment, sa mine courroucée et soupçonneuse disait assez qu'il appréciait peu leur intrusion.

— En ai-je terminé ? répéta le dominicain. Oui et non, Sir Fulke.

Ce dernier soupira, exaspéré.

— Le temps passe, mon frère, s'exclama-t-il d'un ton acerbe en jetant un coup d'œil rageur par la fenêtre. Je suis un homme occupé. Des affaires m'attendent. Que voulez-vous de plus ?

— Vous portez bien des bottes, Sir Fulke ?

— Oui, je porte des bottes, répliqua le gentilhomme en écho.

— Et ces bottes ont des boucles ?

Le sang se retira de son visage.

— En effet, marmonna-t-il.

— Bien.

Athelstan sortit de son aumônière la boucle trouvée sur la glace des douves.

— Je crois que cela vous appartient. Nous l'avons ramassée au pied du bastion nord. Vous nous avez pourtant affirmé que vous aviez passé la nuit dans la cité.

Le frère de Sir Ralph pâlit et perdit de sa superbe.

— J'ai égaré cette boucle hier.

— Êtes-vous allé sur la glace ?

Sir Fulke sourit brusquement.

— Oui. Tôt ce matin. Vous n'êtes pas le seul à penser que les assassins ont escaladé le bastion en pleine nuit pour tuer mon frère.

Athelstan lui lança la boucle et Sir Fulke l'attrapa maladroitement.

— Alors, Sir John, nous en avons fini ici ! Que diriez-vous d'un petit tour à l'auberge ?

Croisant Colebrooke dans le couloir, ils le remercièrent pour son aide et regagnèrent la cour. Athelstan estima qu'il était près de deux heures de l'après-midi, ce que leur confirma un serviteur qui les bouscula devant le grand logis. Ils allaient s'engager sous l'arche de la tour Wakefield lorsque Athelstan aperçut le grand ours brun enchaîné au mur, dans le coin près de la tour de la Cloche.

— Je n'ai jamais vu d'ours aussi gigantesque, Sir John ! s'écria-t-il.

Cranston lui envoya une bourrade.

— Eh bien, mon garçon, profitez-en !

Le dominicain était manifestement fasciné par Ursus, mais l'inverse était loin d'être vrai : le fauve, assis, jetait dans sa gueule immense des restes de nourriture éparpillés autour de lui. Cranston frappa dans ses mains : l'animal leva son énorme mufle sombre et bougea une patte. Athelstan s'immobilisa, le regard fixé sur les grosses mâchoires dégoulinantes de bave, les longs crocs blancs aiguisés comme des dagues et la férocité démente qui luisait dans les yeux brun rougeâtre. La bête se pencha légèrement vers eux, un grognement sourd montant du fond de sa gorge. Cranston saisit son ami par le bras et le força à reculer. L'ours, alerté par ce geste brusque, se dressa de toute sa hauteur et battit l'air de ses pattes massives aux griffes menaçantes tout en tirant sur son épais collier d'acier. Le coroner et son compagnon virent la chaîne rivée au mur vibrer au point d'attache.

— Sa solidité laisse à désirer, observa Athelstan.

— Au revoir, Ursus ! marmonna Cranston. Allons-nous-en, Athelstan ! Doucement !

Ils reprirent leurs montures et quittèrent la Tour. Quelques marchands de Petty Wales avaient abaissé leurs étals et des passants courageux avançaient péniblement dans la neige sale en s'y enfonçant jusqu'aux chevilles. Deux petits mendiants, aux membres maigres comme des baguettes, chantaient un cantique de Noël près d'un brasero. Cranston leur jeta de la menue monnaie et vit, en se retournant, une mégère, coiffée d'un serre-tête en acier, s'acheminer vers le pilori de Tower Street, escortée par un dizainier. Dans les ruelles boueuses, les prostituées, reconnaissables à leur perruque rousse, faisaient des affaires en or grâce au défilé constant des clients provenant de la garnison de la Tour.

Cranston alla parler à un borgne loqueteux et revint sur ses pas, radieux.

— Je l'ai trouvée ! clama-t-il. La *Mitre Dorée*. Vous savez, la taverne où se réunissaient pour leur banquet annuel Sir Ralph et les hospitaliers.

La taverne, sise au coin de Thames Street, non loin de l'octroi, avait fort belle allure. D'une perche à houblon, décorée de rameaux verts et accrochée au toit, pendait une large enseigne bariolée. Un palefrenier au nez rougi prit leurs chevaux et ils entrèrent dans la salle bien éclairée et chauffée par un bon feu. Romarin et thym émaillaient la jonchée propre. Les murs avaient été chaulés pour éloigner les insectes et les jambons suspendus aux poutres noircies dégageaient une odeur épicée fort agréable qui mit l'eau à la bouche de Cranston. Les deux hommes choisirent une table entre la cheminée et les hautes barriques de vin au bois verni. L'aubergiste, un petit homme à la face rougeaude et à la calvitie naissante, portait un tablier étonnamment vierge de taches qui drapait son imposante bedaine. Après un rapide coup d'œil à Cranston, il s'empressa d'apporter une profonde coupe remplie à ras bord de clairet d'une belle couleur écarlate.

— Sir John, s'exclama-t-il, me reconnaissez-vous ?

Le coroner s'empara du récipient par ses poignées en argent et avala d'un trait la moitié de son contenu.

— Oui ! répondit-il avec un claquement de lèvres, l'œil étincelant au-dessus du rebord du hanap. Vous vous appelez Miles Talbot et, autrefois, vous contrôliez la bière dans les tavernes autour de Saint-Paul.

Il reposa sa coupe et serra la main de l'aubergiste.

— Je vous présente un honnête homme, mon frère. Talbot identifiait à coup sûr les tonneaux de bière coupés d'eau. Bien, bien !

Le coroner dégrafa sa cape, savourant la chaleur ambiante et les bonnes odeurs de cuisine.

— Qu'allez-vous nous offrir, maître Talbot ? Pas de poisson, surtout ! Nous savons que le fleuve est gelé et les routes enneigées, aussi tous les produits de la pêche doivent-ils être vieux de quelques semaines !

Un sourire aux lèvres, l'aubergiste détailla le contenu de son garde-manger et leur servit, moins d'une demi-heure après, des coquelets farcis d'herbes aromatiques et nappés d'une sauce piquante au beurre et aux airelles, un pâté en croûte, des pommes au jus de tanaisie et un prodigieux pudding à la courge. Abasourdi, Athelstan sirotait sa godale[1] tandis que Cranston engloutissait plat après plat en se versant force rasades de vin. Le magistrat finit par s'étirer en rotant. Puis, la mine satisfaite, il parcourut la taverne du regard et appela Talbot d'un claquement de doigts.

— Aubergiste, un renseignement !
— A votre service, Sir John !
— Le gouverneur de la Tour, Sir Ralph Whitton, fréquente, ou plutôt fréquentait votre établissement, n'est-ce pas ?

---

1. Bière anglaise médiévale. (*N.d.T.*)

Talbot fut instantanément sur la défensive.

— De temps en temps seulement, bredouilla-t-il. Il venait ici avec deux hospitaliers, entre autres.

— Allons, Miles, je ne vous veux pas de mal ! Ayez confiance en moi. De quoi parlaient-ils ?

L'aubergiste tambourina sur la table de ses doigts potelés.

— Ils choisissaient une table à l'écart, comme vous, Sir John. Quand nous nous approchions, mes servantes et moi, ils se taisaient.

— Et leur attitude ? Étaient-ils tristes ou gais ?

— Ils éclataient de rire, parfois, mais ils veillaient généralement à ne pas parler trop haut. Les deux hospitaliers chantaient souvent pouilles à Sir Ralph et celui-ci leur répondait vertement et même violemment.

— Rien d'autre ?

Talbot fit signe que non et s'éloigna. Cranston grimaça en haussant les épaules. Mais soudain l'aubergiste revint vers eux.

— Un détail. Un fait étrange : il y a trois ans, à la Noël, un étranger s'est présenté ici.

— Décrivez-le !

— Oh, je ne me le rappelle pas exactement, si ce n'est qu'il attirait les regards. Il était dissimulé dans une grande cape et bien encapuchonné, mais il avait le verbe haut, comme un soldat. Il me demanda si Sir Ralph fréquentait ma taverne. Je l'ignore, lui ai-je répondu. Il est reparti et je ne l'ai jamais revu.

Talbot esquissa un sourire d'excuse.

— Sir John, je vous jure que je n'en sais pas plus !

Lèvres pincées, le coroner contemplait les plats et les écuelles vides comme s'il rêvait de voir réapparaître, d'un coup de baguette magique, la nourriture qu'il avait ingurgitée. Athelstan, inquiet, scrutait ses traits : normalement, il aurait dû être en train de réclamer à cor et à cri un autre pichet de clairet ou d'hypocras.

— Sir John ?

— Oui, mon frère ?

— Il est temps de tirer certaines conclusions à propos de cette affaire.

Cranston souffla bruyamment :

— Que dire ?

— Premièrement, vous serez, je pense, d'accord avec moi : Sir Ralph n'a pas été tué à cause de ses fonctions de gouverneur par des paysans complotant trahison et rébellion.

— J'en conviens, mais l'assassin est peut-être venu de l'extérieur. Un sicaire, probablement ! Londres ne manque pas d'anciens soldats qui tueraient père et mère pour une bouchée de pain !

Athelstan effleura le bord de son gobelet.

— J'aimerais le croire, Sir John, mais je ne peux m'empêcher de penser que c'est faux.

Il eut un geste conciliant.

— Bon, admettons que le meurtrier ait traversé les douves gelées, escaladé le bastion nord, ouvert les volets et tranché silencieusement la gorge de Sir Ralph.

— C'est possible ; cela s'est déjà fait, mon bon prêtre !

— Bien sûr, enchaîna Athelstan, l'assassin peut être un habitant de la Tour qui savait où logeait Sir Ralph. Il aura attendu que les douves gèlent pour accéder aux encoches du bastion nord. Donc, ce criminel a agi lui-même ou a payé quelqu'un pour agir à sa place.

Cranston avala une large rasade de vin.

— Rassemblons ces deux hypothèses, dit-il en faisant doucement craquer ses jointures. Admettons que le commanditaire et l'assassin ne fassent qu'une seule et même personne. Tous ceux que nous avons interrogés ont théoriquement pu escalader cette tour, même demoiselle Philippa, qui est jeune, agile et souple malgré ses rondeurs.

— Pourtant, ils ont tous de solides alibis.

Cranston acquiesça.

— En effet. Et nous allons avoir fort à faire pour les convaincre de mensonge. En outre, avez-vous remarqué qu'à part le chapelain tous ont un témoin pour confirmer leur récit ? Ce qui signifie, conclut-il, que nous pourchassons peut-être deux assassins au lieu d'un : les deux hospitaliers, Sir Fulke et Rastani, Philippa et son amoureux, Colebrooke et l'un des gardes.

Athelstan regarda machinalement, au plafond, l'un des jambons qui tournait au bout de son crochet.

— En réalité, nous ne savons rien, nous n'avons aucune idée de l'identité du meurtrier, ni de la façon dont il ou elle a pénétré dans la chambre de Sir Ralph ! Cela dit, nous avons mis la main sur la boucle de Sir Fulke.

— Il affirme, pourtant, être allé sur les douves gelées ce matin avant notre arrivée.

— Je le crois volontiers, Sir John. Mais rappelez-vous qu'il a juré l'avoir perdue hier.

— Que voulez-vous dire ?

— Soit il l'a perdue en se faufilant sur la glace pour tuer Sir Ralph, soit quelqu'un l'y a déposée. Je pencherais pour cette seconde hypothèse. Sa promptitude à avouer qu'il s'était promené sur les douves écarte les soupçons. S'il avait nié et que nous ayons prouvé le contraire par la suite, cela aurait été une autre paire de manches.

— Comment savoir s'il est de bonne foi ? aboya Cranston. Avez-vous remarqué les gonds de la poterne qui donne accès aux douves ? Ils étaient rouillés. Il y a des années que personne n'est passé par là. Sir Fulke pourrait mentir.

— Ou avoir franchi une autre poterne.

— Idée intéressante, mon frère, mais examinons plutôt les motifs !

Athelstan hésita.

— Il y en a autant que d'habitants de la Tour ! Sir Fulke s'est-il montré trop cupide ? Le chapelain a-t-il cédé à la colère en se voyant accusé de vol ? Colebrooke voulait-il à tout prix le poste de gouverneur ? Philippa et son amant considéraient-ils Sir Ralph comme un obstacle à leur mariage ou à l'héritage de la demoiselle ?

— Ce qui nous amène, poursuivit Cranston, aux deux chevaliers. Nous savons à présent qu'ils ne disent pas la vérité. Le parchemin et la galette de sésame jouent, d'une façon ou d'une autre, un rôle essentiel dans cette affaire et les hospitaliers ne l'ignorent pas. Le message de mort représentait une nef à trois mâts, comme celles utilisées en Méditerranée, tandis que la galette est la marque des hachischins. *Ergo*, le meurtre de Whitton doit avoir un rapport avec son passé, avec un mystère datant de ses années de combat en Terre sainte ou en Égypte.

Athelstan reposa sa chope. Il ouvrit la bouche, puis la referma sans parler.

— Oui, mon frère ?

— Nous ne tirerons qu'une seule conclusion, Sir John : il se pourrait que Sir Ralph ne soit pas le seul à périr dans la Tour avant la Noël.

CHAPITRE V

Ils s'attardèrent un peu à la taverne. Athelstan pensait que son ami repartirait directement chez lui, dans Cheapside, mais le coroner grommela :

— Je veux voir votre maudit cimetière. Il vous faut l'aide d'un esprit perspicace pour résoudre ce mystère !

— Mais dame Maude va s'inquiéter !

— Qu'elle s'inquiète !

— Sir John, confiez-vous à moi. Quelque chose vous a mis martel en tête, n'est-ce pas ?

Cranston regarda au loin en fronçant les sourcils.

— Est-ce Matthew ? s'enquit doucement le dominicain. Est-ce l'anniversaire de sa mort ?

Le magistrat se leva et passa son bras sous celui d'Athelstan. Ils se dirigèrent vers l'écurie et attendirent que le palefrenier eût fini de seller leurs montures.

— Dites-moi, mon frère, avez-vous éprouvé une grande joie lorsque, novice, vous avez rompu avec votre ordre et entraîné votre cadet à guerroyer en France ?

Athelstan sentit son cœur se serrer.

— Bien sûr ! s'exclama-t-il avec un pauvre sourire. J'étais très jeune, alors. Le sang bouillait dans mes veines et je rêvais d'aventures.

— Et quand vous avez vu, sur le champ de bataille, votre frère sans vie, les membres glacés, et êtes revenu en Angleterre confesser votre faute à vos parents, qu'avez-vous ressenti ?

Athelstan contempla la cour qu'envahissait la pénombre.

— Dans l'Évangile, Sir John, le Christ dit qu'à la fin du monde les cieux se déchireront et les astres tomberont en un embrasement terrifiant.

Athelstan ferma les yeux : l'esprit de Francis était tout proche.

— Quand j'ai retrouvé mon frère mort, mes cieux s'écroulèrent.

Il eut un geste las.

— Je suppose que ce fut la fin du monde pour moi.

— Et qu'avez-vous pensé de la vie alors ?

Athelstan se frotta les lèvres du pouce en fixant le visage défait de son ami.

— Qu'elle me trahissait ! murmura-t-il.

Cranston lui tapa sur l'épaule.

— Eh oui, mon frère ! N'oubliez jamais que ce sont les lèvres carmin de la trahison qui donnent les plus doux baisers. Souvenez-vous-en, comme je le fais !

Le dominicain le dévisagea sans mot dire. C'était la première fois qu'il voyait le coroner dans cet état. Normalement, celui-ci aurait dû brailler à tue-tête des couplets grivois, déverser un chapelet de jurons sur la tête de l'aubergiste ou insister pour qu'Athelstan le raccompagnât chez lui.

Une fois en selle, ils revinrent tranquillement dans Billingsgate, encore enneigée, et tournèrent à main gauche pour approcher du Pont de Londres. Une foule dense s'y pressait malgré la bise qui pinçait visages et doigts. Sous un ciel noyé de lourds nuages plombés, des gamins se jetaient des boules de neige en éclatant d'un rire suraigu lorsqu'ils atteignaient leurs cibles. Un cul-de-jatte se traînait dans la boue glacée sur ses patins en bois. Un groupe de porteurs d'eau, vêtus de guenilles, vitupéraient à mi-voix contre le fleuve gelé et maudissaient les frimas qui les privaient de leur gagne-pain. D'autres habitants, bien emmitouflés dans leurs capes, se hâtaient vers le cœur de la cité ou, au contraire, se joignaient à Athelstan et Cranston pour franchir le pont étroit et verglacé qui menait à Southwark.

Le coroner tira soudain sur ses rênes : ces silhouettes sombres qui venaient de les croiser furtivement formaient-elles un groupe à part ou était-ce une poignée d'individus qui traversaient le pont ensemble pour des raisons de sécurité et d'agrément ? Il était sûr d'avoir reconnu le visage au teint d'albâtre de dame Maude pointant sous son capuchon. Mais que pouvait-elle bien faire à Southwark ?

A part Athelstan, elle n'y connaissait personne et s'y promener par une maussade journée d'hiver n'était guère sans danger.

— Sir John, vous sentez-vous bien ?

Cranston jeta un autre coup d'œil au groupe qui s'enfonçait dans l'obscurité. Devait-il revenir sur ses pas ? se demanda-t-il, mais à ce moment-là un lourd tombereau cerclé de métal arriva avec fracas. Les gens, derrière Cranston, se mirent à protester et à vociférer. Le coroner dut signifier à son compagnon de poursuivre son chemin. Au bout du pont, ils passèrent devant le prieuré de St Mary Overy et s'engagèrent dans l'artère principale de Southwark. Ils s'enfoncèrent ensuite dans des ruelles où les cabanes des manouvriers et les ateliers délabrés des artisans se blottissaient entre de hautes maisons à trois étages. Le coroner respira l'odeur âcre de l'urine de chien.

— Ça pue malgré la couche de neige ! marmonna-t-il en fronçant le nez.

Athelstan en convint et resserra le capuchon de sa cape pour ne plus voir les détritus pourris, les reliefs de nourriture et le contenu des pots de chambre qui se mêlaient aux ordures balayées par les maîtresses de maison en vue des fêtes. Southwark, bien sûr, ne dormait jamais. Équarrisseurs, fromagers, chapeliers, forgerons, chandeliers qui fondaient la graisse de porc pour faire du suif, tous, artisans et marchands, vaquaient à leurs affaires sans discontinuer. Et puis, la nuit venue, quand on enlevait les étals, les truands aux mines patibulaires partaient en maraude parmi les lupanars et les bouges de cette rive sud de la Tamise. Personne, pourtant, n'importuna Cranston ni Athelstan. Le dominicain jouissait d'un très grand respect de la part de la population, tandis que Cranston suscitait plus de crainte que le chef-juge lui-même.

St Erconwald était plongée dans le noir. Athelstan se félicita de ce que Watkin eût mouché les bougies. Il allait franchir le premier le portillon du presbytère lorsqu'une silhouette surgit de la pénombre et s'empara de la bride de Philomel.

Athelstan scruta le long visage blême sous la coiffe noire de toile huilée.

— Ranulf ! Pour l'amour de Dieu, que se passe-t-il ?
— Je vous ai attendu tout l'après-midi, mon père.
— Dites-lui de décamper, Athelstan ! Je suis transi !
— Ne fais pas attention à Sir John ! commenta Athelstan d'une voix rassurante. Que veux-tu, Ranulf ?

Le tueur de rats humecta ses lèvres exsangues.

— J'ai une idée, mon père ! Vous savez que les guildes, sur l'autre rive, ont leur église patronale : St Mary-le-Bow pour les merciers, Saint-Paul pour les parcheminiers...
— Oui. Et alors ?

La mine de l'homme se fit suppliante.

— Continue, Ranulf.
— Eh bien, mon père, les autres et moi, on s'est dit comme ça : pourquoi que St Erconwald ne serait pas l'église de notre corporation ?

En dissimulant un sourire, Athelstan jeta un coup d'œil à la face furibonde de Cranston et rassembla les rênes.

— Une corporation de tueurs de rats, Ranulf ? Avec St Erconwald comme église patronale et moi comme chapelain ?
— Oui, mon père.

Athelstan mit pied à terre

— Bien sûr !
— On paierait notre dîme.
— Comment ? beugla Cranston. Avec des rats crevés ?

97

Si les regards pouvaient tuer, le coroner aurait été foudroyé, mais il tressauta sur sa selle, secoué d'un rire homérique à sa propre plaisanterie.

— Je pense que c'est une excellente idée, murmura Athelstan. Nous en reparlerons. Tu as mon accord de principe, Ranulf, mais, pour l'instant, Sir John et moi avons du pain sur la planche. Peux-tu mettre nos chevaux à l'écurie et leur donner du foin ?

Le tueur de rats opina vigoureusement du chef avant de prendre les rênes de la monture de Cranston et de s'éloigner en trottant. Philomel le suivit, en accélérant un peu le pas : l'heure du picotin approchait. Athelstan contourna l'église, Cranston sur ses talons, avant de s'arrêter et de prier son compagnon de l'attendre pendant qu'il allait quérir un flambeau. Il se précipita au presbytère, attrapa une torche murale, l'alluma avec de l'amadou et rejoignit le coroner en courant avant que le chapelet de jurons poussé par ce dernier ne devînt trop audible.

Ils pénétrèrent dans le cimetière. Même l'été, l'endroit était sinistre. A présent, recouvertes d'un manteau immaculé, les branches d'if s'allongeaient comme d'immenses griffes blanches au-dessus des tertres abandonnés, des croix rudimentaires et des pierres tombales branlantes. Athelstan fut frappé par une impression de solitude absolue et par l'étrange immobilité ouatée qui planait sur le cimetière. Même la bise semblait avoir perdu de sa virulence. Les arbres étaient figés. Aucune chouette ne ululait. Par endroits, des ombres, plus oppressantes encore, paraissaient dissimuler de funestes repaires d'où s'apprêtaient à bondir démons et esprits malins. Athelstan brandit la torche et Cranston contempla l'enclos sacré, plongé dans la désolation la plus totale.

— Par la mort diantre, Athelstan ! souffla-t-il. Qui oserait venir ici en pleine nuit et arracher des cadavres à leur dernière demeure, par-dessus le marché ? Où se trouvent les tombes profanées ?

Athelstan lui désigna les fosses solitaires et peu profondes ainsi que la boue entassée de chaque côté, comme si un dément avait déterré les corps en creusant le sol à mains nues. Cranston s'agenouilla en sifflant doucement entre ses dents. Puis il regarda le dominicain, sa face replète déformée par la lueur de la torche.

— Mon frère, vous m'avez bien dit qu'on avait enlevé seulement des corps de mendiants et d'inconnus ?
— Oui.
— Comment ces miséreux sont-ils inhumés, d'habitude ?
— La dépouille, enveloppée d'un linceul de toile, est placée sur une natte en osier dans le cercueil de la paroisse. Lors des funérailles, ce cercueil recouvert d'un drap violet est enlevé pour la mise en terre.
— Et les profanateurs n'ont pas laissé de traces, hein ?
— Aucune.

Cranston se releva, essuyant la boue gluante de ses mains.

— Il y a trois possibilités, mon frère. D'abord, cela pourrait être une farce morbide. Certains de nos riches écervelés estiment très drôle de déposer un cadavre dans le lit d'un ami, mais je n'ai pas eu vent, récemment, d'une de ces plaisanteries répugnantes. Ou encore, cela pourrait être le fait de bêtes — à quatre pattes ou à deux ! Oh, oui ! ajouta-t-il en voyant la mine horrifiée d'Athelstan, quand je guerroyais en France, j'ai été témoin de ce genre d'abominations dans le Poitou. Cela dit, enchaîna-t-il en battant la semelle, le regard fixé sur la masse sombre de l'église, personne, même à Southwark, ne peut être aussi dégénéré ! Et, enfin, il y a les adorateurs de Satan, les Saturniens, ceux nés sous l'étoile du Mal.

Il haussa les épaules.

— Vous en savez plus que moi à ce sujet, mon frère. Ils se servent du cadavre comme d'un autel ou prennent du sang pour invoquer le Diable ou encore utilisent un des membres. Avez-vous jamais entendu parler de la « main de gloire » ?

Athelstan fit signe qu'il en ignorait tout.

— On tranche la main d'un mort et on place, entre ses doigts, le nom de la personne à qui le sorcier ou la sorcière veut nuire. Puis on l'enterre au pied d'un gibet au premier coup de minuit.

Athelstan se frictionna le visage.

— Comment mettre un terme à ces profanations, Sir John ? Les échevins et les dizainiers s'en moquent comme d'une guigne. Personne ne veut monter la garde.

— Je vais y réfléchir, promit Cranston.

Tout à coup, il se retourna en s'exclamant :

— Il y a quelqu'un là-bas !

Il désigna deux ombres près de l'ossuaire, au fond du cimetière.

— Regardez !

Il s'élança sur l'herbe recouverte de neige comme un jeune taureau qui charge et Athelstan le suivit de son mieux.

— Halte ! hurla Cranston. Halte, au nom du roi !

Les deux silhouettes enfouies sous leurs capes firent demi-tour et s'avancèrent lentement vers eux. En entendant la crécelle et le doux tintement d'une clochette, le coroner recula en hâte.

— Des lépreux ! chuchota-t-il.

Il empoigna la torche d'Athelstan et la tint à bout de bras.

— Par la mort diantre ! soupira-t-il en contemplant avec compassion les visages disparaissant presque sous les capuchons blancs. Vous leur permettez de rester ici, mon frère ?

Le dominicain acquiesça.

— Pendant la journée, oui. La nuit, ils peuvent plus facilement se promener sans être chassés.

— Ont-ils été témoins de quelque chose ?

Athelstan fit signe que non.

— Ils sont muets, mais, à mon avis, ils ne seraient pas intervenus. S'opposer à des pilleurs de tombes,

Sir John, requiert une certaine intrépidité, même quand on est valide !

— Êtes-vous sûr que ce sont bien des lépreux ? s'inquiéta Cranston.

Athelstan sourit jaune.

— Ils ont des lettres de monseigneur l'évêque. Regardez leurs poignets et leurs mains. Mais si vous voulez les examiner...

Avec un juron, Cranston lança une piécette à l'un des malheureux et revint au presbytère à grandes enjambées en tonnant qu'il en avait vu assez. Ranulf s'était apparemment éclipsé, comme le faisaient en général les paroissiens d'Athelstan à l'arrivée du coroner.

— Vous partagerez bien ma soupe, Sir John ? Et il me reste un peu de bon clairet.

Cranston, poussant force soupirs et ahanements, vérifia les sangles de sa monture et répondit par-dessus son épaule :

— Ce serait avec plaisir, mon frère, mais je dois regagner mon logis.

Il ne tenait pas à ce que son ami s'enquît plus avant de ses soucis au sujet de dame Maude.

— Il me faut réfléchir aux événements de la Tour.

Il désigna le cimetière.

— Je vais voir ce que je peux faire pour régler cette affaire.

Il se hissa sur son cheval et s'enfonça dans l'obscurité sur un dernier salut désinvolte.

Athelstan poussa un long soupir et alla ouvrir l'église. Il y faisait un froid de loup, mais il se félicita de ce que l'odeur d'humidité eût disparu, remplacée par celle des rameaux placés avec dévotion le long de la nef et des marches de l'autel. Il savoura leur senteur. Puis, se souvenant de la chapelle Saint-Jean, il se demanda quels mensonges on lui avait racontés. Il était convaincu non seulement que le meurtrier habitait la Tour, mais encore que Sir Ralph avait finalement expié une félonie commise dans le passé.

Il prit de l'amadou dans son aumônière pour allumer

deux torches murales dans la nef et il alla chercher son vieux missel dans la sacristie. Agenouillé devant l'autel, il commença la messe. Il lut le verset : « Mon Dieu, mon Dieu, pourquoi m'as-tu abandonné ? » Il s'arrêta soudain. Les yeux rivés sur la lueur tremblotante d'un cierge, il s'assit sur ses talons. Dieu l'avait-il abandonné ? Comment expliquer la profanation du cimetière, l'assassinat du gouverneur ou le désarroi de Cranston ? Athelstan connaissait la dialectique du Mal, bien sûr, mais il se demandait parfois, surtout lorsqu'il contemplait les ténèbres, s'il y avait vraiment une Présence qui l'écoutait. Et sinon ? Si le Christ n'avait pas ressuscité d'entre les morts et si sa religion n'était qu'un fatras de fariboles ?

Par un effort de volonté, il s'éloigna de l'abîme du doute et du désespoir. Ses prières achevées, il se signa et se cala, dos contre le jubé. Il se força à respirer profondément pour apaiser son âme et son esprit : il devait se concentrer sur les événements de la Tour.

— Que se passera-t-il si on découvre que Sir Ralph a été abattu par les chefs inconnus des paysans révoltés ? dit-il dans l'obscurité. Et si les rebelles attaquent... ?

Il sommeilla une heure jusqu'à ce qu'il sentît, sous sa main, la chaleur d'une douce fourrure.

— Bonsoir, Bonaventure ! murmura-t-il. Quelle journée glaciale pour un grand seigneur comme toi, hein ?

Il se redressa et caressa l'animal, insistant entre les oreilles : le chat ronronna de plaisir.

— Tu as rendu visite à toutes les belles du voisinage, hein ?

Athelstan n'ignorait rien des prouesses amoureuses du matou qui, parfois, ramenait ses dames jusque sur les marches de l'église pour entonner, au clair de lune, d'étranges vêpres à sa façon.

— Qu'adviendra-t-il, Bonaventure, lorsque éclatera la rébellion ? Nous rangerons-nous aux côtés de Pike le fossier et des déshérités ?

102

Bonaventure retroussa ses babines en dévoilant ses crocs pointus couleur ivoire et ses gencives roses.

« Pike ! C'est curieux », songea Athelstan, mais c'était ainsi. Il avait la certitude — mais pas la moindre preuve — que le fossier faisait partie de la Grande Communauté et qu'il transmettait des messages secrets aux divers meneurs.

Athelstan se figea : la porte de l'église s'ouvrait.

— Père Athelstan ? Père Athelstan ?

Le dominicain sourit. Benedicta. Peut-être accepterait-elle de partager son souper ? Ils pourraient se raconter tous les potins de la paroisse, cela lui changerait les idées, au moins. Il reposa Bonaventure et se leva, exagérant son sourire pour dissimuler sa déception : Benedicta était accompagnée d'un personnage de haute taille, aux traits bien éclairés par la torche. Ses cheveux aile-de-corbeau, attachés derrière la nuque, encadraient un visage très hâlé. Il portait une longue tunique bleue qui descendait jusqu'à ses bottes souillées de neige. Athelstan s'avança à leur rencontre. L'homme, d'une beauté frappante, avait l'air altier d'un faucon pèlerin, des yeux noisette très vifs et un nez busqué au-dessus d'une moustache et d'une barbe bien taillées. Athelstan remarqua la perle qui pendait à son oreille, au bout d'une chaînette d'or.

— Je vous présente le docteur Vincentius, déclara Benedicta.

Athelstan serra une main brune et ferme.

— Bonsoir, messire, j'ai souvent entendu parler de vous.

Et comment ne pas avoir entendu parler de ce médecin qui habitait Duckets Lane près de Windmill Street, à côté de la taverne du *Tabar* ? Il avait récemment fait l'acquisition d'une belle demeure, agrémentée d'un courtil[1] qui descendait jusqu'à la Tamise, juste en face de Botolph's Wharf. Il s'était déjà taillé une belle réputation comme mire : il demandait peu d'argent, n'utili-

---

1. Petit jardin, attenant à une maison de paysan. (*N.d.T.*)

sait ni sangsues, ni zodiaques bizarres, ni incantations stupides. Il préférait mettre l'accent sur la propreté, l'importance d'un régime sensé, la nécessité de faire bouillir l'eau et de bien nettoyer les plaies. Cecily la ribaude avait même laissé entendre qu'il connaissait un onguent fort efficace contre certaines lésions des parties les plus délicates du corps. Athelstan scruta le visage exceptionnellement beau du jeune homme et la mine radieuse de Benedicta. Il ressentit un pincement de jalousie.

— Et moi, j'ai entendu chanter vos louanges, mon père ! dit le médecin en souriant.

Athelstan haussa les épaules :

— Je ne suis qu'un modeste prêtre, un frère prêcheur parmi des milliers.

Le médecin se récria, ses bagues étincelèrent.

— Mais il est écrit sur plus d'une tombe : « J'étais en bonne santé jusqu'à ce que je consulte un mire. »

Athelstan éclata de rire : l'homme lui plaisait !

— Je ne vous vois guère à la messe, observa-t-il d'un ton léger.

— Un jour, peut-être, mon père...

— Le docteur Vincentius a beaucoup insisté pour vous rencontrer, intervint Benedicta avec la fausse timidité d'une jeune fille. Je me demandais, mon père, si vous accepteriez de venir souper avec nous.

Athelstan faillit refuser, mais se morigéna *in petto* : cela aurait été mesquin. Il frappa énergiquement dans ses mains.

— Avec plaisir !

Il éteignit les torches et verrouilla la porte, laissant Bonaventure chasser dans l'obscurité. Il se rendit au presbytère pendant que Benedicta et son étrange compagnon l'attendaient sur les marches de l'église. Dans l'écurie, Philomel mâchonnait bruyamment son avoine. Athelstan le flatta doucement, prit sa cape et rejoignit ses visiteurs.

Ils parcoururent les rues verglacées et silencieuses pour gagner Flete Lane, près de Holyrood Walk, où habitait la veuve. C'était la première fois qu'Athelstan se rendait chez Benedicta. Sa maison à un seul étage n'avait pas de voisine ; deux ruelles l'entouraient de chaque côté et un courtil s'étendait à l'arrière. Le rez-de-chaussée consistait en une grande salle, un garde-manger et une immense cuisine qui n'avait pas de jonchée, mais des dalles d'une propreté irréprochable. Deux chaises en buis étaient installées près de la cheminée où ronflait un bon feu de bûches. Au-dessus de l'âtre, sur une large étagère de chêne, des coupes d'argent et d'étain étincelaient à la lueur de deux candélabres à plusieurs branches. Des tentures de laine amarante couvraient les murs chaulés. Un endroit douillet, chaleureux, pensa Athelstan. Comme il l'avait imaginé, à vrai dire. Les deux hommes aidèrent Benedicta à préparer et à servir le repas. D'abord, du « jussel », œufs étalés sur du pain aux épices. Puis un succulent civet de lièvre, cuit au vin, de la gelée moulée en forme de château, des pichets de vin blanc frais et du clairet que Cranston aurait englouti en un clin d'œil.

Vincentius animait de bonne grâce la conversation. Athelstan était fasciné par ses manières dignes de la Cour et sa voix douce et bien timbrée. Se rendant peut-être compte qu'il parlait trop, le mire changea de sujet et demanda à Athelstan comment il avait passé la journée. Le dominicain évoqua sa visite à la Tour et la mort de Ralph Whitton.

— Personne ne le pleurera ! déclara Vincentius. C'était un homme de guerre qui menait rudement son monde.

— Vous l'avez rencontré ?

Le médecin sourit.

— Je le connaissais par ouï-dire, mais j'avoue que je m'intéresse davantage à la Tour. J'y suis allé hier. C'est un hymne à la subtilité de l'esprit humain, dans le domaine, surtout, des engins de guerre et des places fortes.

Vincentius sirota sa boisson.

— Vous avez dit qu'on lui avait tranché la gorge ?

— Oui. Pourquoi ?
— Comment était le corps quand on l'a retrouvé ?
— Que voulez-vous dire ?
— Le cadavre était-il froid ? Le sang était-il figé ?
— Oui, répondit Athelstan en notant qu'il avait oublié de se poser ces questions.

Il fit habilement dévier la conversation :
— D'où êtes-vous, messire ?

Le médecin reposa délicatement son gobelet sur la table.

— Je suis né en Grèce, de parents francs qui rentrèrent plus tard en Angleterre. J'ai étudié à Cambridge, puis à Saint-Jacques-de-Compostelle et Salerne.

Il ricana doucement.

— A Salerne, j'ai passé le plus clair de mon temps à oublier ce que j'avais appris à Cambridge. Les Arabes ont un plus grand savoir en médecine que nous. Ils connaissent mieux le corps humain et possèdent de bonnes traductions de l'*Art de la médecine* de Galien et du *Livre des symptômes* d'Hippocrate.

— Pourquoi revenir à Southwark ? demanda Benedicta.

Le médecin esquissa un sourire comme s'il pensait à une facétie connue de lui seul.

— Pourquoi pas ? ironisa-t-il. De l'argent ? J'en ai assez ! Et comme vous ne l'ignorez pas, mon père, les pauvres ont plus que jamais besoin d'aide.

Il se pencha par-dessus la table et scruta le visage d'Athelstan.

— Quels remèdes allez-vous me prescrire ? dit Athelstan d'une voix légèrement moqueuse. Celui de l'aigle contre la mauvaise vue ?

— Qu'est-ce que c'est ? s'étonna Benedicta.

— Le père Athelstan plaisante, répondit Vincentius. L'aigle, d'après les charlatans, a une vue perçante parce qu'il mange de la laitue crue. Ils en déduisent qu'en se frottant les yeux avec du jus de laitue on fait disparaître toute infection.

— Est-ce vrai ?

— Oh, que non ! Un vrai tissu de mensonges ! s'exclama Vincentius. De l'eau tiède et un linge propre seront plus efficaces. Mon père, poursuivit-il en donnant une légère tape sur les doigts d'Athelstan, ce dont vous avez besoin, c'est de sommeil. Et si vous avez de la laitue, mangez-la ! Cela vous fera du bien.

Athelstan éclata de rire.

— Si j'en trouve ! Tout a gelé dans mon jardin, quasiment, et ce qui reste, la truie d'Ursula le dévore.

Tandis que Benedicta décrivait Ursula et son diable d'animal, Athelstan eut envie de parler au médecin de la profanation des tombes, mais il se ravisa : le sujet n'était guère de mise à un souper. Il regarda la bougie des heures[1] et vit qu'il se faisait tard. Il prit congé de ses compagnons et opposa un refus courtois à Benedicta qui le priait de rester plus longtemps. Bien qu'ayant apprécié le repas, il était soulagé à l'idée de s'en aller : il ne devait pas oublier qu'il était prêtre et que Benedicta était libre de mener sa vie comme elle l'entendait. Il partit en avançant péniblement dans la neige. Il faisait nuit noire et il gelait à pierre fendre, mais lorsqu'il s'arrêta pour regarder le pan de ciel découpé par les colombages sombres, il fut ravi de voir que les nuages se dissipaient. Il serait rentré directement au presbytère s'il n'était tombé sur Pike, saoul comme une grive, au coin de l'allée conduisant à l'église. Il se détourna donc de son chemin pour aider sa brebis égarée.

— Bonsoir, mon père !

Athelstan eut un mouvement de recul devant les relents de bière qui l'assaillirent.

— Pike ! Pike ! siffla-t-il. Espèce de niais ! Tu devrais être dans ton lit aux côtés de ta femme !

Pike s'écarta en vacillant et, l'air plus éméché que jamais, lui adressa un geste de connivence.

— Je viens de causer avec certaines gens, mon père !

---

1. Bougie cerclée d'anneaux qui indiquait le temps écoulé. (*N.d.T.*)

— Je sais, Pike !

Athelstan l'empoigna par le bras.

— Sois prudent, mon ami, je t'en conjure ! Veux-tu finir au bout d'une corde, les yeux cavés par pies et corbeaux ?

— Nous régnerons en seigneurs, bafouilla le fossier.

Il se dégagea et esquissa un pas de gigue.

— « Quand Adam labourait et qu'Ève filait, qui était gentilhomme, alors ? » Mais vous, vous n'avez rien à craindre, mon père, enchaîna-t-il avec un rictus d'ivrogne. Vous, votre chat et vos maudites étoiles !

Il ricana.

— Vous êtes un Juste, vous ! Vous ne réclamez pas la dîme. Si seulement vous rigoliez plus souvent !

— Par ma foi, je rigolerai quand tu auras dessaoulé, gronda Athelstan en agrippant le pochard sous le bras.

Il le ramena de force à son épouse courroucée qui l'attendait dans leur taudis de Crooked Lane. Puis il regagna St Erconwald avec soulagement et rentra au presbytère, après s'être assuré que tout était bien fermé. Ce ne fut qu'une fois allongé sur sa paillasse, s'efforçant de prier sans se laisser distraire par le fin visage de Benedicta, qu'il se souvint soudain des confidences de Vincentius. Qu'avait été faire le mire à la Tour ? Et puis, n'avait-il pas étudié dans cette région de la Méditerranée où avaient servi Sir Ralph et les autres ? Y avait-il un rapport ? Athelstan réfléchissait encore à ce problème lorsqu'il sombra dans un sommeil de plomb.

Cranston, lui aussi, méditait sur les événements de la Tour, mais l'anxiété l'empêchait de se concentrer. La mine défaite, il était assis à sa table de travail, dans sa chambre — sa petite chancellerie, comme il disait —, sa pièce favorite située à l'arrière de la maison, loin du bruit de Cheapside. Il la parcourut du regard. Des losanges rouges et blancs, soigneusement choisis, formaient le carrelage, couvert de tapis de laine. Les vantaux des fenêtres à vitraux étaient hermétiquement fermés pour lutter contre les terribles courants d'air.

Les bûches de pin craquaient et se brisaient dans l'étroite cheminée tandis que des chaufferettes avaient été placées aux bouts de l'imposant bureau. Cranston aimait travailler là à son grand traité d'administration municipale. Pourtant, ce soir-là, son esprit ne trouvait pas le repos : l'atmosphère de son propre foyer le décontenançait et l'inquiétait. Oh, bien sûr, Maude lui avait paru plus gaie, ils avaient échangé leurs petites plaisanteries habituelles, mais il sentait qu'elle cachait quelque chose. Il tressaillit en entendant la clochette qu'une servante, à l'étage inférieur, agitait pour l'appeler au souper. Il souleva sa grande carcasse en grognant, puis, l'âme en peine, descendit lourdement l'escalier. Dans la cuisine emplie d'odeurs alléchantes, il vit Leif, accroupi dans la cheminée, en train d'engloutir de la venaison arrosée d'une sauce onctueuse. Le mendiant ébaucha un sourire avant de dévisager le coroner qui passait devant lui, l'air abattu. Leif en fut abasourdi : normalement, Sir John aurait dû lui lancer une bordée d'injures débonnaires en guise de salut !

Le miséreux revint à son festin avec un haussement d'épaules. Il était content : dame Maude lui avait donné quelques sous et il pensait aller retrouver son compère de Crabbe Street, le lendemain. Ils dîneraient dans un estaminet avant de se rendre à Moorfields voir des mastiffs à la gueule sanglante assaillir d'énormes taureaux, des ours au mufle écumant et des sangliers aux défenses impressionnantes.

Dans la salle aux tentures de lin, on avait dressé la table avec un soin particulier : une nappe de batiste la recouvrait et des candélabres dorés estampillés brûlaient à chaque bout. Cranston regarda son épouse avec méfiance : elle paraissait trop heureuse. Il remarqua ses pommettes rouges et la lueur de gaieté dans ses yeux. La tristesse l'envahit d'autant plus. Sa Maude aurait-elle pris un amant ? Un godelureau plus ardent aux joutes de l'amour que lui ? Oh ! il savait que ce genre de pratiques n'était pas rare. Poussées par l'ennui, des épouses de vieillards ou de riches bourgeois recherchaient le bonheur dans les bras d'un noble seigneur ou d'un élégant courtisan.

Cranston s'installa précautionneusement dans sa chaire au haut bout de la table et réfléchit, maussade, à son passé. Certes, leur mariage avait été un mariage arrangé. Maude Philpott, fille d'un maître coutelier, avait été fiancée en grandes pompes au jeune Cranston. Jeune ? Il avait quinze ans de plus qu'elle lorsqu'ils s'étaient rejoints à la porte de l'église, mais il était plus svelte alors, vif comme un lévrier, Hector sur le champ de bataille et Pâris dans la chambre à coucher. Il lança un coup d'œil éloquent à son épouse souriante. Devait-il aborder le sujet ? Il étouffa un soupir. Il n'oserait pas. Vigoureux comme un taureau et courageux comme un lion, il ne craignait personne sauf — secrètement — son petit bout de femme qui ressemblait à une véritable poupée. Oh ! elle ne criait jamais, elle ne lui jetait rien à la figure. Au contraire ! Elle répliquait, tranquillement assise, en le dépouillant impitoyablement de sa vanité, comme si elle épluchait un oignon, puis lui opposait une bouderie qui pouvait durer des jours entiers.

— Tout va bien, Sir John ?
— Oui, madame ! murmura-t-il.

On servit le souper : une tourte de bœuf dont la pâte dorée était cuite à point. La viande, assaisonnée d'herbes, avait été cuite dans une excellente sauce à l'oignon. La tristesse du coroner se dissipa sous les assauts de deux bons verres de clairet.

— Vous êtes allé à la Tour aujourd'hui, n'est-ce pas, Sir John ?
— Oui. A cause de Sir Ralph Whitton, le gouverneur. Hier, il criait encore à gorge déployée, et cette nuit on a tranché ladite gorge.

Dame Maude hocha la tête : elle avait entendu dire que Sir Ralph était un officier d'une dureté implacable, confia-t-elle à son mari.

— Et vous, madame, qu'avez-vous fait ?
— Oh, ce matin, j'ai étudié les comptes de la maison, puis suis allée me promener.

— Où ?
— Dans Cheapside.
— Pas à Southwark ?
— Par ma foi, non, Sir John. Pourquoi ?

Cranston détourna le regard en branlant du chef : il avait surpris un tremblement dans la voix de son épouse. Le cœur brisé, il remplit à ras bord son gobelet de clairet rouge foncé.

Les ténèbres avaient envahi la Tour. Gerard Mowbray, l'hospitalier, déambulait sur le chemin de ronde qui reliait la tour de la Flèche et la tour du Sel sur la courtine intérieure. La bise fouettait ses cheveux argentés, coupés ras, piquait ses oreilles et ses joues et griffait son manteau noir plaqué contre son corps. Le chevalier était indifférent au froid. Il venait toujours ici. C'était sa promenade favorite. Il scrutait souvent l'obscurité pour apercevoir les anciennes ruines datant de Jules César, mais cette nuit, le brouillard était trop épais. Il distinguait, au nord, le fanal sur la tour de St Mary Grace et, au sud, les feux et les torchères de l'hôpital Sainte-Catherine. Il regarda le ciel. Les nuages disparaissaient, découvrant des myriades d'étoiles sur la voûte céleste. « Comme c'est étrange », songea-t-il. En Égypte, les constellations accrochées au velours noir des cieux paraissaient si proches qu'on avait l'impression qu'en se tenant sur la pointe des pieds on aurait pu décrocher ces luminaires célestes.

Il s'appuya contre un merlon. Oh, bien sûr, il avait connu des jours plus heureux ! Il se rappela les sables brûlants devant Alexandrie, où Sir Brian, Sir Ralph, lui et tant d'autres formaient une bande de chevaliers insouciants, ravis de s'emparer de l'or ennemi. Il se souvint des grands moments de leur campagne. Une révolte avait éclaté à Alexandrie et l'armée du calife, comprenant le groupe de Mowbray, s'était massée aux portes de la ville. L'air résonnait du battement des tambours, le vent faisait claquer les hautes bannières vertes, et les croissants d'argent sur les étendards resplendissaient sous le soleil aveuglant. Depuis plusieurs mois, Alexandrie était assiégée, mais enfin une brèche avait été ouverte dans l'un des murs. Sir Brian et lui s'étaient élancés les premiers, épaule contre épaule, suivis de près par leurs compagnons, masse de combattants et d'acier se frayant lentement un passage vers la ville. Derrière eux, les troupes compactes du calife lançaient leurs cris de guerre en un chœur démoniaque qui montait et descendait. A grands coups d'épée, les chevaliers s'étaient engouffrés dans la trouée pour longer le rempart et gagner l'escalier menant au chemin de ronde au-dessus de la porte principale.

Il prenait plaisir à se remémorer le passé, à évoquer la chaleur intense, le reflet du soleil sur les cimeterres et les dagues, le fracas de la bataille, le sang qui giclait de tous côtés, comme d'un millier de fontaines, tandis que les hommes s'écroulaient en hurlant, avec d'horribles plaies à la tête, au torse, aux membres... Ses compagnons et lui avaient gravi les marches une à une, jusqu'au sommet de la porte principale, en se taillant un chemin dans un véritable mur vivant. Qui menait l'assaut ? Bartholomew, bien sûr ! Comme toujours ! Il s'était rué en avant en engageant le combat avec un gigantesque mamelouk. Il s'était déplacé avec la grâce d'un danseur, son épée sifflant comme un serpent d'argent : une feinte vers le ventre, un coup d'estoc vers le haut et un demi-cercle pour trancher le col entre casque et cuirasse. Ralph le suivait ; à l'époque, il n'avait pas encore failli à son honneur de chevalier.

La herse avait été levée et les soldats du calife avaient envahi la ville. Quel massacre ! Ils n'avaient pas fait de quartier : la ville n'avait pas demandé grâce. Les ruelles surchauffées résonnaient des sonneries des trompettes d'argent et des cris des agonisants — hommes et femmes. Les chevaliers, au moins, n'avaient pas ce sang sur la conscience. Ils avaient rempli leur contrat et ne désiraient que leur dû. Ils s'étaient finalement retrouvés sur une vaste place où un jet d'eau jaillissait d'une vasque de marbre blanc. Près de là se dressait la demeure vide d'un changeur. Oh ! quel trésor ils y avaient trouvé ! Adam avait plongé jusqu'aux genoux dans les ducats d'argent et les coupes incrustées de pierres fines et remplies de perles.

Mowbray émergea soudain de sa rêverie. Il crut avoir entendu un bruit, là-bas, vers le bout du chemin de ronde, en haut de l'escalier. Non, pensa-t-il, ce n'était que le vent. Il revint à ses souvenirs. Étrange, qu'Adam ne soit pas venu au rendez-vous ce Noël-ci. Peut-être était-il terrorisé ? Le défunt et le bourgeois prospère qu'était devenu Adam savaient-ils quelque chose qu'il ignorait ? Qu'était-il advenu, trois ans auparavant, qui avait à ce point effrayé le gouverneur ?

« Nous sommes morts de peur, tous autant que nous sommes. » Cette épouvante les avait transformés. « C'est ainsi que le Mal agit, se dit-il. Il érode la volonté, corrompt l'âme et souille les chemins et les logis de l'esprit. » Ce qui s'était passé autrefois en Égypte portait le sceau du Mal. Bartholomew avait été leur chef. La moitié du trésor lui revenait de droit et il leur avait fait confiance... terrible erreur ! Trahison ! Félonie ! Les mots hurlaient dans les recoins de l'âme torturée de Mowbray comme des spectres tourmentés. C'était Ralph qui avait tout manigancé, mais chacun d'eux avait accepté son vil stratagème. Mowbray fit quelques pas pour se réchauffer. Oh, bien sûr, il avait confessé ses péchés, marché pieds nus jusqu'au sanctuaire de Saint-Jacques-de-Compostelle, et Fitzormonde et lui avaient rejoint l'ordre des Hospitaliers de Saint-Jean pour faire pénitence. Le regard perdu dans les ténèbres, il chuchota :

— O Christ miséricordieux ! N'était-ce pas assez ?

Il eut l'impression d'être assiégé par les noirs démons de la Géhenne. Quels immondes supplices l'Enfer réservait-il aux traîtres ? Être enduit de poix et jeté dans un puits noir rempli de soufre, les yeux rongés par des aspics et la langue pécheresse étouffée par des serpents ? Que faire pour se libérer de ces hallucinations ? Se confier à Cranston ? Non ! A frère

Athelstan, peut-être ? Mowbray revit les yeux sombres et l'expression réservée du prêtre. Il avait déjà rencontré ce genre d'hommes. Certains commandeurs de l'ordre avaient ce même don pour deviner les pensées d'autrui. Le dominicain savait que la mort de Sir Ralph cachait quelque chose de vil, quelque chose de pourri et de démoniaque.

Le chevalier sursauta lorsqu'une chouette ulula derrière les remparts. Un chien lui répondit par un hurlement. Mais était-ce bien un chien ? se demanda-t-il. Ou l'un des éclaireurs de Satan qui appelait les légions des damnés à surgir des abîmes de l'Enfer ? Une cloche tinta. Mowbray gémit de peur, prisonnier de ses propres cauchemars. La cloche tonnait à présent comme si elle sonnait dans les entrailles de la terre. L'hospitalier se ressaisit en jurant.

Le tocsin ! Il porta la main au pommeau de son épée : le grand battant de cuivre ne sonnait le tocsin qu'en cas d'attaque de la Tour. Il serra le poing sur son arme. Peut-être s'était-il trompé ? Peut-être que la mort de Sir Ralph n'était que l'œuvre de rebelles qui revenaient à l'assaut ? Il s'élança sur le chemin de ronde parsemé de gravier. Il voulait se battre, il voulait en découdre avec un ennemi, laisser libre cours à la violence qui bouillonnait en lui. Mais soudain il trébucha. Il battit l'air de ses bras comme un oiseau bat des ailes ; sa haute silhouette noire se découpa contre le ciel, puis il perdit l'équilibre et tomba, l'esprit toujours à la dérive. Il était ce gamin qui plongeait d'un rocher dans une rivière paisible du Yorkshire, il était ce brave et jeune chevalier qui se ruait sur les remparts d'Alexandrie en hurlant aux autres de le rejoindre... Puis les ténèbres l'engloutirent.

Son corps s'écrasa sur le sol, la cervelle se répandit lorsque le crâne heurta les pavés verglacés et tranchants. L'agonisant eut un dernier soubresaut et se figea au moment où sa main s'approchait de son escarcelle. Celle-ci contenait un parchemin jauni avec une croix noire dans chaque coin et le dessin rudimentaire d'une nef.

CHAPITRE VI

Athelstan s'était avancé sur le parvis et contemplait, agréablement surpris, le ciel limpide et le soleil du petit matin. Sous les rayons dansants, la neige miroitait sur les toits de la paroisse. Le dominicain poussa un profond soupir. Après une bonne nuit et un réveil matinal, il avait célébré la messe, puis déjeuné et nettoyé le presbytère et l'écurie. Il s'était rendu au cimetière. Les lépreux étaient partis et aucune tombe n'avait été profanée. Athelstan se sentait heureux, d'autant plus que les intempéries avaient laissé place à cette radieuse journée, comme si le Christ lui-même avait voulu que le temps s'améliore pour Sa fête. Il sourit à Cecily qui balayait l'entrée de St Erconwald. Elle le salua en minaudant avant de faire la chattemite à l'intention de Huddle qui, la mine rêveuse, esquissait à grands traits vigoureux, dans la nef, au charbon de bois, les contours d'une de ses fresques.

— Ne te laisse pas distraire, Cecily ! supplia Athelstan *sotto voce*.

Il s'étira en tournant le visage vers le soleil.

— Loué sois-tu, Seigneur, murmura-t-il, pour frère Jour ! Loué sois-tu, Seigneur, pour sœur Terre ! poursuivit-il, récitant le *Cantique du frère Soleil* de saint François d'Assise.

Mais il renifla soudain et fronça le nez.

— Même si, ici à Southwark, ça sent les légumes pourris et les détritus nauséabonds !

Il se souvint soudain d'autres matins glorieux à la

ferme de son père dans le Sussex et l'éclat du soleil parut tout à coup se ternir.

— Vous êtes heureux, mon père ?

Athelstan sourit à Benedicta.

— Oui. Vous êtes partie très vite après la messe, n'est-ce pas ? remarqua-t-il.

— Il le fallait, mon père. Avez-vous oublié ?

Athelstan se rappela la date et tiqua. Non, il n'avait pas oublié Simon le charpentier. Ce gaillard trapu au teint fleuri et au caractère ombrageux, toujours armé d'un long poignard gallois, était l'un de ses paroissiens les moins recommandables. Or, deux semaines auparavant, lors d'une beuverie dans Old Fish Street, il avait violé une enfant et aggravé son méfait en la rouant de coups. Jugé au Guildhall, il avait été condamné à être pendu et son exécution devait avoir lieu le lendemain. Simon n'avait ni famille ni amis. Trois jours plus tôt, le conseil paroissial avait demandé à Athelstan et à Benedicta de lui rendre visite. Le dominicain avait même supplié Cranston — mais en vain — d'user de son influence pour faire commuer la sentence ; le coroner s'était borné à hocher la tête, l'air désolé.

— Mon frère, même si je le voulais, je ne pourrais guère agir, avait-il expliqué. La fillette n'a que douze ans et elle ne marchera plus jamais. Ce misérable n'échappera pas à la corde.

Athelstan scruta le ciel.

— Que Dieu ait pitié de Simon, pria-t-il, et vienne en aide à sa pauvre victime !

— Pardon, mon père ?

— Rien, Benedicta, rien !

Athelstan se retourna pour regagner l'église, mais, à ce moment-là, un messager arriva au coin de la ruelle, en glissant et trébuchant sur la glace et en beuglant le nom du prêtre. Celui-ci gémit.

— Que se passe-t-il, mon garçon ?

Comme s'il ne s'en doutait pas !

— Sir John Cranston vous attend à l'*Agneau d'Or*

près du Guildhall, mon père. Il dit que c'est urgent et que vous devez vous y rendre sur-le-champ.

Athelstan pêcha une pièce dans son aumônière et la lança au jeune homme.

— Va dire à Sir John de rester là où il est et de ne pas trop boire. J'arrive !

Il prit son trousseau de clefs, attaché par une ficelle à la cordelette de son habit, et le mit dans la paume douce et tiède de Benedicta.

— Veillez sur l'église ! lui demanda-t-il d'une voix pressante.

Elle écarquilla les yeux en feignant l'étonnement.

— Une femme responsable d'une église, mon père ! Si vous n'y prenez garde, vous allez bientôt affirmer que Dieu a donné Sa préférence à la femme plutôt qu'à l'homme, car Il a créé Ève au Paradis et non avant, comme pour Adam.

— On dit que le serpent avait le visage de la femme...

— Et le cœur retors de l'homme !

— Vous verrouillerez bien l'église ?

— Ne me faites-vous pas confiance, mon père ?

Athelstan sourit.

— Je suis sûr que vous vous en tirerez mieux que n'importe lequel de mes paroissiens. Parlons sérieusement, Benedicta ! Veillez à ce que Ranulf ne s'empare pas de Bonaventure et qu'il n'y ait pas de batailles de boules de neige sous le porche ! Essayez de sauver ce qui me reste de jardin de la truie d'Ursula et, surtout, ayez l'œil sur Cecily ! Je crois qu'elle va encore tomber amoureuse !

Il dévala les marches, mais se retourna soudain.

— Ah, Benedicta ?

— Oui, mon père ?

— Hier soir... merci pour ce repas délicieux ! Un personnage bizarre, ce docteur Vincentius !

Benedicta prit un air malicieux.

— Moins bizarre que certain prêtre de ma connaissance !

117

Athelstan lui jeta un regard faussement courroucé, mais elle lui tournait déjà le dos et s'éclipsait dans l'église avec le pas léger d'une enfant. Il réveilla Philomel qui dodelinait de la tête et le harnacha. Puis il se dirigea vers le Pont de Londres. Les berges de la Tamise évoquaient une fourmilière démolie à coups de pied : passeurs, marins, pêcheurs se pressaient sur la rive pour voir la débâcle. Athelstan talonna doucement Philomel pour se frayer un chemin dans la foule massée près du Pont. Il s'interdit de regarder l'abîme de chaque côté. Traverser le Pont par une journée radieuse mettait déjà les nerfs à rude épreuve, alors quand la glace craquait et se fendait... Il préféra observer l'activité frénétique des navires le long des quais de Billingsgate et Queenshithe : galères chargées de vins de Bordeaux ou de guède[1] à destination de la Flandre, bateaux côtiers d'Essex et vaisseaux de haut bord de la Hanse et de Norvège prêts à prendre le large. Ils étaient entourés par des embarcations de pêche, des barques et des péniches, sur lesquelles des hommes brisaient la glace avec des pics, des maillets et des marteaux. Sur la haute poupe d'un cogghe[2] génois, un mousse chantait une hymne à la Vierge pour saluer le changement de temps, tandis que les marins d'une galère grecque psalmodiaient leur prière : « *Kyrie, eleison, Christe, eleison, Kyrie, eleison !* » « Seigneur, aie pitié, Christ, aie pitié, Seigneur, aie pitié ! » Le cantique était d'une telle beauté qu'Athelstan s'arrêta pour l'écouter, yeux fermés, mais soudain un grand braillard de charretier fit claquer son fouet en gueulant que, contrairement à certains fainéants de dominicains, lui devait gagner son pain à la sueur de son front. Athelstan traça un signe de croix en direction du rustre. Puis il mit pied à terre et, tenant Philomel par la bride, passa devant St Magnus au coin de Bridge Street et tourna dans Candlewick Street,

---

1. Pastel des teinturiers donnant la couleur bleue. (*N.d.T.*)
2. Navire médiéval de charge ou de guerre à fort tirant d'eau. (*N.d.T.*)

encombrée de charrettes, de chevaux de bât et de charrois.

Tous les marchands de la capitale, pratiquement, profitaient du retour du beau temps. Athelstan s'enfonça dans Walbrook. Un ruisseau paresseux coulait dans une profonde tranchée, creusée sur un côté de la rue. L'eau noire charriait des morceaux de glace et deux gamins se battaient à coups de gourdin sur l'une des passerelles souillées. Athelstan et Philomel poursuivirent leur chemin, mais durent soudain reculer sous les colombages pour laisser le passage à un groupe d'échevins bouffis d'orgueil. Trompette d'argent aux lèvres, un héraut les précédait tandis que deux sergents d'escorte leur ouvraient la route à grands coups de bâton. L'étendard de la ville claquait au-dessus des cavaliers. Tranchant sur la tache éclatante du vermillon, la silhouette brodée d'or de saint Paul semblait resplendir de sa propre lumière. A l'angle de Walbrook, les ramasseurs d'ordures s'activaient à rassembler, à l'aide de grands râteaux en bois, les immondices et les amas de neige sale, en énormes tas nauséabonds. Un dizainier, tombant sur un porc errant, s'était hâté d'égorger l'animal, obéissant en cela aux lois municipales. Le sang s'écoulait en jets fumants et écarlates tandis que le propriétaire de la bête, un gringalet presque chauve, déversait un chapelet d'horribles jurons sur la tête de l'officier. Athelstan se rappela Ursula et sa truie monstrueuse : si seulement ce dizainier avait la bonne idée d'aller à Southwark ! Il y avait aussi foule de petits truands, à croire qu'ils poussaient entre les pavés : jouvenceaux à la peau douce, tire-laine, charlatans, coupe-bourses, saltimbanques et magiciens de foire.

Athelstan finit par trouver la modeste taverne de l'*Agneau d'Or* à l'angle d'une venelle. Dans la salle mal éclairée, la lourde silhouette d'un Cranston morose, affalé sur un banc contre le mur, attirait l'œil. Devant ses chopes vides, étalées sur la table, il ressemblait à un Bacchus irascible entouré d'offrandes votives. Athelstan s'approcha. Le magistrat braqua sur lui un regard torve.

— Où étiez-vous passé ?
— Je suis venu aussi vite que je l'ai pu !
— Ce n'était pas assez !

Athelstan s'assit en face de Cranston en priant le Ciel de lui accorder de la patience. La mine de son compagnon ne lui disait rien qui vaille. Le coroner buvait sec, bien sûr, mais c'était un bon vivant, conscient de ses défaillances de pauvre pécheur et indulgent envers celles d'autrui. A présent, il avait l'air franchement sinistre : ses yeux lançaient des éclairs à la ronde comme pour relever un défi, ses lèvres bougeaient mais aucun son n'en sortait, et même les poils blancs de sa barbe se hérissaient sous l'effet d'une rage contenue.

— Voulez-vous du vin ?
— Non, Sir John, et je pense que vous avez assez bu !
— Allez au diable !

Athelstan se pencha vers le coroner.

— Sir John, je vous en prie, dites-moi ce qui ne va pas ! Je pourrais peut-être vous aider ?
— Mêlez-vous de ce qui vous regarde !

Athelstan s'écarta en toussant.

— Cette journée ne s'annonce pas sous les meilleurs auspices, murmura-t-il. Le lord-maire et les shérifs veulent nous voir, paraît-il ?
— Ils m'ont vu. Ils se sont lassés de vous attendre.
— Et que vous ont-ils appris, Sir John ? s'enquit le dominicain d'une voix douce.

Recouvrant son calme, Cranston se redressa avec un sourire penaud.

— Pardonnez-moi, mon frère, bougonna-t-il. J'ai passé une nuit blanche qui m'a donné mal à la tête...

« ... et mis de méchante humeur », acheva Athelstan à part soi.

Il garda le silence : Sir John ne tarderait pas à tout raconter.

Ce dernier se mordillait la lèvre en lorgnant vers un

coin de la pièce où un énorme rat s'attaquait à un morceau de graisse luisant dans la jonchée sale.

— Est-ce le rat noir ou le brun qui apporte la peste ? demanda-t-il à brûle-pourpoint.

Athelstan suivit son regard et frissonna de dégoût.

— Les deux, je crois. Je n'ai pas l'intention de dîner ici et vous devriez m'imiter. Bon, dites-moi ce qui est arrivé.

— Un autre crime à la Tour. Sir Gerard Mowbray, qui avait, lui aussi, reçu des menaces, a fait une chute mortelle du haut du chemin de ronde.

— Et... ?

— Et au même instant, à peu près, le tocsin s'est mis à sonner et la garnison a cru que la Tour était attaquée.

— Mais cela n'a pas été le cas, n'est-ce pas ? Et je parierais que personne n'a vu celui qui l'a mis en branle !

— En effet.

— Et le lord-maire, que voulait-il ?

Athelstan sursauta soudain : un féroce matou avait jailli de l'ombre et saisi le rat par une patte. Le rongeur avait beau couiner, le chat l'entraînait à présent vers le centre de la pièce.

— Aubergiste ! Pour l'amour du Ciel ! tonna Cranston.

Le tavernier apparut, brandissant un balai, et le chat s'enfuit dans l'escalier à vis, la gueule refermée sur sa proie pantelante. Cranston prit sa chope mais, se souvenant du rat, il la reposa brutalement sur la table.

— Ce que voulait m'annoncer le lord-maire, mon cher Athelstan, c'est que Sir Adam Horne, bourgeois de la cité, échevin et ami proche du défunt Sir Ralph, a reçu le croquis d'une nef à trois mâts accompagné d'une galette de sésame.

— Où se trouve-t-il ?

— Dans ses entrepôts de la Tamise. Ce n'est pas Horne qui a raconté tout cela au maire, mais son épouse. Le message et la galette lui furent remis anonymement. Elle les donna à son mari et fut épouvantée par sa réaction : il pâlit et faillit se pâmer, comme victime d'une attaque.

— Quand cela s'est-il passé ?

— Ce matin. Son épouse alla immédiatement voir l'un des shérifs. Vous connaissez la suite.

— Lady Horne a agi avec une promptitude remarquable !

— Oui, le lord-maire lui-même a des soupçons. Il pense qu'elle en sait plus qu'elle n'en dit.

Athelstan se retourna vers l'entrée. Un groupe de colporteurs, leurs présentoirs cabossés pendus au cou, venaient de faire irruption dans la salle en réclamant de la godale à cor et à cri. Ils étaient suivis d'un mendiant borgne qui accepta d'esquisser une gigue pour un penny. Lorsqu'il sautilla d'un pied sur l'autre, son corps squelettique de loqueteux provoqua la risée des colporteurs, tant il était grotesque.

— Étrange, n'est-ce pas, Sir John, ce plaisir qu'éprouve l'être humain à humilier son prochain ! commenta Athelstan à voix basse.

Se rappelant Lady Maude, Cranston détourna la tête en clignant des yeux. Athelstan s'agita.

— Alors, allons-nous interroger Horne ou nous rendre à la Tour ?

Cranston se leva.

— Mes fonctions consistent à enquêter sur les causes de tel ou tel décès, déclama-t-il. Pas à être aux ordres des puissants ! A la Tour, donc ! Après tout, comme le disent les Saintes Écritures : « Là où gît le corps, les vautours s'assemblent. »

— Sir John !

Athelstan se gratta la tempe.

— Cet avertissement — la galette et la nef — me laisse perplexe.

— Que voulez-vous dire ? demanda Cranston d'une voix pâteuse, en vacillant dangereusement contre la table.

— Eh bien, Horne, par exemple, a bien reconnu dans la galette une menace de mort, mais pourquoi l'esquisse de la nef suscite-t-elle tant de terreur chez lui et chez les autres ?

— L'humanité a peur parce qu'elle ment ! décréta le magistrat. Personne ne dit la vérité.

Ses yeux étincelèrent sous ses sourcils en bataille.

— Qu'est-ce qui vous met martel en tête, Sir John ? insista Athelstan. La souffrance et la rancœur vous tourmentent, je le sens bien. Confiez-vous à moi.

— Tout à l'heure, murmura le coroner. Partons, maintenant !

Ils allèrent chercher leurs chevaux à l'écurie et les menèrent à la bride dans les rues animées malgré le froid. On aurait dit que tout Londres était dehors. Les marchands se hâtaient de rattraper le temps perdu, et près des tavernes et des rôtisseries flottaient des odeurs alléchantes. Ils dépassèrent Cornhill et Leadenhall pour se diriger vers Aldgate. Ils durent s'arrêter soudain car la foule s'était agglutinée autour d'un orateur à l'angle de Poor Jewry. L'homme frappait par l'austérité de son long visage, sa tête complètement rasée et son corps ascétique revêtu d'un froc et d'une aumusse noirs. En apercevant Cranston, le prédicateur se tut. Ses lèvres se pincèrent et les muscles de sa mâchoire se raidirent sous l'effet de la colère. Son regard étincelant rappela à Athelstan le saint Jean-Baptiste d'un mystère. Les yeux rivés sur le coroner, l'orateur pointa un doigt osseux vers le ciel d'un bleu limpide. Il respira profondément et s'exclama d'une voix rauque :

— Malheur à cette ville ! Malheur à ses officiers corrompus ! Malheur à ceux qu'ils servent, à ceux qui, vêtus de soie, se vautrent sur leurs couches luxurieuses, à ceux qui se gorgent de bonne chère et de vins capiteux. Ils n'échapperont pas à la tempête qui se lève ! Comment peuvent-ils commettre le péché de gloutonnerie quand leurs frères humains meurent de faim ? Telle est la question à laquelle ils devront répondre !

Cranston fit un pas en avant, furieux, mais le dominicain le retint par la manche.

— Pas maintenant, Sir John !

— Qui est-ce ? grogna le magistrat.

— Le prêtre démuni John Ball. Un grand prédicateur, chuchota Athelstan. Il est très populaire, messire. Ce n'est ni l'heure ni l'endroit pour intervenir, je vous assure !

Cranston fit volte-face en haletant et passa son chemin. Les paroles enflammées de l'homme d'Église les poursuivaient encore lorsqu'ils longèrent le couvent des Frères de la Sainte-Croix pour tourner à gauche dans une venelle menant à la Tour.

— Un jour, gronda le magistrat, j'enverrai cette fripouille se balancer au bout d'une corde !

— Ce qu'il dit est pure vérité, Sir John !

Le coroner se retourna vers son compagnon. Son visage et son corps s'affaissaient au fur et à mesure que son courroux s'apaisait.

— Qu'y faire, Athelstan ? Comment pourrais-je nourrir tous les pauvres du Kent ? Je mange probablement trop, je bois sûrement trop, mais je me bats pour la justice et agis de mon mieux !

Ses grandes mains potelées s'agitaient comme les ailes d'un oiseau blessé et Athelstan devina sa souffrance.

— Par la mort diantre, mon frère, je ne suis même plus maître chez moi !

— Lady Maude ?

Cranston fit signe que oui.

— Je crains qu'elle n'ait rencontré un autre homme, bredouilla-t-il. Un godelureau de la Cour, peut-être !

Le dominicain écarquilla les yeux, incrédule.

— Lady Maude ? Impossible ! Sir John, vous êtes un sot !

— Si tout autre que vous m'avait traité ainsi, je l'aurais étripé !

— Je le maintiens quand même, Sir John ! Lady Maude est une femme d'honneur. Elle vous aime profondément... je me demande bien pourquoi, quelquefois, poursuivit-il au comble de l'indignation.

Il agrippa le coroner par sa cape.

— Quelles preuves avez-vous ?
— Hier soir, je l'ai croisée sur le Pont de Londres. Elle venait de Southwark. Mais, quand je lui ai demandé où elle avait passé la journée, elle m'a affirmé qu'elle n'était allée que jusqu'à Cheapside.

Athelstan s'apprêtait à rétorquer vertement lorsque la remarque du magistrat réveilla ses souvenirs. Sir John ne se trompait peut-être pas. Une semaine auparavant, juste avant la fête de Notre-Dame, le dominicain avait aperçu Lady Maude près de l'auberge du *Tabar* à Southwark. Il s'en était étonné sur le moment, mais l'avait vite oublié. Cranston plissa les paupières.

— Vous avez eu vent de quelque chose, hein, maudit moine ?

Athelstan détourna le regard.

— Je ne suis pas moine contemplatif mais frère prêcheur, répliqua-t-il d'un ton uni. Tout ce que je sais, Sir John, c'est que j'ai le plus grand respect pour Lady Maude et pour vous. Je suis convaincu, également, qu'elle ne vous trahirait jamais.

Cranston le bouscula presque.

— Allons-y ! aboya-t-il. Nous avons du pain sur la planche.

Arrivés au bout de la venelle, ils gravirent la colline et pénétrèrent dans la Tour par une poterne latérale. Une sentinelle prit leurs chevaux et leur fit traverser la cour, où ils s'enfoncèrent jusqu'à la cheville dans la boue glacée. Colebrooke les attendait, la mine défaite.

— Un mort de plus ! annonça-t-il d'un ton lugubre. Sir John, j'aimerais pouvoir dire que vous êtes le bienvenu.

Il regarda soudain les grands corbeaux qui défiaient le ciel bleu de leurs croassements rauques.

— Vous connaissez les dictons, Sir John : « Tant qu'ils seront là, la Tour ne tombera pas » et « Quand corbeaux croassent avec vigueur, la Mort vient dans l'heure. »

Le sous-gouverneur souffla sur le bout de ses doigts.

— Malheureusement, leurs cris deviennent une véritable litanie.

— Savait-on que Mowbray avait reçu les mêmes menaces de mort que Sir Ralph ? demanda brusquement Cranston.

— Non. Mowbray était nerveux, mais nous l'étions tous après l'assassinat du gouverneur. Sir Brian et lui se confiaient peu. Hier soir, Mowbray est allé se promener, comme d'habitude, sur le chemin de ronde entre la tour du Sel et la tour de la Flèche. Il s'y trouvait encore lorsque le tocsin a retenti. En entendant l'alerte, il a dû courir et trébucher. Il n'a pas survécu à sa chute.

— Personne ne l'accompagnait ?

— Non. En fait, si nous n'avions pas découvert le message de mort dans son aumônière, nous aurions conclu à un simple accident.

— Le chemin de ronde était-il glissant ?

— Bien sûr que non, Sir John. En tant qu'officier, vous n'ignorez pas que l'on répand sable et gravier sur les marches dès que cela vire au mauvais temps. Sir Ralph ne plaisantait pas là-dessus.

— Alors qui a sonné le tocsin ? s'étonna Athelstan.

— Ah ! ça, c'est un mystère. Venez, je vais vous montrer.

Ils gagnèrent le centre de la cour. La neige, relativement intacte, s'amoncelait autour d'un haut poteau en bois, surmonté d'une poutre, à l'instar d'une potence. La cloche était accrochée à un anneau de fer, et une longue corde pendait du gros battant de cuivre.

— Vous comprenez, expliqua Colebrooke en la montrant, on ne sonne le tocsin qu'en cas d'attaque. Si on tire, même une seule fois, sur la corde, vu l'angle de la cloche, le tocsin sonne continuellement.

Cranston prit un air entendu.

— Bien sûr. Je connais ce mécanisme. Une fois que le garde a mis la cloche en branle, celle-ci sonnera — même s'il est blessé — jusqu'à ce que quelqu'un l'arrête.

— Exactement ! confirma Colebrooke. Et c'est là

que réside le mystère. C'est moi qui ai arrêté la cloche. Il n'y avait personne à côté.

— Mais n'aurait-on pas pu s'enfuir après l'avoir ébranlée ? reprit Cranston.

— Impossible, affirma Colebrooke avec un signe de tête. J'avais une torche, et après avoir arrêté la cloche, j'ai examiné la neige : aucune trace de pas !

— Comment cela ? s'exclama le coroner. Vraiment aucune ?

— Aucune, Sir John.

Désignant la couche de neige, Colebrooke précisa :

— Il est interdit de s'approcher de cette cloche : elle a trop d'importance. Même les soldats qui ont bu un coup de trop évitent cet endroit de peur de trébucher et de sonner le tocsin par inadvertance.

— Et rien d'autre ?

— Rien hormis les empreintes des grands corbeaux.

— Mais c'est invraisemblable ! s'écria Athelstan.

Colebrooke soupira.

— J'en demeure d'accord, mon frère. Et ce qui ajoute au mystère, c'est que nous avons des patrouilles dans la cour et qu'elles n'ont vu personne rôder près de la cloche, ni trouvé d'empreintes de pas.

Colebrooke se retourna pour cracher sur le sol.

— La Mort est partout, dit-il, lugubre. Le seul chant que nous entendons est celui des corbeaux.

— Et les membres de la maison, où étaient-ils ?

— Demoiselle Philippa nous avait invités à souper dans la tour Beauchamp.

— Tous ?

— Oui, mais les deux hospitaliers se sont excusés et Rastani n'est pas venu. Quant à moi, je me suis absenté de temps en temps pour faire mes rondes. J'étais à peine revenu de l'une d'elles que le tocsin retentissait.

— Et vous n'avez vu personne ? insista Cranston.

— Personne, marmonna le sous-gouverneur. Les hommes sont inquiets : ils parlent de démons et de spectres, et la Tour n'est guère un lieu de garnison très populaire. Vous le savez bien, Sir John : les soldats sont encore plus superstitieux que les marins. Ils se répètent certaines légendes : la Tour aurait été bâtie sur un ancien lieu de sacrifice, on aurait mélangé du sang au mortier et enseveli des êtres humains dans les fondations.

— Billevesées ! aboya Cranston. Votre avis, mon frère ?

Athelstan haussa les épaules.

— Le sous-gouverneur a peut-être raison, Sir John. Il existe plus de forces ici-bas que ne peut en concevoir notre esprit.

— Vous croyez à ces histoires de fantômes ?

— Bien sûr que non. Mais la Tour a un lourd passé. Des hommes et des femmes y ont péri de mort atroce.

Le dominicain parcourut la cour du regard et frissonna malgré le soleil éclatant.

— Le seul et vrai spectre, c'est la peur. Elle brise l'harmonie de l'intelligence et trouble l'âme. Elle crée une atmosphère de danger et de sourde menace. Notre assassin se révèle à la fois extrêmement habile et subtil : il parvient exactement à ses fins.

— Qui a trouvé le corps ?

— Fitzormonde. En entendant le tocsin, ce fut l'affolement ; on courut vérifier portes et poternes. Fitzormonde alla à la recherche de Mowbray et tomba, le premier, sur son cadavre.

— Nous irons tout à l'heure jeter un coup d'œil au chemin de ronde, marmonna Athelstan. Messire, poursuivit-il à l'adresse de Colebrooke, je vous saurais gré de convoquer toute la maisonnée chez demoiselle Philippa. Veuillez m'excuser auprès d'elle, mais il est de la plus haute importance de se réunir là où se trouvaient les invités hier soir, lorsque retentit le tocsin.

Le coroner et Athelstan observèrent Colebrooke qui s'éloignait à grands pas.

— Pensez-vous qu'il y ait un lien, mon frère ?

— Entre quoi et quoi ?

— Entre le tocsin et la chute de Mowbray.

— C'est évident, Sir John.

Athelstan tira son compagnon par la manche et ils traversèrent la cour déserte pour atteindre l'escalier menant au chemin de ronde. Ils s'arrêtèrent au pied des marches et contemplèrent la haute courtine qui s'élevait devant eux.

— Une chute qui ne pardonne pas ! murmura Athelstan.

— D'après vous, il y aurait un rapport de cause à effet, donc ! reprit le magistrat.

— Simple hypothèse, Sir John. Mowbray se promène sur le chemin de ronde. Comme beaucoup d'anciens soldats, il aime à être seul, à méditer loin des autres. Il se tient ici, scrutant les ténèbres. Il a été averti de sa mort prochaine et se plonge dans ses pensées, ses craintes et ses angoisses. Soudain, le tocsin retentit : l'ennemi attaque la plus grande forteresse du royaume !

Athelstan croisa le regard songeur du coroner.

— Qu'auriez-vous fait à sa place ? N'oubliez pas, ajouta-t-il finement, que vous êtes un homme d'armes, vous aussi, un soldat !

Cranston repoussa son bonnet en poil de castor et gratta son front dégarni en pinçant les lèvres comme s'il était Alexandre en personne.

— Je me serais précipité pour découvrir l'origine du tocsin, répondit-il en pesant ses mots. Oui, c'est ce que j'aurais fait. Et c'est ainsi que Mowbray aura agi, bien sûr, mais que s'est-il passé alors ? A-t-il glissé ou l'a-t-on poussé ?

— Je ne crois pas qu'il ait glissé. Il devait se montrer très prudent. D'autre part, je doute qu'il se serait laissé surprendre sans se défendre d'arrache-pied.

— Alors ?

— Je ne sais pas, Sir John. Essayons de trouver des indices.

Ils s'apprêtaient à gravir l'escalier lorsqu'on les interpella :

— Bien le bonjour, amis !

Mains-Rouges, ses haillons bariolés flottant autour

de lui, s'avançait vers eux en bondissant dans la neige à moitié fondue.

— Bien le bonjour, Sir John ! Bien le bonjour, mon père ! Vous aimez bien le vieux Mains-Rouges, hein ?

Athelstan vit un poulet se débattre dans sa poigne. La pauvre bête se démenait en piaillant, ses pattes griffant le ventre de Mains-Rouges et déchirant un peu plus ses guenilles, mais le dément la tenait fermement par le cou.

— La Mort est revenue ! clama-t-il, ses yeux d'albinos étincelant de joie mauvaise. Le Bourreau a encore une fois frappé dans la Tour. Et d'autres mourront ! Vous verrez ! La Mort viendra... hop ! comme cela.

Et avant que Cranston ou Athelstan puissent esquisser le moindre geste, il déchiqueta le cou du poulet qui piaula et eut un dernier soubresaut avant de demeurer inerte. Mains-Rouges leva les yeux, la bouche barbouillée de chair sanguinolente et de plumes.

— Tue ! Tue ! Tue ! psalmodia-t-il.

— Va au diable ! rugit Cranston. Décampe, chien galeux !

Mains-Rouges tourna les talons et s'enfuit, le sang du poulet s'égouttant sur la neige grisâtre.

Cranston le regarda disparaître derrière un mur.

— Dans mon futur traité, mon frère, décréta-t-il d'une voix posée, je recommanderai qu'on enferme ces déments dans des établissements spéciaux. Bien que je me demande...

— Quoi donc, Sir John ?

— ... si Mains-Rouges est aussi fou qu'il le paraît.

Athelstan haussa les épaules.

— Qui peut dire qui est fou, Sir John ? Mains-Rouges pense probablement qu'il est le seul habitant de la Tour à avoir toute sa raison.

Ils gravirent l'escalier abrupt. Athelstan précédait le coroner qui ahanait et marmottait un chapelet d'affreux jurons. Le vent leur giflait le visage. Le dominicain s'arrêta à mi-chemin et ramassa une poignée du sable épais et du gravier qui recouvraient chaque marche.

— Voilà qui empêcherait n'importe qui de tomber, Sir John !
— A moins d'être ivre ou imprudent !
— C'est vrai. Un soldat sobre est un oiseau rare.
— Certes, mais moins rare qu'un saint moine !

Athelstan sourit et continua à monter. Ils atteignirent le chemin de ronde d'une largeur de quatre pieds, soigneusement recouvert, comme l'escalier, d'un mélange de sable et de gravier. Ils s'appuyèrent contre la courtine. Cranston regarda en bas, le souffle court. Il observa avec curiosité les silhouettes qui s'affairaient, telles de petites fourmis noires, aux différentes tâches de la garnison. Puis il contempla le ciel limpide. Le chaud soleil de la mi-journée éclairait les nuages effilochés. Le coroner eut soudain le vertige et se morigéna d'avoir trop bu.

— La vieillesse ! murmura-t-il.
— Quoi, Sir John ?
— *In media vitae, sumus in morte.* Au cœur de la vie, nous sommes déjà dans la mort, mon frère ! Je ne me sens guère rassuré ici et pourtant, en France, dans ma folle jeunesse, j'ai défendu ce genre de remparts contre l'élite des troupes françaises.

Il commença à s'apitoyer sur lui-même. Est-ce que Maude le trouvait vieux ? Était-ce cela ? Il aspira profondément en s'efforçant de maîtriser l'accès de rage mêlée de peur qui le parcourut.

— Allez-y, Athelstan ! bougonna-t-il. Procédez soigneusement à votre damnée enquête.
— Restez ici, Sir John ! suggéra Athelstan avec tact.

La mine dubitative, le frère regarda le sol.

— Tant de gens sont montés depuis la mort de Mowbray que nous ne découvrirons probablement rien.

Il s'avança prudemment sur le chemin de ronde, se guidant sur la ligne des créneaux. Il marchait lentement sans oser regarder l'abîme qui béait sur sa droite. Transpercé par le froid et le vent de plus en plus mordant, il ressentait une étrange impression de solitude comme s'il était suspendu entre ciel et terre. Le chemin de ronde passait par deux tours. Près de la tour du Sel, la neige mêlée au gravier avait été piétinée : quelqu'un s'était attardé là un bon moment. Athelstan inspecta l'endroit.

— Qu'avez-vous trouvé, mon frère ? hurla le coroner.

Le dominicain revint prudemment sur ses pas.

— Mowbray est resté assez longtemps là où je me suis arrêté. Voulez-vous passer devant pour descendre, Sir John ?

Cranston atteignit l'escalier. Athelstan le suivait de près.

— Allez-y, Sir John. Posez le pied sur la première marche.

Cranston s'exécuta en fermant les yeux car le vertige l'avait repris.

— Qu'y a-t-il, mon frère ? grogna-t-il.

Athelstan s'était accroupi et étudiait l'endroit où sable et gravier s'étaient éparpillés.

— Je suppose que c'est d'ici que Mowbray a fait cette chute mortelle. Mais pourquoi et comment ?

Il examina les créneaux où un archer se serait posté en cas d'attaque.

— Étrange ! murmura-t-il. Il y a une marque récente sur la muraille comme si on l'avait frappée avec une cognée. Et regardez, Sir John.

Athelstan ramassa soigneusement de fins éclats de bois.

— Ce bois est tout frais !

Cranston ouvrit les yeux.

— Certes, mais qu'est-ce que cela signifie ?

— Je l'ignore. On dirait que quelqu'un s'est servi d'une cognée pour frapper le mur de toutes ses forces : la pierre en est marquée et le bois du manche s'est brisé.

Cranston branla du chef, incrédule.

— Je n'y comprends rien, avoua Athelstan. Je ne vois pas le rapport entre la chute de Mowbray et ces éclats de bois.

Il s'avisa, avec inquiétude, du visage blême et creusé de Cranston, de ses paupières rougies, de ses yeux injectés de sang et de la façon dont il oscillait dangereusement sur la marche.

— Partons, Sir John ! dit-il calmement. Nous en avons fini ici et on nous attend.

Ils redescendirent avec moult précautions. Arrivé en bas, Cranston se sentit immédiatement plus à son aise et clama, l'air radieux :

— Grâce à Dieu, on ne fait pas cela tous les jours, hein, mon frère ?

« Grâce à Dieu, pensa Athelstan, vous n'êtes pas de si méchante humeur tous les jours, Sir John ! » Le dominicain jeta un coup d'œil dans la cour : la garnison vaquait à ses différentes besognes, à présent. Quelques soldats, vêtus d'une partie de leur armure et désireux de profiter du soleil, se prélassaient sur des bancs malgré la froidure. D'autres jouaient aux dés ou partageaient une gourde de vin. Un marmiton, un panier de viande juste cuite au bras, se précipita vers les cuisines pour qu'elle y soit séchée, tranchée, salée et stockée pour la durée de l'hiver. L'air résonnait du bruit de la forge, évoquant le tintement d'une cloche. Un enfant pleurait quelque part — fils ou fille d'un soldat de la garnison. Dans la basse-cour, un officier ordonnait qu'on graisse les gonds d'une porte. Un chien aboyait. Des rires fusèrent des cuisines.

Athelstan sourit, plus détendu : il ne fallait pas négliger les petits riens de la vie, se dit-il. C'était eux qui vous faisaient raison garder. Il passa son bras sous celui du coroner et ils traversèrent lentement la cour, pataugeant dans la neige molle et sale en évitant les plaques verglacées qui n'avaient pas encore fondu.

Dans la tour Beauchamp, un garde les conduisit aux appartements de Philippa, au premier étage. Des fenêtres, ornées de verre coloré, éclairaient la vaste chambre aux sièges couverts de coussins et de dorsaux [1]. L'une des baies surplombait la cour. C'était

---

1. Pièce de tapisserie qu'on accrochait aux panneaux des chaires, sur le fond des dressoirs ou aux murs d'appui. (*N.d.T.*)

bien là chambre de dame, comme le perçut Athelstan aussitôt entré. Des tapisseries pendaient aux murs ; l'une représentait le combat d'un dragon doré avec une vouivre argentée, une autre l'Enfant Jésus souriant dans l'étable de Bethléem, les bras tendus vers la Vierge à la robe d'or et au manteau d'un bleu soutenu. Les briques des parois avaient été alternativement peintes en blanc et en rouge. De vastes armoires entrouvertes révélaient robes, tuniques et manteaux à capuchon de tissus et coloris variés. Des bûches de pin brûlaient doucement dans la cheminée. On apercevait, dans un coin, un rouet aux fils encore tendus et, dans un autre, on devinait la chambre à coucher, séparée par un rideau du reste de la pièce. Au centre, une longue table de bois poli disparaissait sous les chaufferettes remplies de charbon de bois rougeoyant, d'épices et d'herbes aromatiques, dont le parfum rappela à Athelstan une fraîche matinée de printemps à l'époque où il habitait la ferme de son père, dans le Sussex. Le dominicain remarqua la porte du fond, presque entièrement dissimulée par une épaisse tenture rouge. Il adressa un clin d'œil à Cranston.

— Nous voilà dans une chambrette de demoiselle, Sir John ! murmura-t-il.

Le visage du coroner s'éclaira, avant de se rembrunir soudain à la pensée de Lady Maude.

Philippa se leva à leur entrée. De par son caractère, sinon par sa beauté, elle rappelait Benedicta ; le même calme, le même regard d'acier. Avait-elle la force et la détermination nécessaires pour commettre un meurtre ? Athelstan observa les autres convives : ils parlaient à mi-voix comme pour afficher une certaine insouciance, mais le dominicain les sentait très tendus. Les conversations s'éteignirent brusquement lorsque le coroner s'avança dans la salle d'un pas lourd. Philippa ou l'atmosphère très féminine de sa chambre avait sans doute suggéré au magistrat l'image de Lady Maude, car il apostropha sans douceur la jeune fille.

— Encore un crime ! rugit-il. Et quoi, maintenant ?

Geoffrey Parchmeiner, l'air anxieux, se détacha de

l'ombre près du mur. Il était plus blême et sobre que la dernière fois où Athelstan l'avait vu.

— Un crime, Sir John ? bégaya-t-il. Quelles preuves possédez-vous ? Vous entrez comme un soudard dans les appartements d'une dame en lançant des accusations qui ne reposent sur rien. Que devons-nous en penser ?

Athelstan observa l'assistance. Sir Fulke, prostré sur sa chaise, paraissait légèrement abattu. Le chapelain, tassé sur un escabeau, près de l'âtre, contemplait les flammes en se tordant les mains tandis que Rastani, le serviteur basané et muet, se pressait contre le mur comme s'il avait voulu que les pierres l'engloutissent. Fitzormonde, l'autre hospitalier, debout près de la fenêtre, mains croisées, fixait le sol et semblait ignorer complètement la présence de Cranston. Quant à Colebrooke, il tapotait les dalles du pied, l'air gêné, et sifflait doucement entre ses dents.

— Mon fiancé a posé une question, insista Philippa. D'où tenez-vous que le chevalier a été assassiné ? Et quelle différence cela fait-il, Sir John ? Mon père aussi l'a été. Êtes-vous près de découvrir son bourreau ?

— La mort de votre père sera vengée ! rétorqua Cranston. Quant à Mowbray, il avait sur lui ce parchemin du Diable ainsi que des morceaux de galette au sésame. Quelles autres preuves vous faut-il ?

Philippa le dévisagea froidement.

— Hein ! cria Cranston. J'ai répondu à l'une de vos foutues questions !

— Sir John, rétorqua-t-elle sans ciller, modérez votre langage. Mon père — sa voix fut sur le point de se briser — repose dans son cercueil à la chapelle de Saint-Pierre-aux-Liens. Moi, sa fille, en suis très chagrinée et réclame justice, mais tout ce que j'obtiens, ce sont des grossièretés des bas-fonds de Southwark. Je suis une dame, Sir John.

Le coroner eut un regard mauvais sous ses paupières plissées.

— Et alors, par la mort diantre ? lança-t-il avant

qu'Athelstan pût intervenir. De dame à putain il n'y a qu'un pas !

La jeune femme suffoqua. Son promis bondit en portant la main au poignard accroché à sa ceinture, mais Cranston se borna à le toiser avec dédain. Athelstan vit l'hospitalier sortir brusquement de sa méditation et crisper le poing sur l'un de ses gants. « Seigneur ! supplia-t-il. Pas ici ! Pas maintenant ! Sir John n'a pas besoin d'un duel à outrance ! »

— Sir John ! s'écria-t-il avec autorité. Demoiselle Philippa a raison. Vous êtes coroner royal et elle une dame de haute naissance qui vient de perdre son père et d'apprendre la mort atroce d'un de ses amis.

Il agrippa le magistrat par le bras et l'obligea à se retourner, tout en surveillant du coin de l'œil le chevalier qui se tenait à présent derrière eux.

— Sir John, maîtrisez-vous, de grâce ! murmura-t-il. Pour moi !

Cranston braqua ses yeux battus sur son compagnon. Il rappelait au dominicain l'immense ours hirsute accroupi dans la cour. Athelstan lui effleura gentiment la main.

— Sir John ! Je vous en prie ! Vous êtes un gentilhomme, un chevalier !

Le magistrat ferma un instant les yeux en inspirant profondément. Puis il marmonna en souriant jaune :

— Quel fichu ange gardien vous faites, mon frère !

Il se retourna vers Philippa.

— Demoiselle, dit-il avec un coup d'œil dédaigneux à l'oncle de la jeune femme, toujours prostré sur sa chaise, avant que Sir Brian ou Sir Fulke ne me défient en duel, je vous présente mille excuses.

Il la gratifia d'un sourire éblouissant.

— Il y a des vieillards et il y a des imbéciles sur cette terre, mais il n'y a rien de pire qu'un vieil imbécile.

Il prit les doigts de la jeune femme qui ne résista pas et les porta à ses lèvres avec une élégance qui aurait rendu jaloux un courtisan chevronné.

— Je me suis montré terriblement discourtois, claironna-t-il. Veuillez me le pardonner, surtout à l'heure où la dépouille de votre père n'a pas encore été ensevelie.

CHAPITRE VII

L'atmosphère se détendit. Yeux clos, Athelstan rendit grâces à Dieu : « Merci, ô Christ miséricordieux ! »

L'hospitalier avait été sur le point de frapper Sir John, et ensuite... le dominicain connaissait bien Cranston : cela aurait fini en duel à mort ! Philippa s'avança dans la lumière, un sourire aux lèvres. Athelstan se rendit compte à quel point le coroner s'était comporté en rustre.

La jeune femme, blanche comme un linge, les paupières rougies soulignées par des cernes, avait compris qu'il ne voulait pas vraiment l'insulter. Elle l'embrassa doucement sur la joue, ce qui ne fit qu'accroître l'embarras du magistrat. Il baissa la tête et se dandina d'un pied sur l'autre comme un écolier penaud. Puis elle alla au dressoir remplir deux gobelets. Elle en présenta un à Athelstan et mit l'autre dans la grosse patte de Cranston. Celui-ci, radieux, la salua par un toast et but d'un trait. Il claqua les lèvres et tendit, avec un clin d'œil, son gobelet à Philippa pour qu'elle le remplît à nouveau. Elle se fit un plaisir de le servir, au grand dam d'Athelstan qui ne savait ce qui se révélait le pire : un Cranston de méchante humeur ou un Cranston saoul comme une grive !

Le magistrat, le gobelet en main, s'approcha de la croisée et contempla la cour enneigée, éblouissante sous le soleil. Athelstan s'empressa de poser son écritoire sur la table. Les convives bougeaient à peine, comme hypnotisés par les faits et propos du coroner, et ne le quittaient pas des yeux, tels des enfants face à un maître redouté. Cranston observa le jeu des rayons de soleil sur l'énorme cloche du tocsin. Soudain, il fit volte-face.

— Mowbray a été assassiné, déclara-t-il. Du moins c'est mon opinion. Il a reçu le même message de mort que Sir Ralph. A mon avis, il est monté sur le chemin de ronde et l'on a sonné le tocsin pour l'obliger à courir. Or, j'ai passé ce chemin de ronde au peigne fin...

Se souvenant de la façon dont Cranston s'était pelotonné contre la muraille, Athelstan dissimula un sourire.

— J'ai passé le chemin de ronde au peigne fin, répéta Cranston avec un coup d'œil irrité à Athelstan. Mowbray n'a pas glissé accidentellement. Le mélange sable et gravier a une épaisseur d'au moins un pouce. Quelqu'un l'a fait tomber.

— Mowbray buvait-il ? demanda Athelstan.

Cranston interrogea du regard l'autre hospitalier ; celui-ci fit signe que non.

— C'était un homme d'armes chevronné ; il aurait pu dévaler ce chemin de ronde sous une tempête de neige.

— Racontez-moi ce qui s'est passé hier soir ! reprit Cranston. Je veux dire, avant sa mort.

Sir Fulke prit la parole.

— Nous étions tous ici.

Il ébaucha un sourire.

— Demoiselle Philippa nous avait invités à souper.

— Pas moi ! s'écria Fitzormonde. J'attendais, dans ma chambre, le retour de ce pauvre Mowbray.

— Rastani, non plus, bien sûr ! bredouilla le chapelain, s'agitant sur son siège.

— En effet, confirma Fitzormonde. Le Maure n'était pas là.

Athelstan quitta la table et s'accroupit en face de Rastani. Il scruta son visage silencieux et apeuré.

— Demoiselle Philippa, murmura-t-il par-dessus

son épaule, j'aimerais questionner Rastani, bien qu'à mon avis il sache déjà ce que je vais lui demander.

— Moi aussi ! vociféra Sir Fulke. Je répondrai à sa place.

— Oh que non ! rugit Cranston.

Athelstan toucha la main de Rastani : elle était glacée. Il plongea son regard dans les yeux noirs et humides. L'homme était en proie à une peur bleue, mais que craignait-il ? D'être démasqué ? D'être percé à jour ?

— Où étais-tu, Rastani ? lui demanda-t-il.

A côté de lui, Philippa traça dans l'air d'étranges signes et Rastani lui répondit de même.

— Il dit qu'il mourait de froid, traduisit la jeune femme, et qu'il est resté dans l'ancienne chambre de Père dans la tour Blanche.

— Il se déplace à pas de loup, fit remarquer Cranston. Il pourrait se faufiler n'importe où dans cette forteresse sans que personne le voie.

Philippa s'insurgea.

— Qu'insinuez-vous, Sir John ?

— Qu'il aurait pu sonner le tocsin.

— Comment diable s'y serait-il pris ? Il n'y avait aucune trace de pas ! ironisa Geoffrey en se plaçant aux côtés de sa fiancée.

Cranston sourit.

— Une boule de neige.

Colebrooke ricana.

— Je vous ai signalé, Sir John, que les sentinelles surveillaient les alentours de la cloche et qu'elles n'ont vu âme qui vive.

Le coroner renifla bruyamment en fixant tristement son verre vide.

— Avant que vous ne poursuiviez, Sir John, intervint Fitzormonde, et que vous vous demandiez où j'étais, je vous dirai que je me trouvais dans ma chambre, mais que je n'ai aucun témoin pour le confirmer.

Il toisa Cranston, l'air féroce.

— Mais je suis moine, chevalier et gentilhomme : je ne mens pas !

— Pourquoi rester dans vos appartements, Sir Brian ? s'interposa Athelstan avec tact.

Fitzormonde haussa les épaules.

— J'ai cédé à la peur. Moi aussi, j'ai reçu des menaces de mort.

Il produisit un parchemin de dessous sa cape. Cranston le lui arracha des mains.

L'hospitalier disait vrai. C'était le même dessin qu'avaient eu Whitton et Mowbray : le croquis grossier d'une nef à la voile et des petites croix noires dans les angles.

— On m'a également envoyé la galette au sésame, mais je l'ai jetée, chuchota Fitzormonde.

— Après la chute de Mowbray, s'enquit soudain Cranston, quelqu'un a-t-il inspecté le chemin de ronde ?

— Oui ! Fitzormonde, Colebrooke et moi ! répondit Sir Fulke. En entendant le tocsin, nous nous sommes rués dehors et nous avons rejoint Fitzormonde qui avait trouvé le corps de Mowbray. Nous avons demandé à ce joli cœur de nous accompagner, ajouta-t-il avec un geste dédaigneux vers Geoffrey, mais il est sujet au vertige.

Geoffrey détourna la tête en rougissant de confusion.

— Oncle Fulke, protesta Philippa à mi-voix, c'est injuste !

— Ce qui est injuste, coupa Cranston, c'est que nous ayons si peu de renseignements sur ce qui s'est passé hier soir. Demoiselle, à quelle heure vos invités se sont-ils réunis ?

— Oh, après vêpres.

— Et tous sont venus, hormis Rastani et Sir Brian, n'est-ce pas ?

— Oui !

Cranston se tourna vers le chevalier.

— Vous confirmez bien être resté dans votre chambre ?

141

— Oui.
— Et Mowbray, où était-il ?
— Sur le chemin de ronde.
— Donc, résuma le coroner avec un gros soupir, pendant que Mowbray méditait dans son coin, vous vous êtes tous réunis ici, à l'exception de Fitzormonde.
— C'est exact.
— Combien de temps s'écoula-t-il avant que retentît le tocsin ?
— Deux à trois heures.
— Et personne n'a quitté cette pièce ?
— Seulement Colebrooke pour aller faire ses rondes et tout un chacun pour se rendre aux latrines qui se trouvent dans le couloir.

Philippa esquissa un sourire d'excuse.

— Nous avions bu plus que de raison.

Athelstan leva la main.

— Aucune importance.

Prenant le parchemin des mains de Cranston, il rejoignit l'hospitalier et lui brandit le dessin sous le nez.

— Sir Brian, à quoi ce croquis fait-il allusion ?

Le chevalier détourna le regard.

— Sir Brian Fitzormonde, répéta solennellement Athelstan, vous allez bientôt paraître devant le tribunal de Dieu. Je vous le redemande, par votre serment de chevalerie : que signifie ce parchemin ?

L'hospitalier braqua sur lui des yeux injectés de sang dans un visage creusé et blême. Le dominicain eut l'impression de voir un être déjà marqué par l'aile noire et sournoise de l'ombre de la Mort. Il s'approcha au point de distinguer les petits vaisseaux de l'œil ainsi que le teint terreux des joues livides. Fitzormonde avait, en temps normal, la bravoure d'un lion, mais la peur qui exsudait de sa personne était presque tangible.

— De par votre serment à Notre-Seigneur Jésus-Christ, l'adjura Athelstan à mi-voix, dites-moi la vérité.

Fitzormonde releva brusquement la tête et glissa quelques mots à l'oreille du moine. Celui-ci recula, surpris, avant d'acquiescer d'un geste.

— Que vous a-t-il confié ? brailla Cranston.
— Plus tard, Sir John !
Athelstan regarda l'assistance.
— Que s'est-il passé hier soir ? reprit-il en essayant de détourner la conversation.
Sir Fulke, arborant à nouveau son air de fausse bonhomie, s'avança vers lui.
— Ma nièce désirait nous remercier pour notre soutien après la mort de son père. Nous avons soupé en toute amitié et évoqué le passé et l'avenir.
— Et nul n'a quitté la pièce ?
— Personne, jusqu'au tocsin.
— C'est inexact, Sir Fulke, rectifia Geoffrey, un rictus veule aux lèvres. Rappelez-vous : vous aviez beaucoup bu. Peut-être un peu trop pour vous souvenir que notre chapelain est sorti.
Geoffrey désigna William Hammond qui, tout de noir vêtu, était perché sur un escabeau, devant la cheminée.
— Vous êtes bien parti, mon père, n'est-ce pas ?
— Je suis retourné à ma chambre, déclara le chapelain. On m'avait offert du vin.
Il foudroya Geoffrey et Colebrooke du regard.
— Un paroissien. Ça ne provient pas des magasins de la Tour, si c'est ce que vous pensez.
Il eut un geste las.
— Moi aussi, j'étais légèrement pris de boisson, et comme mes jambes flageolaient, j'ai mis un certain temps à revenir. J'allais pénétrer dans la tour Beauchamp quand j'entendis le tocsin.
— Qu'est-il advenu, alors ? insista Athelstan qui, en posant les yeux sur Colebrooke, se rendit compte que le sous-gouverneur ne leur avait guère livré de renseignements sur ses propres faits et gestes. Eh bien, messire Colebrooke ?
— Lorsque retentit le tocsin, nous avons laissé demoiselle Philippa. La garnison alertée se précipita aux portes. Nous nous séparâmes pour essayer de comprendre ce qui arrivait. Fitzormonde tomba sur le

cadavre de Mowbray, nous le rejoignîmes peu après, et enfin messire Parchmeiner accourut. Nous examinâmes le corps et je montai sur le chemin de ronde.

— Et ? aboya Cranston.

— Je n'y ai rien trouvé. Ce qui nous inquiétait le plus, c'était le tocsin.

— Mais vous n'avez discerné aucune trace de sonneur ? reprit Athelstan.

— Je vous répète que non.

Le dominicain jeta des coups d'œil désespérés à la ronde. Comment une cloche pouvait-elle bien sonner et le sonneur passer inaperçu ? Comment expliquer cette absence de traces ? Que s'était-il passé ? Et comment celui qui avait actionné la cloche avait-il réussi à traverser la forteresse sans être repéré et à pousser Mowbray dans le vide ?

Athelstan prit une profonde inspiration.

— Où se trouve la dépouille de Mowbray ?

— Devant le jubé de Saint-Pierre-aux-Liens, enveloppée d'un linceul et mise en bière, déclara Philippa.

— Et c'est là que je rejoindrai mon ami, murmura Fitzormonde en regardant l'assistance avec un sourire tendu. Oh oui ! je suis marqué du sceau de la Mort.

Ses paroles flottèrent un moment dans l'air comme des flèches qui vont virer et amorcer leur descente fatale.

Athelstan fit soudain volte-face : un ronflement sonore avait brisé le silence. Le coroner ! Le dominicain entendit glousser Geoffrey tandis que Philippa, encore blême, ne pouvait s'empêcher de sourire. Quant au chapelain, il grimaça amèrement pendant que Sir Fulke éclatait d'un rire moqueur.

— Sir John a nombre d'affaires sur les bras et cela l'épuise ! assura Athelstan. Demoiselle Philippa, pourrions-nous abuser de votre hospitalité un peu plus longtemps ?

Il s'adressa ensuite à Colebrooke.

— Messire, j'ai besoin de parler seul à seul avec Sir Brian. Y a-t-il une autre pièce ici ?

Philippa désigna la porte du fond.
— Oui, une petite chambre au bout du couloir.
Elle rougit légèrement.
— De l'autre côté des latrines. Il y fera chaud : j'y ai fait mettre un brasero ce matin.

Athelstan salua, un sourire crispé aux lèvres, et lança un regard abattu à Cranston qui ronflait comme une forge. Puis Fitzormonde et lui s'engagèrent dans le couloir. Sur la gauche, une courtine, accrochée à une barre de métal, cachait les latrines. Athelstan la tira et tordit le nez à l'odeur. C'était sommaire : un recoin dans l'épaisseur de la muraille et un banc sous la minuscule baie ovale qui s'ouvrait sur la cour.

— Les latrines donnent dans les douves, marmonna l'hospitalier.

Athelstan laissa retomber la courtine en hochant la tête, puis poursuivit son chemin jusqu'au bout du couloir. La chambre, aux murs chaulés et aux volets soigneusement fermés, était plus propre et sentait nettement meilleur. Athelstan s'installa sur un escabeau et montra un banc accoté à la paroi.

— Prenez place, Sir Brian. Vous vouliez me parler ?

Le chevalier s'agenouilla soudain aux pieds du dominicain et se signa. Athelstan, atterré, parcourut la pièce du regard : il se doutait de la suite.

— Bénissez-moi, mon père, parce que j'ai péché. Voici ma confession.

Athelstan se recula, les pieds de l'escabeau grincèrent sur les dalles.

— Non, c'est impossible ! protesta-t-il à voix basse. Sir Brian, c'est là pur subterfuge ! Tout ce que vous allez me dire à présent sera protégé par le secret de la confession.

— Je sais ! siffla Fitzormonde. Mais mon âme est souillée par le plus noir des péchés.

Athelstan signifia son refus et se leva.

— Non, je ne peux pas ! Ce que vous allez divulguer, je n'aurais droit de le révéler que sur dispense exceptionnelle du Saint-Père, notre pape [1] en Avignon. C'est fort vil de votre part. Pourquoi cette ruse ?

Fitzormonde leva des yeux où luisaient des larmes.

— Ce n'est pas de la comédie. Je veux me confesser, mon père. Vous devez me donner l'absolution. Je suis un pécheur *in periculo mortis* !

Athelstan soupira. Sir Brian avait raison. Le droit canon était formel : tout prêtre devait entendre en confession ceux qui s'estimaient en danger de mort. Refuser était péché mortel.

— C'est bon, murmura Athelstan.

Fitzormonde se signa derechef.

— Bénissez-moi, mon père, parce que j'ai beaucoup péché. Il s'est écoulé de nombreuses années depuis ma dernière confession. Je me confesse à Dieu, dans l'espoir de Sa divine miséricorde à l'heure de ma mort.

Paupières closes, Athelstan se rencogna sur son siège pour écouter la litanie des fautes commises par l'hospitalier : pensées et actions impures, péchés de chair, avarice, colère, propos grivois et basses querelles propres à toute communauté. Fitzormonde évoqua ses combats contre le péché, sa volonté de faire le bien et ses échecs répétés dans ce domaine. Athelstan, en confesseur sagace, percevait le trouble profond qui habitait le bon chrétien qu'était Sir Brian. Celui-ci acheva enfin de battre sa coulpe et s'assit sur ses talons, tête baissée.

— Je suis un pécheur, mon père, chuchota-t-il.

— Dieu sait que nous le sommes tous, Sir Brian. Il y a ceux qui le savent, le confessent et s'efforcent au bien. Vous êtes un de ceux-là. Et puis il y a les pharisiens qui ne peuvent être absous, car ils sont persuadés qu'ils n'agissent jamais mal.

Athelstan se pencha vers son pénitent.

— Désirez-vous l'absolution ?

Il leva la main :

— *Absolvo te...* entonna-t-il.

---

1. Grégoire XI (Roger de Beaufort), pape de 1370 à 1378, dernier pape français. (*N.d.T.*)

— Attendez !

Fitzormonde se redressa et Athelstan vit briller les larmes sur ses joues livides et émaciées.

— Y a-t-il autre chose, Sir Brian ? demanda-t-il doucement.

— Bien sûr ! s'écria le chevalier. Je suis un meurtrier ! Un assassin ! J'ai ôté la vie à mon ami. Non ! Non !

Il s'agita et parut se parler à lui-même :

— Je me suis fait le complice d'un meurtre. J'ai regardé de l'autre côté.

Athelstan se raidit en s'efforçant de dissimuler cet émoi intérieur, cette vive curiosité que suscite l'occasion unique de découvrir une âme mise à nu.

— Le meurtre de qui ? souffla-t-il.

Sir Brian éclata en sanglots comme un enfant, en dodelinant de la tête.

— Sir Brian !

Athelstan lui tapota doucement l'épaule.

— Rasseyez-vous, mon ami ! Allons ! Venez !

Fitzormonde s'affala sur le banc. Athelstan aperçut un pichet de vin et des gobelets sur un coffre. Il en remplit un qu'il mit de force dans la main du chevalier.

— Les lois canoniques n'interdisent pas de boire pendant la confession, dit-il en souriant.

Il essuya ses mains moites sur son habit.

— Ou, comme le conseille saint Paul : « Bois un peu de vin pour calmer ton estomac ! »

Fitzormonde sirota sa boisson et sa mine s'éclaira.

— Certes, mon père, et comme le proclamaient les Romains, *in vino veritas* !

Athelstan en convint avant d'approcher son escabeau et de se rasseoir.

— Dites-moi la vérité sur cet assassinat. Prenez votre temps.

— Il y a longtemps de cela, commença Fitzormonde, j'étais un jeune chevalier qui ne connaissait pas la peur et rêvait de se croiser. Mes amis partageaient cette ambition. Nous étions au service de grands seigneurs à Londres et aux environs : Ralph Whitton, Gerard Mowbray, Adam Horne et...

— ... et qui ?

— Notre chef, Bartholomew Burghgesh, natif de Woodforde dans l'Essex.

Fitzormonde respira profondément.

— La guerre en France était finie. Du Guesclin réorganisait ses troupes, notre roi devenait sénile et on n'avait plus besoin d'hommes d'armes anglais en France. Aussi partîmes-nous au-delà des mers. Nous mîmes nos épées au service du roi de Chypre. Nous passâmes deux ans à nous couvrir de gloire et de sang. Le roi, finalement, nous congédia et il ne nous resta, pour toute récompense, que nos habits, nos armures, nos chevaux et nos blessures. Alors nous nous engageâmes comme mercenaires à la solde du calife d'Égypte.

— Tous ?

— Oui. Nous étions des frères d'armes, des David et Jonathan.

Fitzormonde sourit comme pour lui-même.

— Nous n'avions peur de rien. Nous étions ensemble et partagions tout. Un jour, une révolte éclata à Alexandrie. Le calife engagea Bartholomew pour qu'il se joigne à ses gardes et mate la rébellion.

L'hospitalier s'arrêta pour boire une gorgée de vin.

— Le sang coula à flots, mais finalement une brèche fut ouverte dans les défenses et Bartholomew monta le premier à l'assaut.

L'hospitalier regarda Athelstan bien en face.

— Nous nous heurtâmes à un véritable mur humain dans lequel nous dûmes nous tailler un chemin à coups d'épée. Les pavés disparaissaient sous le sang qui ruisselait comme de l'eau, vous comprenez. Les troupes du calife s'engouffrèrent à notre suite et c'est là que commença le massacre proprement dit. Hommes, femmes et enfants furent passés au fil du cimeterre.

Fitzormonde observa une courte pause et s'essuya les lèvres d'un revers de main.

— Cela aussi je le confesse, bien que je n'y aie pas participé. Bartholomew nous entraîna plus loin. Nous trouvâmes une demeure de marchand abritant un trésor.

Le chevalier s'humecta les lèvres et ferma très fort les paupières pour revivre ce qui s'était passé ce jour-là, bien des années auparavant, dans cette cité écrasée de soleil.

— Les ordres du calife étaient extrêmement stricts : en tant que mercenaires, nous n'avions pas droit au butin, aussi la majeure partie de ce trésor était-elle inutile, mais Bartholomew découvrit une énorme bourse remplie d'or.

L'hospitalier désigna la cordelette du dominicain.

— Imaginez deux morceaux de cuir dix fois plus gros, cousus ensemble et renfermant des pièces d'or pur. Une véritable fortune dans une ceinture ! Il devait y en avoir des centaines !

Fitzormonde s'arrêta à nouveau. Il se revoyait ce jour-là, rompu, ensanglanté, contemplant bouche bée la ceinture que Bartholomew avait sortie de dessous le carrelage.

— Et ensuite ?

Le chevalier sourit.

— Bartholomew fit preuve d'un courage hors pair. Il attendit de voir si le calife nous récompenserait pour notre exploit sur la brèche. Ce ne fut pas le cas, aussi notre compagnon garda-t-il la bourse d'or.

— Pourquoi dites-vous qu'il fut particulièrement courageux ?

— Eh bien, s'il avait été pris sur le fait, il aurait été éventré de la gorge au bas-ventre, ses parties génitales arrachées et fourrées dans la bouche, et sa tête fichée sur un poteau au-dessus de la porte de ville. Il proposa de cacher l'or à condition d'en garder la moitié tandis que nous nous partagerions le reste. Nous acceptâmes et, la nuit venue, nous faussions compagnie aux armées du calife pour traverser la mer et arriver à Chypre.

— D'où le croquis de la nef, je suppose ?

— Non ! Nous débarquâmes sains et saufs à Chypre,

mais le calife nous envoya des assassins à sa solde, des hachischins, des fidèles du Vieux de la Montagne, des tueurs émérites qui agissent de nuit. Ils étaient si sûrs d'eux qu'ils nous avertirent de leur arrivée.

— Par une galette au sésame ?

— Oui, mais Bartholomew les attendait de pied ferme. Une nuit, ils se sont glissés dans notre logement. Notre chef nous avait conseillé de dormir sur le toit tandis que lui surveillerait notre chambre par une fente. Vous savez, poursuivit Fitzormonde sur un ton rêveur, Bartholomew ne connaissait pas la peur. Il les prit au piège tous les trois et les expédia *ad patres*.

La voix du chevalier se brisa.

— C'était le meilleur d'entre nous, Bartholomew. Il avait le sens de l'honneur et de la justice. Je n'ai jamais rencontré plus redoutable guerrier... et pourtant, nous l'avons assassiné.

Athelstan alla prendre le pichet et remplit le gobelet de Fitzormonde.

— Veuillez continuer, Sir Brian !

— Bartholomew voulait rentrer en Angleterre, retourner à son manoir de Woodforde. Son épouse était de santé fragile et il craignait aussi pour la vie de son enfant. Mais, en même temps, Whitton et lui se querellaient souvent.

Le chevalier regarda son gobelet.

— Ralph était la brebis galeuse de notre groupe. Je pense qu'il était secrètement jaloux de Bartholomew. Il commença à remettre en cause les clauses du partage, mais Bartholomew ne le prit pas au sérieux. Un marché est un marché, affirmait-il. C'est lui qui avait déniché le trésor, c'est lui qui avait risqué la colère du calife, c'est lui qui avait abattu les trois hachischins. Cependant, il nous laissa l'or lorsqu'il s'embarqua de Chypre, déclarant qu'il faisait confiance à ses frères d'armes.

Fitzormonde croisa le regard d'Athelstan. Le dominicain devina la véritable origine du croquis sur les parchemins.

— Qu'est-il arrivé à ce bateau, Sir Brian ?

Le chevalier vida son gobelet d'un trait.

— Quelques jours après, nous apprîmes que Whitton avait envoyé un message secret au calife.

Fitzormonde eut un geste d'accablement.

— Ce qui se passa ensuite est facile à imaginer. Le navire sur lequel voyageait Bartholomew fut arraisonné et coulé.

Athelstan se retourna soudain d'un bloc : la porte s'était ouverte brutalement et Cranston se tenait sur le seuil, la mine hostile et les yeux larmoyants.

— Qu'est-ce que vous manigancez, par les cornes du diable ? s'exclama-t-il d'une voix de stentor. Où... ?

S'ensuivit une obscénité. Puis, l'œil furibond, il s'adressa à l'hospitalier :

— Vous voulez encore vous battre en duel, Sir Brian ?

Athelstan bondit, empoigna Cranston par le bras et l'entraîna dehors, en refermant la porte derrière lui.

— Sir John ! le gronda-t-il. J'entends cet homme en confession.

Cranston essaya d'écarter le dominicain.

— Par la mort diantre, rugit-il, je m'en moque éperdument !

— Sir John, cela ne vous concerne pas !

Athelstan repoussa le magistrat de toutes ses forces. Ce dernier recula dans le couloir en vacillant avant de recouvrer son équilibre et de dégainer sa longue dague redoutable. Il revint lentement sur ses pas, ses yeux injectés de sang rivés sur Athelstan. Le clerc s'adossa au chambranle.

— Qu'allez-vous faire, Sir John ? dit-il doucement. Vous, le coroner de Londres, tuerez-vous un prêtre, votre secrétaire et ami ?

Cranston s'arrêta net et s'affala contre le mur en fixant les poutres massives du plafond et leurs corbeaux de pierre.

— Que le Seigneur me pardonne, Athelstan ! murmura-t-il. Excusez-moi auprès de Sir Brian ! Je vous attends en bas.

Athelstan regagna la salle. Fitzormonde était encore assis, la tête dans les mains. Le dominicain lui toucha délicatement l'épaule.

— Oubliez Cranston ! dit-il en souriant. Il aboie plus qu'il ne mord. Reprenons votre confession, Sir Brian ! Donc, Burghgesh perdit la vie. Mais le seul responsable n'est-il pas Sir Ralph ?

Fitzormonde fit signe que non en levant les yeux.

— Ne cherchez pas à me consoler, mon père. Ralph nous avoua ce qu'il avait fait. Nous aurions pu le traîner en justice, nous aurions pu empêcher ce crime. Nous aurions pu parcourir la mer pour tenter de retrouver Bartholomew vivant.

— Était-ce possible ?

— Peut-être. Quelquefois, les Sarrasins vendent leurs prisonniers sur les marchés aux esclaves. Mais nous ne sommes pas partis à sa recherche. Nous aurions pu veiller sur sa veuve et son jeune fils. Nous n'avons rien fait de tout cela.

Fitzormonde se frappa la paume de son poing.

— Nous aurions dû exécuter Sir Ralph. Au lieu de cela, nous sommes devenus ses complices en partageant son or si vilainement acquis.

— Qu'est-il advenu de la veuve de Bartholomew ?

— Je l'ignore. Nous nous séparâmes. A la fin, notre sentiment de culpabilité fut tel, à Mowbray et à moi, que nous nous sommes faits hospitaliers de Saint-Jean, en remettant à l'ordre ce qui nous restait du trésor. Horne regagna Londres et devint un personnage influent, grâce à sa richesse. Quant à Whitton, il entra au service de Jean de Gand.

Fitzormonde plaça son gobelet sur le sol.

— Savez-vous, mon père, ce ne fut qu'après la mort de Ralph que je compris dans quel étau diabolique il nous avait tenus.

Le chevalier réfléchit quelques instants.

— Avez-vous vu le grand ours enchaîné dans la cour ?

— Oui.

— Tous les après-midi, je vais l'observer. Ce fauve est un tueur, mais il me fascine. Whitton lui ressemblait. Il faisait de sa culpabilité le lien qui nous ligotait. Au fil des années, nous nous sommes persuadés que notre crime avait été oublié. Nous prîmes vite l'habitude de nous réunir à la Noël. Nous n'avons jamais plus reparlé de Bartholomew.

— C'est ce qu'il y a d'atroce dans le péché, Sir Brian. Il devient une partie de nous-mêmes, comme une dent pourrie qu'on supporte et oublie.

Fitzormonde se frictionna le visage.

— Et que s'est-il passé il y a trois ans ? reprit Athelstan.

— Je ne sais pas. Nous sommes arrivés à la Tour, invités par Ralph, pour la Noël. Nous avons soupé, comme à l'accoutumée, à la *Mitre Dorée* dans Petty Wales, mais lorsque nous avons retrouvé Sir Ralph, on aurait dit qu'il avait vu un spectre. Il nous a affirmé en avoir rencontré un, en fait, mais a refusé de s'expliquer.

Athelstan saisit le poignet de Fitzormonde pour le forcer à lever les yeux.

— Avez-vous fait pleine et entière confession, Sir Brian ?

— J'ai dit tout ce que je savais.

— Et le croquis ?

— Le bateau sur lequel naviguait Bartholomew.

— Et les quatre croix ?

— Ses quatre compagnons.

— Et la galette ?

— A la fois une menace de mort et le rappel de la façon dont il nous avait sauvés des hachischins, précisa Fitzormonde en exhalant un long soupir.

— Savez-vous qui a tué Sir Ralph et Sir Gerard ?

— Non, je le jure devant Dieu !

— Bartholomew aurait-il pu survivre ?

— C'est possible.

Athelstan contempla les murs chaulés.

— Et le fils de Bartholomew ? Ce serait un jeune homme, à présent.

Fitzormonde haussa les épaules.

— J'y ai pensé et j'ai mené ma petite enquête. Il a été tué sur le champ de bataille en France. Quelle est ma pénitence, mon père ?

Athelstan, main levée, prononça l'absolution, traçant un large signe de croix au-dessus de la tête inclinée du chevalier. Ce dernier regarda le prêtre.

— Ma pénitence, mon père ? insista-t-il.

— Votre pénitence, c'est le fardeau de la culpabilité que vous portez. Priez pour l'âme de Burghgesh et pour celles de Sir Gerard et Sir Ralph. Ah ! et puis...

— Oui, mon père ?

— Descendez et répétez votre confession à Sir John.

— Il va m'arrêter pour meurtre.

Athelstan esquissa un sourire.

— Sir John est un vieux soldat et, quand il est sobre, un fin connaisseur du cœur humain. Il a plus de compassion dans son petit doigt que certains hommes d'Église. Après vous avoir écouté jusqu'au bout, il réclamera de l'hypocras à cor et à cri.

CHAPITRE VIII

Fitzormonde sortit en refermant doucement la porte. Athelstan s'approcha de la croisée et, l'esprit ailleurs, fixa l'énorme cloche argentée par le soleil couchant qui, silencieuse à présent, pendait au bout de la corde gelée, au-dessus de la cour enneigée. Le prêtre se retourna et vit Fitzormonde parler posément à Cranston. Le coroner écoutait avec attention les aveux de l'hospitalier.

Puis Athelstan revint d'un pas tranquille aux appartements de Philippa. Il n'y avait plus personne. Il y resta quelque temps à méditer sur ce que Fitzormonde lui avait confié : d'abord les meurtres de Whitton et de Mowbray trouvaient leur origine dans ce vil acte de trahison à Chypre. Ensuite — et Athelstan frissonna à cette pensée — d'autres crimes allaient avoir lieu. Il rangea son écritoire en soupesant différentes hypothèses : soit Burghgesh avait survécu et revenait assouvir sa vengeance, soit quelqu'un d'autre — mais qui ? — avait décidé de venger sa mort. Mais, dans les deux cas, comment l'homme avait-il pu pénétrer dans la Tour, sonner le tocsin de façon si inexplicable et provoquer la chute de Mowbray ? Athelstan soupira. L'assassinat de Whitton était simple, comparé aux problèmes complexes posés par celui de Mowbray.

Il se frotta le menton en se rappelant qu'il avait promis à Benedicta de la retrouver à la prison de la Fleet où Simon le charpentier allait passer sa dernière nuit sur terre. Son visage s'éclaira quand il évoqua la veuve.

Leur amitié s'était teintée de sérénité, de douceur. Puis il repensa au docteur Vincentius. Pourvu qu'il ne capture pas la jeune femme dans les rets de son charme subtil ! Athelstan sourit avec ironie quand il s'aperçut que lui, frère prêcheur, prêtre, homme voué à la chasteté, ressentait un pincement de jalousie pour une dame qui ne pouvait être que son amie !

Il revint à la réalité. Ces crimes... Existait-il d'autres possibilités ? Le coupable faisait-il partie de ce groupe ? Ce n'était certainement pas Fitzormonde, mais peut-être Horne, le marchand ? Ou Colebrooke qui, ayant découvert le passé peu glorieux du gouverneur, aurait poussé ses pions, sous prétexte de venger une vilenie ? Athelstan s'enveloppa dans sa cape, prit son écritoire et admira le superbe travail de tapisserie que présentait le dorsal d'une chaise. Restait, bien sûr, une hypothèse terrible à envisager : demoiselle Philippa avait l'audace et le sang-froid nécessaires pour accomplir ce méfait, et, dans ce cas, Parchmeiner serait complice. Quant au chapelain, il était tenaillé par la rancœur, tandis que Sir Fulke avait tout à gagner à la mort de son frère.

Athelstan s'entendit héler par Cranston. Il sortit de la chambre et descendit rejoindre le coroner qui donnait des coups de pied distraits dans la neige.

— Vous sentez-vous mieux, Sir John ?

Le magistrat répondit par un grognement.

— Fitzormonde vous a tout raconté ?

Le coroner leva les yeux.

— Je crois que oui. Pensez-vous ce que je pense ?

Le dominicain acquiesça.

— Nos péchés nous rattrapent toujours, murmura-t-il. Les Grecs les appelaient Furies, et nous, chrétiens, nous évoquons la colère de Dieu.

Cranston allait ouvrir la bouche lorsque Colebrooke surgit à grands pas, l'air tendu, la face livide.

— Sir John, en avez-vous fini ici ?

— Autrement dit, observa Cranston à mi-voix, ce

gaillard veut savoir quand nous nous déciderons à lever le camp !

— Nous partirons sous peu, messire, mais pourriez-vous nous rendre un service, d'abord ? intervint Athelstan.

Le sous-gouverneur dissimula son hostilité sous un sourire mielleux.

— Bien sûr, mon frère !

— Vous avez des messagers sous vos ordres. Que l'un d'entre eux aille demander à la veuve Benedicta à St Erconwald de Southwark de nous rejoindre, Sir John et moi, à la taverne des *Trois Grues* à Cheapside ! Ah ! et puis...

— Oui ?

— Sir Ralph... Son cadavre était-il froid et le sang figé ?

— Je suis soldat, pas médecin, mon frère. Mais je crois bien que oui. Pourquoi ?

— Pour rien. Je vous remercie, chuchota Athelstan.

Colebrooke salua et s'éloigna. Cranston s'étira paresseusement.

— Quel bourbier, hein ?

— Chut ! Pas ici, Sir John. Les murs ont des oreilles et ce joyeux luron de Mains-Rouges cherche un public.

Le coroner se retourna en étouffant un juron. Le dément bondissait vers eux en jappant comme un chien affectueux.

— Du sang ! Des ruisseaux de sang ! criait-il d'une voix suraiguë. Des morts, des secrets terribles ! Trois cachots et deux portes seulement ! Des couloirs tout noirs. Mains-Rouges les voit tous ! Mains-Rouges voit les ombres qui grincent !

Il se mit à danser dans la neige.

— En haut, en bas, en haut, en bas, l'homme tombe ! Qu'en dites-vous ? Qu'en dites-vous ?

— Va au diable, Mains-Rouges ! bougonna Cranston en prenant le bras d'Athelstan.

Ils passèrent devant le logis et se dirigèrent vers la porte de la tour Wakefield. Athelstan se rappela l'ours tout à coup. Il s'arrêta et revint à l'endroit où le fauve était enchaîné, là où la courtine rejoignait la tour de la Cloche. La bête fascinait le dominicain. Celui-ci sourit à la dérobée en espérant que Cranston ne le remarquerait pas. La ressemblance entre l'animal hirsute et le corpulent coroner était indéniable !

— Il pue comme la peste ! gémit Cranston.

L'ours se retourna et Athelstan lut la haine dans ses petits yeux rougis. Le fauve gigantesque se dressa péniblement de toute sa hauteur, tirant sur l'anneau rivé à son cou.

— Qui est le plus fou, l'ours ou Mains-Rouges ? Je me le demande, marmonna Cranston.

L'animal sembla comprendre les paroles du magistrat car il s'élança vers lui avec un grognement étranglé ; ses babines retroussées découvraient des crocs aiguisés comme des rasoirs.

— Vous avez raison, Sir John ! Battons en retraite !

L'ecclésiastique vit, non sans appréhension, que l'anneau encerclant le cou de l'ours craquait et faisait tressauter l'attache en fer clouée à la muraille. Ils tournèrent sur leur gauche pour reprendre leurs chevaux aux écuries.

— Nous pourrions les laisser ici et remonter la Tamise, suggéra Athelstan.

— Dieu nous en protège ! rétorqua Cranston. N'avez-vous pas de plomb dans la cervelle ? Il y a des pans entiers de glace qui bougent, et, en plus, passer à toute vitesse sous le Pont de Londres ne m'a jamais amusé, même par beau temps.

Ils sortirent de la Tour et parcoururent Eastcheap avant de tourner dans Gracechurch. Là, ils longèrent St Peter Cornhill, dans le quartier de Cornmarket, et arrivèrent sur la grande artère de Cheapside. Un fracas étourdissant y régnait. Marchands, artisans et apprentis s'égosillaient à qui mieux mieux pour essayer de rattraper le temps — et l'argent — perdus. Dizainiers et officiers du guet ne restaient pas les bras ballants : deux ivrognes, la tête ployant sous des tonneaux, traversaient la place du marché sous bonne escorte, suivis par une bande de garnements crottés et dépenaillés qui les criblaient de boules de neige et de bris de glace. Un mendiant avait péri au coin de Threadneedle Street. Son cadavre raide était bleui par le froid. Un gamin, armé d'un gourdin, s'efforçait d'en éloigner deux chiens faméliques qui reniflaient avec méfiance les pieds ensanglantés du malheureux. Cranston lança une piécette à l'enfant et se hissa sur une barrique renversée. Là, d'une voix qui portait quasiment jusqu'au fin fond de la place, il clama qu'il était coroner de Londres : n'y avait-il donc aucun bon chrétien pour aider le pauvre petit à enlever le corps ?

— Peu me chaut que vous soyez le lord-maire en personne, par le diable ! lui rétorqua un des négociants. Prenez vos cliques et vos claques et déguerpissez !

Athelstan rabattit son capuchon et tira sur ses manches. Il savait ce qui allait se passer. Cranston, fidèle à lui-même, sauta de la barrique et saisit l'infortuné marchand à la gorge.

— Je vous arrête ! rugit-il. Pour trahison ! Pour crime de haute trahison ! Je suis coroner royal. M'insulter, c'est insulter la Couronne !

L'homme blêmit, yeux exorbités.

— Bien ! poursuivit le magistrat en voyant les autres reculer subrepticement, soit j'ordonne au dizainier de réunir un jury de vos pairs, soit nous convenons d'une amende.

— Une amende, une amende ! hoqueta le bourgeois, le visage tournant au violacé.

Cranston resserra sa prise.

— Deux shillings ! déclara-t-il en secouant tellement sa victime qu'Athelstan s'avança, alarmé.

Mais le coroner lui fit signe de s'écarter.

— Deux shillings, à payer sur-le-champ !

Le bonhomme fouilla dans son aumônière et mit brutalement les pièces dans la paume du magistrat. Celui-ci le relâcha et il s'effondra à quatre pattes en toussant et crachotant.

— Était-ce bien nécessaire ? chuchota Athelstan.

— Oh, que oui ! affirma son compagnon d'un ton péremptoire. C'est par la peur que cette cité se gouverne. Si un simple marchand peut se moquer impunément de moi, je serai la risée du moindre chien galeux en quelques jours !

Il fronça les sourcils : deux dizainiers, attirés par l'altercation, accouraient, la mine suffisante, mais leur assurance disparut à la vue du coroner.

— Sir John, s'écria l'un d'eux, tout ébahi, quels sont vos ordres ?

Cranston désigna le cadavre du mendiant.

— Qu'on l'emporte ! claironna-t-il. Faites votre métier ! Dieu sait depuis combien de temps ce pauvre bougre gît là. Allez, enlevez-le avant que je vous botte le cul !

Les dizainiers s'éloignèrent avec moult courbettes à l'adresse de Cranston comme s'il était le régent en personne. Le coroner appela le gamin d'un claquement de doigts. Celui-ci s'approcha, suçant son pouce. Les bras et les jambes minces comme des baguettes, il écarquillait des yeux noirs dans un long visage pâle.

— Viens ici, mon garçon !

Cranston fourra les deux shillings dans sa main maigre.

— Va au couvent de Greyfriars. Tu sais où ça se trouve ? Entre Newgate et St Martin's Lane. Demande frère Ambrose. Dis-lui que c'est Sir John qui t'envoie.

L'enfant, le poing crispé sur son argent, regarda Cranston bien en face, puis expédia avec une remarquable précision un crachat entre les bottes du coroner avant de détaler.

Ce dernier le regarda disparaître.

— Ce prédicateur, Ball, a raison, murmura-t-il. La rébellion va bientôt mettre la ville à feu et à sang si les nantis ne se prennent pas par la main et ne se décident pas à aider davantage les déshérités.

Il se tourna vers Athelstan, la mine grave et soucieuse.

— Croyez-moi, mon frère. L'archange se tient sur le seuil, le fléau de la colère divine prêt à frapper ! Quand adviendra ce jour, le trépas fauchera plus d'hommes qu'il n'y en a sur cette place de marché !

Athelstan en convint tout en observant la foule. Certes, l'endroit regorgeait de marchands prospères, de négociants vêtus de fourrures, d'artisans aisés en habits fourrés de lapin ou de taupe. La plupart des gens avaient l'air bien nourris, mais, dans les ruelles, le dominicain aperçut des miséreux, pas de simples pauvres comme ceux de sa paroisse, mais des hommes sans terre, chassés de leurs fermes, qui envahissaient la capitale pour trouver — en vain — du travail. En effet, les guildes contrôlaient tout et ces vagabonds, vite refoulés au-delà du Pont de Londres, iraient gonfler les rangs des truands de Southwark et s'entasser dans des taudis.

— Allez, venez, Sir John ! souffla Athelstan.

Ils poursuivirent leur route jusqu'à Mercery, laissant le passage à un groupe de débiteurs venant de la prison de Marshalsea. Enchaînés les uns aux autres, ces malheureux parcouraient la foule en demandant l'aumône pour eux-mêmes et leurs compagnons de misère. Enfin, Athelstan et Cranston arrivèrent à la taverne des *Trois Grues*, sise à l'angle d'une ruelle en face de St Mary-le-Bow. Benedicta les y attendait devant un bon feu. Près d'elle, Orme, l'un des fils de Watkin, était accroupi par terre comme un jeune chiot. Athelstan lui glissa un penny et lui tapota la tête. Le gamin quitta l'auberge, tout guilleret.

— Alors, Benedicta, mon église est-elle bien en ordre ?

La veuve défit le fermail de sa cape en souriant. Quelle allure aurait-elle, se demanda soudain Athelstan, si, au lieu des habits marron, verts et bleu foncé qu'elle affectionnait, elle portait une robe de taffetas d'un écarlate somptueux ?

— Tout va bien ? répéta-t-il rapidement.

Benedicta prit l'air malicieux.

— Cecily et la femme de Watkin se sont traitées de tous les noms, mais à part cela, je suis désolée de vous le dire, l'église tient encore debout. Vous ne vous sentez pas bien, Sir John ?

Elle inclina la tête pour croiser le regard du coroner qui, l'air mauvais, fixait le tavernier occupé à bavarder avec des clients autour de deux grands fûts de vin.

— Madame, lui répondit le coroner, je me sentirais mieux si...

Il prit sa voix de stentor.

— ... si on me servait avec toute la déférence due à un officier royal !

L'aubergiste continuait à converser, aussi Cranston le rejoignit-il en trois enjambées en réclamant haut et fort de l'hypocras pour lui et du vin pour ses compagnons.

— Quelle mouche l'a piqué ? chuchota Benedicta.

— Je l'ignore. Il est désarçonné par l'attitude de son épouse, je crois. Elle fait bien des mystères et n'use guère de franchise à son égard.

— Étrange, dit Benedicta, songeuse. Je voulais justement vous le signaler, mon père. Des amis ont aperçu Lady Maude à Southwark il y a une semaine environ. On ne peut guère la confondre avec une autre : petite et mignonne, avec un visage d'ange !

Benedicta plissa les paupières.

— Oui, ils m'ont bien affirmé l'avoir vue sortir de chez le docteur Vincentius.

— Est-ce un coureur de jupons ? s'enquit aussitôt Athelstan, qui regretta immédiatement ses paroles.

Benedicta le dévisagea froidement.

— N'est-ce pas le cas de tous les hommes, mon père ?

Le retour de Cranston sauva Athelstan de l'embarras. Le coroner ôta prestement son bonnet en poil de castor et massa son crâne dégarni. Puis, avec un clin d'œil coquin à l'adresse de la jeune femme, il se retourna pour observer l'aubergiste qui, tout tremblant, apportait des gobelets de vin et une grande chope d'étain remplie d'hypocras.

— Vous ne mangez pas, Sir John ?

— Non, marmonna le coroner. Je n'ai pas faim. En outre, ce tavernier de malheur est bien capable de m'empoisonner après le sermon que je lui ai servi.

Benedicta s'esclaffa gaiement.

— Sir John, il faut vous calmer !

— Non, protesta Cranston en levant sa chope. Je trouverai la sérénité au fond de ce verre.

Au grand étonnement de la jeune femme, il vida sa chope d'un trait avant d'en exiger une autre d'une voix de tonnerre, tout en montrant son appréciation par des hoquets, des claquements de langue et des rots qui se voulaient discrets. Benedicta se mordait la lèvre pour ne pas éclater de rire.

— Eh bien, mon frère, reprit Cranston en tapotant sa large bedaine, que pensez-vous de la mort de Mowbray ? Ou de celle de Whitton ? poursuivit-il en se pourléchant les babines. Veuillez nous pardonner cette conversation, Benedicta !

Athelstan se pencha sur la table et passa son doigt sur son gobelet.

— Nos conclusions sont les suivantes : Sir Ralph a probablement été assassiné par quelqu'un qui s'est introduit dans la Tour en traversant les douves gelées. Ensuite, Mowbray a été attiré dans un guet-apens mortel par celui qui a sonné le tocsin. Enfin, les deux crimes ont un rapport certain avec la sordide trahison de Whitton contre Burghgesh à Chypre.

Athelstan sourit devant l'air ébahi de Benedicta.

— Vous êtes perplexe ? Eh bien, nous aussi. Comment le meurtrier a-t-il pu pénétrer dans la Tour, abattre Sir Ralph et quitter la forteresse sans être repéré ? Comment expliquer que Sir Ralph se soit laissé trancher la gorge si violemment qu'il en était presque décapité ? Vous avez vu la dépouille, Sir John, et la chambre ? Aucune trace de lutte ! Et les gardes n'ont rien entendu. Enfin, qui a sonné le tocsin et, du même coup, provoqué si habilement la chute de Mowbray ?

La mine de Cranston s'allongeait au fur et à mesure que parlait le dominicain.

— Et la liste des suspects est encore valable, poursuivit impitoyablement ce dernier. Il se peut que nous ayons déjà rencontré l'assassin, mais, par ailleurs, ce pourrait être un habitant de la Tour ou de la ville dont nous ne savons rien.

— Je ne connais pas toute l'histoire, l'interrompit Benedicta, mais les gens de Southwark se réjouissent de la mort de Sir Ralph.

Elle baissa la voix.

— Pike le fossier affirme que c'est l'œuvre de la Grande Communauté, les meneurs voulant affaiblir la défense de la capitale avant d'organiser la rébellion.

— Billevesées ! articula péniblement Cranston, qui en était à sa troisième chope d'hypocras. Sauf votre respect, gente dame, Pike devrait fermer sa grande gueule s'il ne veut pas finir au bout d'une corde ! Ce ne sont pas des paysans qui ont tué Whitton.

Athelstan but une gorgée de vin et fit la grimace, tant il était aigre.

— Il reste une personne que nous n'avons pas vue, Sir John : Adam Horne, le marchand. Benedicta, nous devons procéder encore à certains interrogatoires, avant d'aller voir Simon à la prison de la Fleet. Nous accompagnerez-vous ?

Elle y consentit et ils quittèrent l'estaminet, Cranston agonisant d'injures le malheureux tavernier. Le soir tombait ; seule une lueur rougeâtre trahissait le soleil couchant. Cranston contempla le ciel en veillant à ne pas perdre l'équilibre sur les pavés verglacés.

— Pourquoi le ciel rougeoie-t-il toujours le soir ?

— D'aucuns disent que c'est parce que le soleil va tomber en Enfer, mais ce sont des contes de bonne femme. Allez, venez, Sir John.

Le dominicain se glissa près du coroner et passa avec tact son bras sous le sien. Benedicta se mit de l'autre côté et ils s'acheminèrent ainsi dans Cheapside, déserte à cette heure-ci. Les étals se relevaient, les dernières charrettes à roues cerclées de fer se dirigeaient à grand fracas vers Newgate ou Aldgate, à l'est. Apprentis et commerçants épuisés refermaient les vantaux et sortaient leurs lanternes de corne. La cloche de St Mary-le-Bow sonna le couvre-feu : tout négoce devait cesser. Quatre gamins tiraient une énorme bûche destinée à la flambée de Noël jusqu'au seuil d'une grande maison marchande. Cranston s'enquit de la direction auprès d'un des surveillants du marché, assis dans une cahute de péage, à l'angle de Wood Street. L'homme montra le croisement de Mercery et Lawrence Street.

— Les Horne habitent là-bas. Une belle demeure avec une énorme porte noire surmontée d'un blason.

Ils s'y dirigèrent en veillant à marcher au milieu de l'artère, car des paquets de neige glissaient des toits pentus couverts de tuiles. Il paraissait n'y avoir personne chez les Horne : aucune lanterne ne brillait au-dessus de la porte que seule décorait une couronne de l'Avent presque flétrie. Cranston recula de quelques pas pour scruter les fenêtres à barlotières en plomb.

— Pas de bougies ! conclut-il à mi-voix.

Athelstan attira Benedicta près du mur au cas où des plaques de neige tomberaient de l'encorbellement au-dessus de l'entrée. Il saisit le grand heurtoir de cuivre en forme de tête de dragon et l'abattit avec force. Personne ne répondit, aussi frappa-t-il derechef. Ils entendirent enfin des bruits de pas légers et la porte s'ouvrit sur une servante au teint brouillé.

— L'échevin Horne est-il chez lui ? bafouilla Cranston.

La jeune fille se borna à faire signe que non.

— Qui est-ce ? s'écria-t-on dans l'ombre, derrière elle.

— Lady Horne ? Je suis Sir John Cranston, coroner de Londres. Vous avez envoyé un message ce matin aux shérifs du Guildhall, n'est-ce pas ?

La dame surgit de la pénombre, ses traits tirés plus

livides encore à la lueur de sa bougie. Des traces de larmes maculaient ses joues tandis que des cernes entouraient ses yeux tristes et que des tresses grises et désordonnées s'échappaient de sous son voile blanc.

— Sir John !

Elle ébaucha un sourire forcé.

— Veuillez entrer ! Ma fille, allume les torches de la salle de réception et apporte des bougies !

Elle les y conduisit par un couloir voûté. Le froid régnait malgré le confort évident, car le feu s'étiolait dans l'âtre. Elle les invita à prendre place pendant que la servante s'occupait des bougies. Athelstan examina la pièce : les tapisseries aux teintes vives ainsi que les nappes de lin finement brodées, couvrant tables, coffres et dossiers de siège, attestaient d'un luxe certain. Mais le dominicain percevait comme une peur tangible : le silence était trop pesant. Il dévisagea Lady Horne, assise de l'autre côté de la cheminée, un chapelet d'ivoire et de nacre enroulé autour des doigts.

— Désirez-vous vous restaurer ? offrit-elle d'une voix éteinte.

Cranston allait répondre lorsque Athelstan le devança :

— Non, madame. L'affaire est pressante. Où pouvons-nous trouver votre époux ?

— Je l'ignore, souffla-t-elle. Ce message épouvantable est arrivé ce matin et Sir Adam s'en est allé immédiatement. Il m'a dit qu'il se rendait à nos entrepôts situés en amont du fleuve.

Elle crispa les poings.

— J'y ai dépêché un jeune messager, mais il est revenu m'annoncer que mon mari était parti. Que se passe-t-il, Sir John ?

Elle posa sur Cranston un regard suppliant et las.

— Qu'est-ce que tout cela signifie ?

— Je n'en sais rien, mentit le magistrat. Mais votre époux, madame, est en danger de mort. Quelqu'un a-t-il une idée de l'endroit où il se trouve ?

La pauvre femme, secouée de sanglots, baissa la tête.

Benedicta s'accroupit près d'elle et lui caressa les mains.

— Lady Horne, je vous en prie, insista Athelstan, connaissez-vous le contenu de ce message ou la raison de la frayeur de votre époux ?

— Non, mais Adam n'a jamais vécu l'âme en paix.

Elle releva la tête.

— Oh, certes, il jouit d'une fortune considérable, mais la nuit il se réveille le corps en sueur, en criant au meurtre et à la trahison. Des tremblements l'agitent parfois pendant au moins une heure, mais il ne s'est pas une seule fois confié à moi.

Cranston eut une mimique expressive en échangeant un regard avec Athelstan. Le dominicain jeta un coup d'œil à la bougie des heures, sur la table derrière lui.

— Sir John, déclara-t-il en bondissant, il est presque l'heure de complies. Nous devons partir.

— Lady Horne...

La dame allait se lever elle aussi, mais Cranston lui mit doucement la main sur l'épaule.

— ... ne vous dérangez pas, restez au chaud ! Votre servante nous raccompagnera. Si votre époux revient, dites-lui de venir chez moi. J'habite tout près. Me le promettez-vous ?

Elle acquiesça avant de détourner la tête et de contempler les braises presque éteintes. Une fois dans la rue, Cranston battit de la semelle et tapa dans ses mains.

— Cette femme est morte de peur. Je suis sûr qu'elle sait d'où provient la fortune de son mari, mais que faire ? Horne peut se trouver n'importe où en cette ville.

Athelstan haussa les épaules.

— Sir John, Benedicta et moi devons nous rendre à la prison de la Fleet. J'ai promis à mes paroissiens d'aller voir Simon le charpentier.

— Ah oui ! s'exclama sèchement Cranston. L'assassin.

— Rentrez-vous chez vous, Sir John ?

Le coroner contempla le crépuscule qui tombait sur la ville. Il aurait bien voulu, mais à quoi bon ? Tout ce qu'il ferait, c'est boire jusqu'à plus soif.

— Sir John, répéta Athelstan, Lady Maude va vous attendre.

— Non, c'est décidé, rétorqua Cranston avec obstination. Je vous accompagne à la Fleet. Je pourrai peut-être vous y aider.

Le dominicain croisa le regard de Benedicta et leva les yeux au ciel. Il aurait souhaité que le coroner s'en allât : il en avait plus qu'assez de sa mauvaise humeur et de ses accès de rage. Il aimait bien le gros magistrat, mais, cette fois-ci, il désirait plus que tout être débarrassé de sa présence. Pourtant, il acquiesça. Ils cheminèrent dans la neige souillée de sang des Shambles, en se bouchant le nez devant la puanteur écœurante des abattoirs, puis ils tournèrent à gauche dans Old Deans Lane, une venelle que bordaient de sombres maisons à colombages et où ils s'enfonçaient dans la boue jusqu'aux chevilles. Un chien aboya lugubrement au loin. A l'angle de Bowyers Row, ils s'écartèrent sur le passage d'une lourde charrette, tirée par quatre chevaux à la crinière taillée. Les naseaux des bêtes munies d'œillères frémissaient à l'odeur douceâtre de la mort. Leurs sabots, ainsi que les roues du véhicule, étaient entourés de paille, de sorte que la charrette semblait glisser comme un abominable cauchemar. Une torche, fichée sur la ridelle, illuminait d'atroce façon le conducteur emmitouflé dans sa cape et arborant, sous son capuchon, un sinistre masque de mort.

— Qu'est-ce que c'est ? s'étonna Benedicta.

Elle se couvrit le nez du bord de sa cape. Athelstan traça en l'air un signe de croix en espérant que la charrette passerait son chemin, mais elle s'arrêta près d'eux. Le roulier s'efforça de calmer les chevaux énervés par deux chats qui, surgis de l'ombre, se disputaient une proie en crachant. Cranston savait ce que contenait le véhicule. Il avait reconnu le conducteur : c'était le bourreau de gibet de Tyburn.

— Ne regardez pas, Benedicta, murmura-t-il.

Mais la curiosité fut la plus forte. La jeune femme s'appuya sur le bras d'Athelstan et, se mettant sur la pointe des pieds, jeta un coup d'œil dans la charrette. Elle fut saisie d'horreur à la vue des cadavres raides et exsangues sous la toile en lambeaux. Les membres de guingois, ils portaient tous au cou une large trace pourpre. Leur face était violacée, les traits déformés, les yeux révulsés, et la langue gonflée pointait entre les lèvres gelées.

— Oh, Sainte Vierge ! souffla Benedicta en se retenant au mur, tandis que le bourreau faisait claquer son fouet et que la charrette redémarrait. Qui étaient ces malheureux ?

— Les pendus des Elms, répondit le magistrat. Le soir, on les dépend et on les transporte aux grandes fosses à chaux de Charterhouse.

Il décocha un coup d'œil furibond à la veuve

— Je vous avais dit de ne pas regarder !

Benedicta eut un haut-le-cœur, puis, donnant le bras à Athelstan, elle suivit le coroner. Ils franchirent la porte de Ludgate et se dirigèrent vers la Fleet.

La vue de cette prison ne dissipa guère leur abattement. Dans les murs gris et menaçants, derrière lesquels on apercevait d'austères bâtiments, s'ouvrait un portail noir dont l'arche béante semblait vouloir dévorer l'imprudent qui en approchait. Cranston tira la cloche et ils entrèrent par la porte encastrée dans le lourd portail. Un garde les mena à la loge du portier, qui leur fit mille courbettes en reconnaissant le coroner. Athelstan se félicita alors de la présence du magistrat. Ils traversèrent une immense salle réservée aux personnes emprisonnées pour dettes. L'ameublement consistait en deux longues tables de chêne, entourées de bancs, également en chêne, le tout poisseux de crasse. Les malheureux qui se pressèrent vers eux puaient. Hommes et femmes portaient des surcots élimés et des capes en haillons. Athelstan et ses compagnons se frayèrent un chemin dans la cohue et s'enfoncèrent dans un couloir dallé, bordé de cellules : de pauvres hères passaient leur sébile à travers les barreaux et suppliaient qu'on leur fasse la charité.

Enfin, Athelstan et ses compagnons descendirent des marches craquelées et visqueuses pour pénétrer dans la salle des Damnés, le quartier des condamnés, une immense cave voûtée, avec des cachots au fond.

— Qui voulez-vous voir ? demanda le portier d'une voix peu amène.

— Simon le charpentier.

Le geôlier se précipita, choisit une clef dans son trousseau et ouvrit l'un des cachots.

— Allez, Simon, beugla-t-il, c'est ton jour de chance ! Le coroner de Londres, un frère prêcheur et une belle dame. Que demander de plus ?

Simon se traîna hors du cachot. Athelstan eut du mal à le reconnaître : son visage était couvert d'hématomes, ses cheveux longs et crasseux grouillaient de vermine. Les vêtements réduits à l'état de guenilles, il ployait sous les fers. Il s'avança maladroitement vers eux en levant ses mains enchaînées pour écarter ses cheveux. Ses lèvres étaient bleues de froid et ses yeux brillaient de fièvre au-dessus de ses joues creuses au teint terreux.

— Mon père, m'apportez-vous ma grâce ? demanda-t-il avec espoir.

Athelstan fit signe que non.

— Je suis désolé, Simon. Je suis venu te voir, tout simplement. Que puis-je faire pour toi ?

Le charpentier le regarda, puis dévisagea Benedicta. Alors, rejetant la tête en arrière, il éclata d'un rire hystérique jusqu'à ce que le geôlier le giflât. Il s'écroula sur le sol, recroquevillé comme un chien battu. Athelstan s'agenouilla à ses côtés.

— Simon ! appela-t-il doucement. Simon !

Le charpentier se redressa.

— Veux-tu recevoir l'absolution ? Je t'entendrai en confession.

Simon le fixa un moment, désespéré.

— Il n'y a plus rien à faire, murmura Athelstan.

Demain, à cette heure-ci, tu auras rejoint Notre-Seigneur.

Le condamné se mit à pleurer comme un enfant. Athelstan se tourna vers ses compagnons.

— Sir John, Benedicta, laissez-nous seuls un instant.

Ils se retirèrent. Le coroner, de sa voix tonitruante, donna l'ordre au portier de les imiter et Athelstan, pour la seconde fois ce jour-là, entendit la confession d'un homme prêt à rendre son âme à Dieu. D'abord, Simon parla lentement et le dominicain lutta de toutes ses forces pour garder son calme, car le froid de la geôle transperçait son habit et paralysait ses jambes. Mais Simon donna vite libre cours à ses émotions. Il évoqua sa vie, pitoyable suite d'échecs aboutissant au viol d'une enfant. Athelstan l'écouta en silence, puis prononça l'absolution et se releva, en frottant ses jambes transies et raides. Le garde revint.

— Demain, Simon, murmura Athelstan, je te recommanderai à Dieu, et toi...

Le condamné leva les yeux.

— ... et toi, recommande-moi au Seigneur lorsque tu paraîtras devant Son trône.

Le charpentier acquiesça.

— Je ne voulais pas faire ça, mon père. Mais je me sentais si seul, et j'avais trop bu.

— Je sais, dit doucement le prêtre. Que Dieu vous bénisse, elle et toi !

Athelstan lança une pièce d'argent au geôlier.

— Donne-lui un bon repas.

L'autre promit, le poing crispé sur la pièce.

— Un bon repas, l'avertit Athelstan. Je m'en assurerai.

Il allait partir lorsque Simon le héla.

— Mon père !

— Oui, Simon ?

— Ranulf, le tueur de rats, est venu me voir aujourd'hui. Il a été engagé par un boucher des Shambles. Il m'a dit que vous aviez été convoqué à la Tour à cause de la mort de Sir Ralph Whitton.

Le charpentier esquissa une grimace.

— Même si j'ai été absous de mes péchés, ça me fait du bien de savoir que ce fourbe est parti avant moi. C'est un drôle d'endroit que la Tour, mon père.

Athelstan inclina la tête, sentant que Simon s'efforçait de prolonger la visite.

— J'y ai travaillé, autrefois. Oui, un drôle d'endroit, pire qu'ici !

— Comment cela, Simon ?

— Eh bien, ici, au moins, les cellules ont des portes. Dans la Tour, il existe des pièces, des cachots dont on enlève les portes et mure les ouvertures une fois le prisonnier dedans. Et il y reste jusqu'à la mort.

— Vraiment ?

Athelstan sourit au charpentier.

— Que Dieu soit avec toi, Simon !

Athelstan remonta l'escalier pour rejoindre Cranston et Benedicta. Ils ne dirent mot avant de se retrouver à l'extérieur, la porte se refermant violemment derrière eux.

— L'antichambre de l'Enfer ! soupira Athelstan alors qu'ils longeaient Bowyers Row, dominé par la masse sombre de Saint-Paul.

A Friday Street, le coroner fit mine de les quitter, mais Athelstan le prit à part et scruta son visage aux yeux battus.

— Je vous suis reconnaissant de nous avoir accompagnés, Sir John. Soyez en paix. Rentrez chez vous et parlez à Lady Maude. Je suis sûr que tout s'arrangera.

Cranston se gratta la tête.

— Dieu sait pourquoi, mon frère, mais j'ai l'impression que la seule chose de bien que j'ai accomplie aujourd'hui, c'était d'écouter Fitzormonde et d'aider ce gamin. Vous vous rappelez, celui qui veillait sur le cadavre du mendiant.

— Et vous êtes venu à la Fleet !

— C'est vrai, marmonna le coroner, mais je n'ai pas réussi à obtenir la grâce de Simon, comme vous le savez. Pourtant, je lui ai procuré une dernière faveur.

— Laquelle ?
— J'ai laissé une pièce au bourreau. Simon ne gigotera pas longtemps au bout de la corde. Il sera pendu haut et court. Sa nuque sera brisée en un instant, comme cela — Cranston claqua des doigts —, et il mourra immédiatement.

Le coroner tapa des pieds en regardant la voûte étoilée.

— Vous feriez mieux de regagner vos pénates, mon frère. Les constellations n'attendent que vous.

Il se retourna et partit d'un pas lourd en s'écriant :

— Si seulement nous avions retrouvé l'échevin Horne !

CHAPITRE IX

Au moment où Athelstan et Benedicta franchissaient péniblement le pont enjambant les eaux sombres et tumultueuses de la Tamise, Adam Horne quittait le monastère des Frères de la Sainte-Croix près de Mark Lane, au nord de la Tour. Il y était arrivé juste après les vêpres pour prendre connaissance du message qui l'y attendait. Le frère convers aux cheveux grisonnants l'avait salué d'un sourire édenté avant de le conduire à la loge du frère tourier.

— C'est resté là tout l'après-midi, avait-il murmuré en lui tendant un fin rouleau de vélin.

Après avoir déroulé le parchemin avec fébrilité et prié le frère de lui apporter une bougie, Horne en avait rapidement parcouru le contenu.

— Oh, mon Dieu ! avait-il gémi, tout espoir brisé.

Il avait reçu, dans la matinée, une galette de sésame et un croquis rudimentaire de nef. S'efforçant de cacher sa peur aux yeux de sa pauvre femme, il s'était rendu à son entrepôt pour y trouver un autre message. Il ne devait pas rentrer chez lui, lui enjoignait la courte missive, mais aller au couvent des Frères de la Sainte-Croix où il serait mis un terme à ses angoisses. Il n'avait rien à redouter, mais devait faire confiance à l'expéditeur qui ne lui voulait que du bien. Mais ce mot bref l'avait plongé dans le désespoir. Le mystérieux correspondant s'excusait de ne pouvoir le rencontrer, mais lui fixait rendez-vous dans les ruines romaines, au nord-ouest de la Tour. Horne avait déchiré le parchemin en petits morceaux et parcourait à présent les chemins de terre verglacés et noyés d'ombre qui desservaient fermes et métairies. Il contempla le ciel étoilé et frissonna, non pas tant à cause du froid mordant qu'à cause de la peur lancinante de ce qui l'attendait. Son bon sens lui conseillait de fuir, mais c'était trop tard. Depuis des années, la menace pesait sur sa tête comme une épée de Damoclès ; il fallait y faire face une fois pour toutes. Il pensait, en négociant sûr de son fait, que cette rencontre signifiait la fin de ses angoisses. Il pourrait alors rentrer chez lui, absous de la part qu'il avait prise dans l'atroce trahison, perpétrée bien des années auparavant.

Les arbres s'éclaircissaient. Il arriva sur le pré communal d'où il apercevait, en arrière-fond, la masse écrasante de la Tour. Peut-être devrait-il s'y réfugier ? Il poussa un soupir découragé. Qui l'aiderait ? Sir Ralph était mort et l'hospitalier survivant ne lui accorderait aucune attention. Il déglutit convulsivement en se souvenant de sa faute. Devait-il poursuivre son chemin ? Les yeux fixés sur le sol recouvert de gelée blanche, il écouta distraitement la douce complainte du vent dans les arbres. Un corbeau, à la recherche d'une proie dans les vasières du fleuve, lança son cri rauque en le survolant. Un renard glapit et le son strident lui fit dresser les cheveux sur la nuque. L'inquiétude le gagna. Il se retourna pour scruter le sentier boueux. Y avait-il quelqu'un ? Le suivait-on ?

Une vilaine grimace tordit ses traits. Certes, il était devenu un riche marchand gras à lard, mais, quinze ans auparavant, il s'était battu en preux aux côtés d'hommes qui ne connaissaient pas la peur, épaule contre épaule. Oui, il était coupable, autant que Whitton. Fitzormonde et Mowbray, ces deux chiffes molles, pouvaient bien geindre et proclamer qu'ils n'avaient rien à se reprocher, lui, Horne, avait totalement approuvé le projet de Whitton et bâti sa fortune sur sa part du trésor.

Il caressa le long poignard qu'il avait caché dans son

escarcelle. Le contact de la poignée niellée le rassura. Si assassin il y avait, se dit-il, mieux valait l'affronter maintenant plutôt que d'être surpris en pleine nuit. Une chouette ulula. Il retroussa les lèvres, comme un chien.

— Que tous les démons de Lucifer surgissent des abysses ! Je leur rendrai coup pour coup !

Ces paroles vides de sens le réconfortèrent. Il s'avança vers les ruines, amas de pierres enfouies sous la neige. Les vieillards affirmaient que le grand César y avait son palais jadis. L'esprit profondément troublé par la peur panique et par son accès de bravade, il s'installa au milieu des ruines et s'y sentit plus en sécurité. Même dans le noir, la neige qui blanchissait le pré communal et la fine couche de glace l'avertiraient de toute approche.

Il jeta un regard circulaire aux ruines de la villa romaine. Un mur à moitié effondré se dressait non loin. Horne ne lui accorda qu'un coup d'œil dédaigneux. Le meurtrier qui s'y cacherait devrait s'avancer en terrain découvert ; or lui, Horne, s'était muni d'une arme bien particulière : une petite arbalète qui se balançait à sa ceinture, carreau déjà en place. Les ténèbres s'épaissirent. Il distinguait les lumières de la cité. Il se laissa envahir par une douce torpeur, née de ses efforts, de sa peur et du vin ingurgité pendant la journée. Une rafale de vent glacial le fit s'emmitoufler dans sa cape et il tapa des pieds pour que le sang ne gèle pas dans ses veines. Il scrutait l'obscurité environnante. A mesure qu'il s'interrogeait sur l'identité de son étrange bienfaiteur, son courage s'évanouissait. Terrassé par la somnolence, il ferma les yeux. C'était le conseil que lui répétait souvent Bartholomew Burghgesh :

— Repose-toi toutes les fois que tu peux, mon cher Adam. Un vrai guerrier mange, boit, dort et trousse les filles chaque fois que l'occasion s'en présente.

Horne sourit *in petto*. Quel brave et redoutable soldat c'était ! Un véritable paladin : Horne l'aimait bien, mais Ralph Whitton en était jaloux, car Bartholomew se révélait bien meilleur homme de guerre que lui. Et puis il y avait peut-être une autre raison : l'épouse de Whitton avait fait les yeux doux au jeune Burghgesh, lorsqu'il servait à la Tour en qualité de chevalier banneret[1]. Horne ricana. Quelle coïncidence ! C'est dans cette même Tour que Whitton avait trouvé la mort. Horne leva les yeux. N'avait-il pas entendu du bruit ? Immobile, il tendit l'oreille, mais seul le croassement des corbeaux et l'aboiement lointain d'un chien de ferme brisèrent le sinistre silence. Le marchand remua impatiemment les pieds. Il laisserait passer encore quelques minutes et il partirait. Il regarda le sol. Qui était l'assassin ? L'hospitalier Fitzormonde ? Fulke, le frère de Ralph, qui avait bien connu Burghgesh ? Ou quelqu'un d'autre, qui se considérait comme le justicier de Dieu sur terre, habilité à distribuer châtiments et vengeance ? Ou encore Burghgesh, qui, ayant survécu à sa captivité, avait débarqué secrètement en Angleterre, des années après, pour semer la mort parmi ses ennemis ? Son fils héritier, peut-être ? Avait-il vraiment été tué en France ? N'aurait-il pas plutôt appris le destin terrible de son père et décidé de revenir traquer ses assassins ?

Horne se mordilla la lèvre. Il devait accepter l'idée qu'il était un criminel et qu'il avait sa part de responsabilité dans le meurtre de Burghgesh. La nuit, parfois, il se réveillait en hurlant à cette seule pensée. Était-ce la raison pour laquelle Dieu ne lui avait pas donné de descendants ? La stérilité de sa femme était-elle une manifestation de la justice divine ? Il sursauta en entendant du bruit, et, en proie à une terreur indicible, fixa l'apparition qui avait surgi près du vieux mur.

Un homme vêtu d'une armure de chevalier, la croix rouge des croisés barrant son surcot, s'avançait vers lui, le visage dissimulé sous le heaume de Burghgesh, un casque conique d'acier à ailettes et panache bleu ! Le sang de Horne se glaça dans ses veines.

— Mon Dieu, murmura-t-il, Burghgesh !

---

1. Chef d'un contingent de ban. (*N.d.T.*)

Ou était-ce une créature de l'Enfer ? Campée sur ses pieds légèrement écartés, ventail baissé, la silhouette tenait dans ses gantelets une énorme épée à double tranchant dont la lame reposait sur son épaule.

— Es-tu Burghgesh ? siffla Horne.

L'apparition s'approcha. Seul le craquement de la glace sous les solerets [1] brisait le silence.

— Adam ! Adam !

La voix de Burghgesh, quoique caverneuse et sourde !

— Adam ! répéta l'homme. Me voilà ! Je suis revenu me venger. Toi, mon frère d'armes, mon ami pour qui j'aurais donné ma vie...

Il tendit soudain une main gantée de fer.

— Tu m'as trahi ! Toi, Whitton et les autres !

Passant brusquement à l'action, Horne s'empara de la petite arbalète.

— Tu n'es pas un spectre ! rugit-il. Et si tu l'es, retourne en Enfer, ta vraie place !

Il leva l'arbalète, mais, au même moment, la grande épée fendit l'air et lui trancha net le col. Sa tête tournoya en l'air comme un ballon, les lèvres frémissant encore. Son corps resta immobile quelques secondes, inondé par un jet de sang chaud, avant de s'effondrer sur la neige ensanglantée. L'assassin en armure essuya soigneusement son épée, puis dégaina son poignard et s'agenouilla près du cadavre décapité, d'où le sang jaillissait encore.

Quelques heures plus tard, Sir John Cranston marmonnait toute une litanie de malédictions en quittant Blind Basket Alley pour se diriger vers Fenchurch Street *via* Mincing Lane. L'aube venait de naître. Le coroner, incapable de dormir, s'était levé tôt pour conférer avec le chef dizainier Venables sur la disparition de Roger Droxford, toujours recherché pour avoir assassiné son maître, dont Cranston avait retrouvé la

---

1. Partie de l'armure recouvrant le pied. (*N.d.T.*)

tête tranchée. Le coroner avait passé une nuit blanche, se tournant et se retournant sans cesse dans son grand lit. Il s'était efforcé de garder son calme, mais il bouillait de colère devant le mutisme obstiné de Maude, qu'il accablait de questions et de supplications. Tout ce qu'elle savait faire, c'était verser des flots de larmes et, lèvres serrées, de hocher convulsivement la tête ! Il avait fini par se lever et se rendre à son cabinet de travail, mais, incapable de se concentrer, il s'était habillé et avait décidé d'aller tirer Venables du lit. Il eut un sourire goguenard. Forcer le brave homme à se réveiller avant l'aube l'avait mis en joie, mais Venables, encore ensommeillé, ne lui avait fourni aucun autre renseignement sur Droxford.

— Il n'a pas pu s'enfuir bien loin, Sir John ! avait-il murmuré d'une voix dolente. Dieu sait que seul un fou s'aventurerait hors les murs par un temps pareil, et puis nous avons fait circuler partout sa description et le montant de la récompense. Après tout, avait-il poursuivi, un rictus aux lèvres, c'est un gaillard qui ne passe pas inaperçu.

— Comment cela ?

— Eh bien, il a deux doigts en moins et plein de verrues poilues sur la trogne.

Emmitouflé dans son habit de nuit fourré, le chef dizainier avait marché de long en large dans le couloir dallé, signifiant par là qu'il souhaitait vivement le départ du coroner.

— Qu'a donc Droxford de si particulier, Sir John ?

— Ce qu'il a de particulier, messire, c'est que c'est un assassin, un brigand qui a dérobé plus de deux cents livres à son maître et qui, apparemment, a réussi à prendre la poudre d'escampette.

Venables en était convenu, après un bref regard aux traits courroucés de son interlocuteur. Cranston était alors parti en coup de vent, vitupérant à mi-voix contre ces officiers municipaux qui prenaient leur travail à la légère. Pourtant, il savait au fond qu'il n'était qu'un hypocrite. L'affaire de la Tour restant une énigme, il avait tout simplement déchargé sa bile sur les deux boucs émissaires les plus proches : le fuyard et — encore plus facile — ce brave homme de chef dizainier.

Il tourna dans Lombard Street, encore déserte à cette heure, et arriva au pilori à l'entrée de Poultry. Le guet entourait un mendiant qui y était attaché, pieds et mains emprisonnés entre les planches, yeux grands ouverts dans sa face gelée.

— Qu'est-ce que c'est ? beugla Cranston.

Les gardes, gênés, se balancèrent d'un pied sur l'autre.

— Quelqu'un a oublié de le détacher hier soir, cria l'un d'eux. Le pauvre gueux est mort de froid.

— Alors ce quelqu'un va le payer cher ! hurla Cranston.

Plus loin, il croisa une troupe d'oiseaux de nuit, filles folles et malfaiteurs, qui, liés les uns aux autres, étaient emmenés à la grande cage en fer, près de la Citerne. Une servante apeurée lui ouvrit la porte de sa demeure. Il s'immobilisa soudain, paupières plissées. N'avait-il pas aperçu une ombre dans la ruelle longeant la maison ? Il revint sur ses pas. Rien. Il branla du chef en se jurant de boire moins d'hypocras et passa devant la servante anxieuse pour se diriger vers la cuisine dallée, au fond du couloir. Grâce au Ciel, Maude n'était pas là ; il en avait plus qu'assez de leurs disputes !

— Des messages ? aboya-t-il à l'intention de Leif, qui se blottissait timidement dans son coin favori, sous la vaste cheminée.

Le mendiant unijambiste leva la tête de son écuelle de viande épicée garnie de légumes et répondit par la négative.

— Non, Sir John. Mais j'ai poli les marmites en cuivre.

— Bien, ronchonna le magistrat. Il y en a au moins un qui travaille dans cette ville !

Il se versa une généreuse rasade de vin et s'empara d'un pain mollet que la cuisinière avait laissé à refroidir sur la table. Sans même s'asseoir, il en avala de grosses bouchées et vida bruyamment son gobelet tout en braquant des regards furibonds sur les flammes. Que faire ? Les morts de Whitton et de Mowbray à la Tour n'étaient toujours pas élucidées. Horne était introuvable. Il savait qu'il ne lui faudrait pas longtemps avant que ses maîtres au Guildhall ou — pire encore — le régent ne lui demandent des comptes. Il entendit frapper sèchement à l'huis.

— Vas-y, Leif ! gronda-t-il. Moi, je suis glacé jusqu'aux os.

Leif prit un air pitoyable.

— Allez, fainéant, tonna Cranston. Tu ne vas pas rester ici à te chauffer le cul et à avaler tout ce que tu peux chiper, non ?

Leif reposa son écuelle avec un soupir et quitta la pièce à cloche-pied. Cranston entendit la porte d'entrée s'ouvrir. Le mendiant revint lentement.

— Alors ? demanda Cranston en lançant un clin d'œil bon enfant à la servante.

La jeune fille lui sourit anxieusement en retour et le coroner se maudit à voix basse. Il effrayait tout le monde avec son humeur de dogue. Il lui fallait absolument se ressaisir. Peut-être devrait-il faire appel à Athelstan ?

— Eh bien, mon garçon ? répéta-t-il. Qui était-ce ?

— Personne, Sir John.

— Comment ça, personne ?

— Ben, y avait personne à la porte...

Leif s'appuya au chambranle.

— ... seulement ça !

Il brandit un sac de cuir usé, fermé, et maculé au fond de taches sombres et humides.

— J'ai ouvert la porte, reprit-il laborieusement, mais j'ai vu personne. Y avait que ce sac !

— Ouvre-le ! lui ordonna impatiemment Cranston en se resservant de vin.

Mais le coroner, soudain, se retourna d'un bloc : Leif avait poussé un cri d'horreur et la servante s'était évanouie ! L'infirme, les yeux agrandis par l'épouvante, la bouche molle, tenait par les cheveux la tête de feu Adam Horne, marchand et échevin.

Cranston en avait vu, de ces têtes coupées — taverniers assassinés ou grands seigneurs exécutés sur Tower Hill —, mais celle-ci était particulièrement immonde, pas tant à cause des paupières mi-closes et du cou sanguinolent, qu'à cause de la bouche béante où l'on avait enfoncé les testicules mutilés du marchand.

Cranston arracha la tête des mains du mendiant paralysé par la peur et la fourra dans le sac. Puis, enjambant la servante pâmée, il appela Maude à cor et à cri avant de se précipiter dans le couloir. Il ouvrit la porte à toute volée et s'élança dans Cheapside comme un taureau furieux, mais la rue enneigée était vide : aucune trace du mystérieux et macabre visiteur. Cranston s'arrêta et fut pris de violentes nausées qui le courbèrent en deux. L'horreur de ce qu'il avait vu le terrassa et lui noua l'estomac dans un étau impitoyable.

— Oh, le monstre ! chuchota-t-il. Que le Seigneur ait pitié de nous !

Il regagna sa demeure d'une démarche chancelante. Lady Maude, le visage blême, l'attendait au pied de l'escalier.

— Sir John, que se passe-t-il ?

— Retournez dans votre chambre, ma femme ! brailla-t-il. Et restez-y !

Il se tourna vers les garçons d'écurie et les serviteurs qui se pressaient près de la porte de la cuisine.

— Toi, cria-t-il à l'un d'eux, va chercher le mire ! Et vous, lança-t-il à la cuisinière et à son aide, emportez cette pauvre enfant dans la salle haute !

On releva précipitamment la malheureuse à demi inconsciente. Cranston pénétra dans la cuisine. Leif, arraché à son escabeau, paraissait avoir reçu un coup de masse d'armes. Le sac et son affreux contenu se trouvaient à l'endroit où Cranston les avait laissés tomber. Le coroner ne perdit pas de temps : il se rasa et enfila un pourpoint propre avant de boucler son baudrier et de décrocher sa cape la plus épaisse de la cheville, accrochée à la porte de l'arrière-cuisine. Il dénicha une grande poche à farine dans l'un des communs et y plaça soigneusement le sac de cuir élimé.

— Leif, tu diras à Lady Maude que je vais au Guildhall et ensuite à Southwark.

L'infirme, si loquace d'habitude, se contenta d'un signe de tête. Le regard fixe, la bouche entrouverte, il était encore bouleversé par ce qu'il avait vu. Cranston balança la poche sur son épaule.

— Oh, Leif, ajouta-t-il avec un sourire mauvais, si tu veux encore de ce bon ragoût, ne te gêne pas !

Leif se détourna, secoué par des haut-le-cœur, tandis que le coroner quittait sa demeure d'un pas décidé en marmonnant des propos vengeurs à l'égard de l'humanité tout entière.

A St Erconwald, Athelstan venait de célébrer la messe de requiem et bénissait la dépouille de Tosspot, un vieil ivrogne qui vivait dans le cellier du *Cheval Pie*. On avait découvert son cadavre la veille, dans l'après-midi. En l'absence de toute famille, Pike et Watkin avaient cousu le linceul de toile et installé, sur des planches à claire-voie, le défunt devant le jubé. Athelstan avait toujours donné des instructions très strictes à ce sujet : tout nécessiteux retrouvé mort dans la paroisse avait droit à un enterrement décent. C'était le cas de Tosspot. Le prêtre traça un signe de croix au-dessus de la dépouille et l'aspergea d'eau bénite. Ses fidèles — dont Benedicta — étaient tout ouïe.

Athelstan psalmodia :

— Que l'âme de notre frère infortuné rejoigne le Créateur et que l'armée des anges l'accueille, en son saint Paradis. Qu'elle le protège des griffes de Satan.

Athelstan s'interrompit. Et le corps ? pensa-t-il. Ne risquait-il rien ? Il regarda ses doigts dont le bout était taché de poussière de craie. D'où cela venait-il ? Cette craie n'y était pas pendant la messe.

— Mon père ! souffla Crim, l'enfant de chœur.

183

Athelstan sursauta et leva les yeux.

— Mon père ! répéta le gamin, le visage plissé en un sourire malicieux. Vous vous êtes arrêté de prier !

Délaissant sa méditation, le dominicain entonna la prière finale :

— Nous te supplions, ô bienheureux archange saint Michel, de recueillir l'âme de notre frère...

Athelstan s'interrompit. Comment l'appeler ? Tosspot[1] ? Que penseraient les anges de ce nom ?

— ... de recueillir l'âme de notre frère Tosspot dans le sein d'Abraham, conclut-il sur un ton de défi.

Il lorgna sombrement l'assistance, mais tous, agenouillés, baissaient prudemment la tête pour mieux rire sous cape. Afin de cacher sa gêne, Athelstan fit signe à Watkin et à Pike de soulever la bière et de les suivre, Crim et lui, dans le cimetière. La bise, dehors, éteignit le cierge que portait l'enfant de chœur. Celui-ci glissa sur le verglas et tomba sur le derrière en lançant une telle bordée de jurons qu'Athelstan dut se mordre la lèvre pour garder son sérieux.

Ils traversèrent le cimetière lugubre et solitaire pour rejoindre la fosse peu profonde qu'avait creusée Pike. Athelstan aperçut, près de l'ossuaire, les deux lépreux bien encapuchonnés. Il se rappela soudain la baguette avec laquelle il avait poussé l'hostie dans le trou aux ladres, pour que ces malheureux puissent communier. Il sourit à part lui. C'est de là que provenait la craie. Ils arrivèrent à la fosse. Pike et Watkin, sans plus de cérémonie, y déposèrent brutalement la dépouille de Tosspot et la recouvrirent hâtivement de morceaux d'argile gelée, pendant qu'Athelstan récitait la prière des morts à mi-voix. Puis le prêtre bénit la tombe. Watkin, la mine sombre, émit le souhait que le corps veuille bien rester dans sa dernière demeure et le cortège s'en retourna à l'église. Athelstan ne releva pas le sinistre sous-entendu du ramasseur de crottin. Les pilleurs de tombes semblaient avoir disparu ; peut-être avaient-ils

---

1. Le nom de Tosspot évoque un pot de chambre. (*N.d.T.*)

décidé de donner des cauchemars à d'autres curés ! Après avoir parcouru rapidement la nef et être passé sous le jubé, il entra dans la petite sacristie où régnait un froid de loup. Mais il sursauta : une silhouette massive avait surgi de l'ombre.

— Sir John ! protesta-t-il. Prenez-vous vraiment plaisir à rôder comme un voleur en pleine nuit ?

Cranston prit un air matois.

— Je dois vous parler, mon frère, mais pas ici.

Athelstan le dévisagea.

— Vous avez bu ?

Cranston ricana.

— Oui et non ! Allons, dépêchez-vous ! Je vais vous attendre pendant que vous ôtez vos habits liturgiques.

Athelstan dissimula son irritation. Il enleva chasuble, étole, chape et les rangea prestement dans l'armoire avant de donner un penny à Crim qui ouvrait de grands yeux. Puis il reconduisit le coroner dans l'église et appela Benedicta qui se tenait près des fonts baptimaux.

— Veuillez fermer la sacristie et nettoyer l'église, lui murmura-t-il.

Il parcourut la nef du regard.

— Watkin ! cria-t-il.

Le sacristain s'approcha nonchalamment, un œil sur Cranston.

— Watkin, reprit Athelstan, je serai absent un moment. Assure-toi que les bougies sont bien mouchées et qu'il n'arrive rien de fâcheux à St Erconwald. Et puis, si ce qui se passe au cimetière t'inquiète tant, va y monter la garde.

Watkin se rembrunit, vexé. Athelstan regretta ses paroles. Il n'avait pas voulu se montrer si cassant, mais l'arrivée en catimini du coroner lui avait mis les nerfs à vif. Il quitta l'église, suivi de Cranston. Ce dernier aperçut soudain Bonaventure qui venait le saluer en sautillant, mais, peu désireux de sentir ce maudit matou se frotter à sa jambe, le coroner pressa Athelstan d'aller chercher leurs montures.

— Suivez-moi, mon Méphistophélès ! proféra-t-il à

mi-voix. Allons quelque part où nous serons au chaud et en sécurité !

Ils traversèrent la rue passante en évitant les charrettes aux larges roues, arrivèrent au Pont de Londres et s'engouffrèrent dans l'accueillante taverne du *Cheval Pie*, où régnait une douce tiédeur. Ce véritable repaire de brigands, où l'on servait pourtant vin fin, repas délicieux et bonne godale, plaisait fort à Cranston. Il va sans dire que le magistrat connaissait personnellement Joscelyn, le patron.

— Un larron de la pire espèce, l'avait-il décrit un jour, qui se faufilera au Paradis parce qu'il en aura fauché la clef !

Athelstan n'en disconvenait pas : le tavernier, pirate manchot qui était rentré dans le droit chemin, lui avait un jour confié qu'il aurait bien voulu aller à la messe, mais que l'odeur de l'encens le rendait malade. Athelstan sourit en son for intérieur. Quelle coïncidence, songea-t-il, de se retrouver dans la taverne où Tosspot, qu'il venait d'enterrer, lavait plats et chopes ! Le dominicain embrassa la salle du regard. Elle avait l'air plus propre qu'autrefois. La jonchée fraîche sentait bon, le mur avait été récemment plâtré et les poutres repeintes. Joscelyn s'approcha d'eux en se dandinant, sa trogne couperosée fendue en un large sourire. Le filou se grattait le menton en pensant aux gains qu'il allait empocher. Doté d'un gosier prodigieux, Cranston était courtisé par tous les aubergistes de la capitale.

— Sir John, dit Joscelyn en esquissant un semblant de salut, vous êtes le très bienvenu dans mon modeste établissement.

— Par la mort diantre, vieux gredin, beugla Cranston, es-tu retombé dans tes erreurs passées ? Où as-tu trouvé l'argent pour nettoyer ce bouge infâme ?

Avec un haussement d'épaules, Joscelyn écarta les doigts de son unique main.

— J'ai un nouvel associé, annonça-t-il fièrement. Il a vendu sa gargote près de Barbican et s'est installé de ce côté-ci de la Tamise pour échapper à certain coroner trop curieux.

Cranston éclata d'un rire tonitruant et conduisit Athelstan au fond de la salle, dans un coin où l'on avait disposé une table et des escabeaux à l'écart. Athelstan ne se sentait pas à l'aise. Il aperçut Pike près des barriques de vin. Les mains encore souillées par la glaise du cimetière, le fossier conversait avec des inconnus. Des membres de la Grande Communauté, pensa Athelstan, des paysans venus discrètement de la campagne enneigée, hors les murs, pour tenir des propos séditieux et fomenter rébellion et trahison. Pike remarqua le dominicain et le salua en levant sa chope, mais ses yeux trahissaient son trouble. Athelstan lui répondit par un sourire, avant de le voir, quelques minutes plus tard, sortir le premier de la taverne, suivi par ses compagnons.

Cranston s'installa dos au mur, claquant des lèvres gourmandes. L'air affamé, il contempla les jambons et autres saucissons qui séchaient, pendus aux poutres. Il observa un gâte-sauce qui mettait un tonneau en perce et aperçut, par la porte entrebâillée, la cuisine et l'énorme four où Joscelyn cuisait son pain. Un gamin au visage maculé de poussière débarrassait le four des restes de charbon et de bois pour les ajouter à un tas bien net de cendres grisâtres. On enfournait ensuite le pain avant de refermer hermétiquement le four. Une fois celui-ci refroidi, on sortirait le pain cuit.

Drôle d'auberge ! songea Cranston. Située au milieu du quartier sordide de Southwark, elle offrait du vin et de la bière de bonne qualité ainsi que des mets succulents. Il distingua une table, au fond, où trônait une énorme nef[1] et se gratta la tête. Que de richesses récemment acquises ! Il se demanda machinalement si Joscelyn n'avait pas repris ses activités illicites et ne s'adonnait pas à la contrebande.

---

1. Petit vaisseau d'orfèvrerie qu'on plaçait à table et qui renfermait la salière, les épices et les cuillers. (*N.d.T.*)

Athelstan observait son compagnon à la dérobée. Le coroner était certes de meilleure humeur, mais le prêtre redoutait de devoir passer toute la journée à le voir engloutir rasade après rasade. Le tavernier s'approcha lourdement de leur table.

— Messire, que désirez-vous ?

Cranston réfléchit, les yeux levés au plafond.

— Pas de poisson, en tout cas ! s'exclama-t-il. Des cailles ou du faisan, bien doré et farci d'épices. Avec de la sauce épaisse. Et du pain frais.

— Et le révérend père ? demanda sarcastiquement l'aubergiste.

— Le révérend père, répliqua doucement Athelstan, voudrait un bol de soupe aux poireaux, du pain et du clairet largement baptisé d'eau.

Ils attendirent que Joscelyn se fût éloigné en hurlant sa commande au cuisinier.

— Eh bien, Sir John, qu'est-il arrivé ?

Le coroner résuma, en phrases concises et saccadées, les terribles événements qui venaient de se produire.

— Et je reviens du Guildhall, conclut-il, morose. Le lord-maire m'a déclaré sans ambages que monseigneur le régent, duc de Lancastre, avait exprimé son vif déplaisir en apprenant que notre enquête n'avançait guère. Adam Horne était apparemment un membre influent de son entourage.

— Et qu'avez-vous répondu ?

— Que je m'en moquais comme d'une guigne et que je faisais de mon mieux.

— Je suppose que le lord-maire s'est contenté de votre élégante repartie ?

Cranston se rencogna contre le mur.

— Oh ! nous avons eu une petite discussion, mais j'ai trop de bon sens pour me le mettre à dos. Je lui ai expliqué que nous avions, en vain, recherché Horne.

Déconfit, le coroner jeta un coup d'œil à Athelstan.

— Il faut que je règle mon différend avec Lady Maude, murmura-t-il, car cela me brouille la cervelle.

Athelstan observa une pause, car la fille de cuisine venait leur servir du vin.

— Écoutez, Sir John, reprenons tout depuis le début.

Il leva la main :

— C'est nécessaire. Et, sans vouloir vous vexer, je pense que nous devrions laisser de côté, pour le moment, vos tracas domestiques.

Cranston acquiesça sombrement.

— Sir Ralph Whitton, déclara le dominicain, reçoit des menaces de mort à cause d'une vile trahison commise autrefois en Égypte. Je sais parfaitement qu'il était coupable, continua-t-il posément. C'est la raison pour laquelle il a gribouillé ces prières à saint Julien l'Hospitalier à la fin de son livre d'Heures.

— A qui ?

— A saint Julien l'Hospitalier, un chevalier responsable de crimes atroces, qui passa le restant de sa vie à les expier. Donc Sir Ralph quitte ses appartements pour se réfugier dans le bastion nord, prétendument plus sûr. Il est tellement terrorisé qu'il refuse d'être accompagné par son serviteur mauresque, Rastani. Le soir de sa mort, il boit énormément avant de regagner sa chambre. Que se passe-t-il ensuite ?

Athelstan essayait de tirer Cranston de son abattement.

Le coroner avala bruyamment sa boisson.

— Mon cher frère, d'après les indices recueillis, Sir Ralph se couche après avoir fermé la porte et gardé la clef. La porte du passage où donne sa chambre est verrouillée par les gardes tandis que l'autre bout est barré par des bris de maçonnerie. Les sentinelles veillent toute la nuit à l'entrée du bastion. Ce sont des hommes de confiance et les clefs du couloir et de la chambre de Sir Ralph pendent à un crochet, près d'eux. Il a été établi, d'après des témoignages dignes de foi, qu'aucune sentinelle n'a quitté son poste, n'a vu ni entendu quoi que ce soit de louche.

— Et l'assassinat ?

— Le jeune Geoffrey, poursuivit Cranston, est apparemment dans les bonnes grâces de Sir Ralph. Il arrive tôt le lendemain matin. Après l'avoir fouillé, les gardes lui ouvrent la porte du couloir. Puis ils la referment à clef, suivant en cela les instructions de Sir Ralph. Geoffrey entreprend de le réveiller. Les gardes l'entendent crier et frapper à l'huis, puis notre jeune héros revient sur ses pas. Il avoue être incapable de réveiller Whitton. Il s'apprête à y retourner pour déverrouiller la porte lui-même lorsqu'il se ravise et va chercher Colebrooke. Tous deux se rendent à la chambre et l'ouvrent. Nul désordre, mais les fenêtres et les volets sont grands ouverts et surtout Whitton gît sur son lit, égorgé, déjà froid. C'est là que commence l'énigme, mon cher Athelstan.

— Pas si nous acceptons comme hypothèse, répliqua Athelstan, que quelqu'un a traversé les douves gelées et utilisé les encoches de la muraille pour parvenir à la chambre. Là, il ouvre les volets, pénètre dans la pièce et commet son horrible forfait. Cela dit, cette théorie met à nu certaines contradictions. Pourquoi Sir Ralph s'est-il laissé égorger sans se défendre ? C'était un soldat de métier, un homme de guerre.

Le dominicain eut un geste las.

— Tout ce dont nous sommes sûrs, c'est que l'assassin est forcément un habitant de la Tour, au courant de la décision de Sir Ralph de changer de logis. Ce criminel, homme ou femme, a alors agi lui-même ou commandité le meurtre.

Athelstan observa les bruyants joueurs de dés à l'autre bout de la taverne.

— Quant à l'assassinat de Sir Gerard Mowbray, enchaîna Cranston, il est tout aussi mystérieux. Qui a sonné le tocsin ? Quelles furent les circonstances de sa chute ? Le meurtre de Horne, lui, fut relativement simple à exécuter. Son bourreau a misé sur sa peur et ses remords pour lui tendre un piège dans un lieu solitaire.

— Où est-il mort ? s'enquit Athelstan.

— Dans les ruines romaines, au nord de la Tour. Et

je m'empresse d'ajouter que le coupable n'a laissé aucune trace.

— Et les suspects ? demanda le dominicain d'une voix fatiguée.

Il se pencha par-dessus la table et tapota le bras de son compagnon.

— Allons, Sir John, montrez-nous votre fameuse sagacité.

Cranston haussa les épaules.

— Cela pourrait être Sir Fulke. On a retrouvé sa boucle de botte sur la glace et il a tout à gagner à la disparition de son frère. Rastani, souple comme il est, aurait été capable d'escalader la muraille.

Cranston grimaça.

— A propos, j'ai vérifié leurs déclarations. Ils étaient bien absents de la Tour, la nuit où a péri Sir Ralph. Des témoins le confirment.

— Maître Parchmeiner pourrait être le coupable, suggéra Athelstan, mais il partageait la couche de demoiselle Philippa durant cette nuit fatidique. Quant au soir où Sir Gerard a trouvé la mort, ce jeune homme était dans les appartements de sa fiancée. C'est vrai qu'il est allé réveiller Sir Ralph, mais les gardes l'ont fouillé. Il n'avait aucune clef et même s'il était entré dans la chambre de Whitton, on imagine mal ce dernier se laisser égorger comme un mouton, fiancé favori ou non.

Athelstan se frictionna le visage.

— Les possibilités sont infinies, dit-il. Hammond, le chapelain indélicat, Colebrooke, le sous-gouverneur envieux, la gracieuse Philippa, sans parler de notre hospitalier qui a très bien pu nous débiter un tissu de mensonges.

Le prêtre plissa les yeux et murmura :

— Il faut vérifier tous leurs dires.

— Et Mains-Rouges ? ajouta Cranston. Le dément qui peut ne pas être aussi fou qu'il y paraît ?

Athelstan lui sourit.

— Mais nous avons progressé quelque peu,

Sir John. Si l'on en croit Fitzormonde, la raison de tous ces assassinats, c'est la mort de Burghgesh sur ce funeste bateau en Méditerranée, il y a bien longtemps. Le croquis, sur les parchemins envoyés aux traîtres, leur rappelle leur félonie et la galette de sésame les avertit du sort qui les attend.

— Ce qui nous amène à un autre mystère... hurla presque Cranston en lançant un regard noir à l'aubergiste car le repas tardait à venir et son estomac criait famine. Burghgesh a-t-il vraiment péri ? Ou est-il revenu se cacher à Londres et même à la Tour ? Ou est-ce quelqu'un d'autre ? Son fils ou un ami ?

Le coroner se carra sur son siège en voyant Joscelyn apporter les plats fumants. Le tavernier servit lui-même Cranston. Il trancha des aiguillettes de faisan en les disposant adroitement de sa main valide sur le plat d'étain, tandis qu'une servante accourait avec la sauce chaude dans laquelle avait cuit le gibier. Sir John les remercia d'un sourire, tira sa cuiller d'étain de son escarcelle, prit son couteau et se mit en devoir d'engloutir les mets comme s'il sortait d'un long jeûne. Athelstan l'observait avec stupéfaction. Le sempiternel appétit de son compagnon ne manquait jamais de le fasciner. La servante lui apporta son repas, une soupe généreusement assaisonnée. Il demanda une cuiller d'étain et entama lentement son repas.

— Elle a oublié le pain ! ronchonna Cranston.

Athelstan rappela la fille, qui leur apporta des petits pains mollets, protégés par une serviette de lin. Puis, tout en mangeant, il réfléchit à l'affaire et attendit que le coroner eût un peu assouvi sa faim.

— Il y a un détail que nous avons négligé.

— Lequel ? grogna Cranston, la bouche pleine.

— Si l'on en juge par l'assassinat de Horne, le meurtrier nous connaît. Sinon, pourquoi aurait-il expédié chez vous cet épouvantable trophée ?

— Parce que ce jean-foutre est fou à lier !

— Non, non, Sir John ! Cela aussi, c'était un avertissement. Il se croit le justicier de Dieu. Le message qu'il veut faire passer est : « Tenez-vous à l'écart jusqu'à ce que soit accomplie ma mission ici-bas ! Ne vous en mêlez pas ! »

Athelstan reposa sa cuiller.

— Quelle horreur, murmura-t-il. Décapiter un homme et lui trancher les parties pour les lui enfoncer dans la bouche ! C'est vrai que Fitzormonde y a fait allusion.

— Comment cela ?

— C'est ainsi que le calife d'Égypte châtiait ceux qui transgressaient ses ordres. Tête et parties tranchées et exposées au-dessus des portes d'Alexandrie. Il est évident, Sir John, que notre assassin a vécu en Orient. C'est quelqu'un qui connaît les hachischins, la signification des galettes de sésame et cette façon immonde de profaner le cadavre d'un homme exécuté.

Cranston abaissa son couteau.

— Mais qui est-ce, mon frère ?

— Je l'ignore, mais, à mon avis, nous devrions nous rendre à la Tour et interroger à nouveau nos suspects.

— Et ensuite ?

— Aller à Woodforde.

Cranston gémit.

— Sir John, insista Athelstan, ce n'est pas loin. Quelques miles jusqu'à Aldgate et c'est au bout de la route de Mile End. Il nous faut savoir si Burghgesh est revenu et ce qui est advenu de son fils. En outre, cela vous donnera le temps de réfléchir au problème de votre épouse.

Cranston y consentit en marmonnant. Puis il piqua un morceau de viande tendre et continua à dévorer comme quatre.

CHAPITRE X

Après s'être restaurés, ils franchirent le Pont de Londres. Les eaux noires de la Tamise se mouvaient lentement et des plaques de glace s'écrasaient avec fracas contre les radiers qui protégeaient les arches de bois de la furie du fleuve. Ils passèrent par Billingsgate où flottait une odeur nauséabonde. Les étals venaient d'être approvisionnés en harengs, morues, tanches et même brochets, les pêcheurs ayant profité du retour du beau temps.

La Tour bourdonnait d'activité. En bon chef militaire, Colebrooke avait mis la garnison au travail afin de rompre l'inactivité due au froid et d'oublier les crimes. Il se tenait dans la cour et criait ses instructions aux ouvriers qui réparaient mangonneaux, scorpions [1] et grands béliers. Des archers, pataugeant dans la boue jusqu'aux chevilles, s'entraînaient sur des cibles tandis que d'autres faisaient l'exercice sous la férule implacable des sergents. Athelstan se rappela vaguement les rumeurs qui faisaient état d'une éventuelle attaque française contre les ports de la Manche, dès le printemps suivant. Le bruit courait aussi que les Français allaient remonter la Tamise et forcer les défenses londoniennes pour mettre la ville à feu et à sang.

L'agacement qui se peignit sur les traits du sous-

---

1. Engin de guerre du genre baliste qui lançait de gros traits. (*N.d.T.*)

gouverneur à la vue de Cranston et d'Athelstan fut plus qu'évident.

— Alors, vous avez retrouvé les assassins ? hurla-t-il.

— Non, messire ! répondit Cranston tout aussi fort. Mais ça ne saurait tarder. Et, à ce moment-là, vous pourrez dresser la potence.

Le coroner recula pour laisser passer un boucher aidé de deux armuriers qui roulaient des tonneaux de porc salé vers les magasins de la forteresse. Le magistrat fronça le nez. Malgré les fortes épices et le gros sel blanc, cela sentait la viande avariée, et son cœur se souleva à la vue des insectes qui rampaient au bord des tonneaux. Il se promit de ne pas accepter de nourriture provenant des cuisines ou des resserres de la Tour. Se rendant compte que ses visiteurs ne s'en iraient pas de sitôt, Colebrooke leur tourna le dos et lança d'autres ordres. Athelstan en profita pour se diriger vers l'ours qui, accroupi dans ses excréments, fouillait un tas impressionnant de déchets de cuisine. Le fou, Mains-Rouges, avachi près de la bête, tel un gnome, ne pouvait en détacher son regard fasciné.

— Es-tu heureux, Mains-Rouges ? lui demanda doucement Athelstan.

Un rictus aux lèvres, l'homme agita ses mains, comme pour imiter le fauve. Le dominicain s'assit sur ses talons.

— Tu l'aimes bien, cet ours, hein, Mains-Rouges ?

L'autre fit signe que oui, les yeux fixés sur la bête.

— Le chevalier aussi l'aime bien, bafouilla de dément.

Son haleine puait le vin.

— Quel chevalier ?

— Le croisé.

— Tu veux dire Fitzormonde ?

— Oui, oui, Fitzormonde. Il vient souvent le voir. Mains-Rouges aime bien Fitzormonde. Mains-Rouges aime bien l'ours. Mains-Rouges n'aime pas Colebrooke. Colebrooke voudrait tuer Mains-Rouges.

— Est-ce que tu aimais bien Burghgesh ? se hâta de demander Athelstan.

Il vit une lueur de compréhension dans le regard du dément.

— Tu le connaissais, n'est-ce pas ? Il a servi ici comme jeune soldat.

Mains-Rouges détourna la tête.

— Tu te rappelles certainement, hein ? insista Athelstan.

Le malheureux fit signe que non, toujours absorbé dans la contemplation de l'ours, mais Athelstan le vit battre des paupières pour chasser les larmes. Le dominicain se leva en soupirant et en débarrassant son habit du givre.

— Frère Athelstan, aboya Cranston, messire Colebrooke a beaucoup à faire. Il dit qu'il ne va pas perdre sa journée à attendre que vous ayez fini de converser avec un fou !

— Messire Colebrooke devrait comprendre, rétorqua Athelstan, que décider qui est fou et qui ne l'est pas est affaire d'opinion et jugement de Dieu.

— Sauf votre respect, mon père, s'excusa Colebrooke en enlevant son casque conique et en le serrant contre sa poitrine, j'ai une garnison sous ma responsabilité. Cela dit, je suis à vos ordres.

Athelstan lui sourit.

— Bien ! Où gît la dépouille de Mowbray ?

Colebrooke désigna la chapelle de Saint-Pierre-aux-Liens.

— Devant le jubé. On l'enterre demain dans le cimetière de l'église de Tous-les-Saints.

— Le cercueil est-il déjà fermé ?

— Non.

— Bon ! Je désirerais l'examiner et m'entretenir ensuite, en compagnie de Sir John, avec tous ceux concernés par la mort de Sir Ralph.

Colebrooke protesta d'un grognement.

— Nous sommes mandatés par monseigneur le régent, enchaîna Athelstan. Lorsque cette affaire sera élucidée, messire, je mentionnerai le soutien — ou l'absence de soutien — qui nous aura été apporté tout au long de cette enquête. Nous interrogerons les témoins dans la chapelle Saint-Jean.

Colebrooke eut un sourire forcé et s'éloigna promptement, en enjoignant à ses hommes d'aller quérir Sir Fulke et les autres. Cranston et Athelstan gagnèrent Saint-Pierre-aux-Liens. Le froid humide régnait dans l'église sombre et austère. Des piliers ronds séparaient la nef centrale, carrée comme une boîte, des bas-côtés noyés d'ombre. Une petite rosace laissait filtrer une faible lumière. Devant le jubé de chêne verni reposaient les cercueils de Whitton et de Mowbray, encerclés de cierges. Les embaumeurs avaient fait de leur mieux, mais Cranston et Athelstan sentirent une légère odeur de putréfaction en s'avançant dans la nef. Les deux corps, dans leurs linceuls de toile, gisaient dans les cercueils placés sur des tréteaux. Le coroner ne s'approcha pas, mais fit signe à Athelstan de continuer.

— J'ai trop mangé, mon frère, murmura-t-il. Vérifiez ce que vous voulez et repartons !

Athelstan accéda volontiers à sa demande. Il ne s'intéressa pas à Whitton, mais souleva le linceul de Mowbray, sur lequel étaient posés les insignes de chevalier. Il ne voulait pas regarder le visage de l'hospitalier. La mort ne lui devenait que trop familière ces temps derniers. Concentrant plutôt son attention sur les jambes pâles à la peau rugueuse, il prit une chandelle pour examiner l'ecchymose pourpre et jaunâtre au-dessus du tibia droit. Satisfait, il rabattit le linceul et rangea la chandelle de suif avant de faire une génuflexion devant l'autel et de quitter l'église. Cranston s'empressa de lui emboîter le pas. Ils s'arrêtèrent un moment sur les marches pour aspirer de grandes goulées d'air vif.

— Mon Dieu, s'exclama doucement Athelstan, dire que je pensais que St Erconwald n'était pas très gaie ! Si je me plains encore, Sir John, n'hésitez pas à mentionner cette église ; cela suffira à me clouer le bec !

— Avec plaisir, ricana le magistrat. Vous avez trouvé ce que vous cherchiez ?

— Oui. A mon avis, on n'a pas poussé Mowbray du haut de la courtine, mais placé une lance ou un morceau de bois en haut des marches pendant qu'à son habitude il se tenait de l'autre côté du chemin de ronde, près de la tour du Sel.

Le dominicain pinça les lèvres.

— C'est possible à condition d'agir sous couvert de la nuit et en profitant du fait que Sir Gerard était perdu dans ses pensées.

Athelstan scruta la muraille au loin, les paupières plissées.

— Le tocsin résonne. Mowbray court sur le chemin de ronde. Il ne voit pas l'obstacle dans l'obscurité. Il s'y heurte, trébuche et tombe.

— Mais cela ne nous dit pas qui a sonné le tocsin ou placé ce bâton. N'oubliez pas qu'à part Fitzormonde et Colebrooke tous les convives s'étaient réunis chez demoiselle Philippa.

— Colebrooke aurait pu le faire, suggéra le dominicain. Il a peut-être aperçu le chevalier sur le chemin de ronde, placé subrepticement le bâton et réussi, Dieu sait comment, à mettre la cloche en branle.

— Mais nous manquons de preuves.

— En effet, Sir John, cependant nous en trouvons petit à petit.

Il conclut, l'air désabusé :

— Seul le temps nous dira si nous sommes dans le vrai.

Colebrooke et les autres, sur les bancs de la chapelle Saint-Jean, ne cachaient pas leur irritation à se voir ainsi convoqués. Hammond tournait presque le dos. Sir Fulke, affalé sur son siège, lorgnait le plafond. Rastani paraissait plus sûr de lui et Athelstan surprit une lueur sarcastique dans ses yeux noirs et brillants. Colebrooke arpentait l'allée comme s'il était à la parade et Philippa, appuyée contre le mur, contemplait tristement la cour.

— Où est maître Parchmeiner ? demanda Athelstan.
— Geoffrey Parchmeiner a certes beaucoup de défauts, dont celui d'être un pleutre et un benêt, répliqua Sir Fulke en dédaignant le regard noir de sa nièce, mais il travaille dur. Il a mieux à faire que de traîner à la Tour pour répondre à des questions ineptes pendant qu'on assassine de braves gens et qu'un meurtrier tire ses chausses sans coup férir !
— Je vous remercie pour ce sermon, Sir Fulke, déclara Cranston, faussement radieux. Nous n'avons qu'une seule question à vous poser et — veuillez nous le pardonner, Sir Brian — cette question consiste en un seul nom : Bartholomew Burghgesh. Cela évoque-t-il quelque chose pour l'un ou l'autre d'entre vous ?

Athelstan fut surpris par la violence des réactions provoquées par les paroles de son compagnon, dont le sourire s'était encore élargi.

— Bien ! Je vois que vous êtes tout ouïe !

Il jeta un coup d'œil au visage courroucé de l'hospitalier.

— Sir Brian, vous n'êtes pas obligé de répondre. Patientez un peu, vous allez comprendre la raison de cette question. Alors, répéta le coroner en frappant dans ses mains, Bartholomew Burghgesh ?
— Par l'enfer, gronda Sir Fulke en s'avançant au milieu de la pièce, ne jouez pas aux devinettes, Sir John ! Burghgesh, c'est un nom que mon frère interdisait de prononcer en sa présence.
— Pourquoi ? s'étonna Athelstan, l'air candide.
— Mon frère le haïssait.
— C'était des compagnons d'armes, pourtant !
— « C'était », souligna Sir Fulke. Ils se querellèrent en Égypte et Bartholomew fut tué par la suite sur un navire capturé par les pirates barbaresques en Méditerranée.
— Pourquoi ? aboya Cranston.
— Pourquoi quoi ?
— Pourquoi votre frère détestait-il tellement Burghgesh ?

Sir Fulke s'approcha de lui en baissant les yeux.

— Pour une question d'honneur, chuchota-t-il.

En s'humectant les lèvres, il coula un regard nerveux vers sa nièce.

— Sir Ralph, ma chère Philippa, accusa une fois Bartholomew de se montrer trop empressé auprès de votre mère, son épouse.

— Ces accusations étaient-elles fondées ?

Sir Fulke s'adoucit.

— Non ! bredouilla-t-il. A parler franc, je l'appréciais beaucoup. Il était généreux et courtois ; il aimait à plaisanter et ne voulait voir que le bon côté des gens.

Athelstan devina soudain un caractère bien trempé sous les dehors peu engageants de Sir Fulke.

— Vous le teniez en haute estime, n'est-ce pas ?

— Oui. La nouvelle de sa mort me bouleversa.

Sir Fulke se balançait d'un pied sur l'autre, fixant le plancher.

— Je ne vous cacherai pas que, dans ma jeunesse, je regrettais que Bartholomew ne fût pas mon frère car, par Dieu tout-puissant, je n'aimais pas Ralph.

Il leva des yeux remplis de tristesse.

— Il y a des années, Bartholomew et lui servirent comme officiers à la Tour.

Il toussa pour s'éclaircir la gorge.

— Mon frère était sournois, cruel. Il maltraitait Mains-Rouges. Il a même roué de coups notre chapelain, jeune clerc à l'époque.

Ce dernier rougit de confusion.

— Allez, dites la vérité, vous autres ! explosa Sir Fulke, hargneux comme un chien, en toisant l'assistance. Il était haï de tous !

Philippa s'avança, blême de rage.

— Mon père n'est pas encore en terre que vous le calomniez !

— Que Dieu me pardonne, Philippa, je ne mens pas !

Il leva la main.

— Demandez donc à Rastani qui lui a arraché la langue alors qu'il n'était qu'un enfant ?

Le Maure ne cilla pas, mais garda les yeux rivés sur Sir Fulke.

— C'est exact, renchérit Fitzormonde. C'est à propos de Rastani que naquirent les premières dissensions entre Burghgesh et Whitton.

Sir Fulke s'écroula sur son banc.

— J'en ai assez dit, lança-t-il avec acrimonie. Cet interrogatoire me rompt les oreilles ! Demoiselle Philippa, votre père était un homme infâme. Personne ne me contredira.

Cette explosion de haine et d'hostilité abasourdit Cranston et Athelstan.

« Christ miséricordieux, pensa ce dernier, l'assassin peut être n'importe qui. Burghgesh jouissait de l'estime de tous. Quelqu'un se croit-il envoyé par Dieu pour venger la mort d'un bon chrétien ? »

Le dominicain dévisagea ceux qui l'entouraient.

— Messire Parchmeiner ne viendra-t-il pas aujourd'hui ? s'enquit-il en profitant d'un court répit dans la conversation.

— Non, répondit Sir Fulke d'une voix lasse. Pour l'amour du Ciel, mon frère, qui aurait envie de rester ici ? Tous ces souvenirs atroces, toute cette violence...

Philippa, prostrée sur un banc, se tenait la tête dans les mains. Sir Fulke s'approcha d'elle et lui caressa l'épaule. Cranston surprit le sourire mauvais de Rastani. Serait-il l'assassin ? se demanda le magistrat. Il se rappela les paroles d'Athelstan : le meurtrier d'Adam Horne avait imité la façon dont les Sarrasins outrageaient les corps des criminels et des traîtres.

— Nous en avons assez vu ! murmura Athelstan. Partons !

— Une dernière question, ordonna Cranston. Connaissez-vous Adam Horne, le marchand ?

— Un scélérat, lui aussi ! s'exclama Sir Fulke d'une voix sifflante. Oui, c'était l'ami de mon frère.

— Eh bien, il est mort ! annonça posément le coroner. Assassiné la nuit dernière dans les ruines romaines, près d'ici, vers le nord.

Fitzormonde jura dans sa barbe. Les autres s'alarmèrent.

— Il serait intéressant de savoir où se trouvait chacun d'entre vous hier soir, reprit Cranston.

— Par le diable ! s'écria Colebrooke. Avec le dégel, n'importe qui peut entrer ou sortir discrètement par une poterne.

Cranston sourit jaune. Le sous-gouverneur avait raison : vérifier leurs faits et gestes se révélerait quasi impossible. Horne avait pu être tué n'importe quand entre le crépuscule et l'aube.

— Allons-nous-en, Sir John ! suggéra Athelstan.

Le coroner écarta Colebrooke d'un geste et ils partirent sans plus de cérémonie, ouvrant à peine la bouche avant de reprendre leurs montures et de quitter la Tour. Sur le chemin d'Eastcheap, Cranston rompit soudain le silence :

— Seigneur ! que de haine dans le cœur des hommes, hein, mon frère ?

— Oui, acquiesça Athelstan en guidant doucement Philomel pour éviter le caniveau enneigé au mitan de la rue. Il ne faudrait jamais l'oublier, Sir John. Les braises d'une simple querelle, attisées par des jalousies mesquines et des malentendus, donnent souvent naissance aux flammes ardentes de la haine.

Cranston coula un regard vers son compagnon et sourit à cette flèche : ce qui était vrai pour Sir Fulke et les habitants de la Tour l'était également pour Lady Maude et lui-même.

— Et maintenant, mon frère, où allons-nous ?

— A l'échoppe de messire Parchmeiner, en face de l'auberge du *Chancelier*, près de Saint-Paul.

— Et pourquoi ?

— Parce que, mon cher coroner, nous devons interroger tous les suspects et que lui n'était pas avec les autres.

Ils passèrent par Candlewick Street pour gagner

Trinity, quartier prospère qu'Athelstan fréquentait rarement. De vastes et majestueuses demeures s'enorgueillissaient de belles poutres portantes et de superbes colombages de bois noir et de plâtre. Les tuiles des toitures contrastaient avec le chaume ou les joncs dont devaient se contenter la plupart des paroissiens d'Athelstan. Bon nombre de fenêtres, protégées par des ferrures et du bois, s'ornaient de verre pur. Les servantes vidaient régulièrement, dans le caniveau, l'eau qui servait aux lessives, ce qui évitait aux rues de puer, comme à Southwark. Des serviteurs armés gardaient plusieurs de ces imposantes bâtisses, leurs livrées portant les armoiries bariolées de leurs maîtres : ours, cygne, vouivre, dragon, lion et autres chimères. Des marchands trapus et bien en chair déambulaient, bras dessus, bras dessous, avec leurs épouses grassouillettes, parées de robes en soie et satin, ornées de minuscules perles délicatement ouvragées. Deux chanoines sortirent de la cathédrale, l'air fat, bien emmitouflés dans d'épais habits de laine fourrés de vair. D'arrogants hommes de loi passèrent nonchalamment, arborant des robes pourpres, violettes et écarlates, bordées d'agneau, les capes ouvertes pour exhiber leurs ceintures brodées qui descendaient bas sur les hanches.

Des porcs erraient de-ci de-là. Comme l'indiquaient les clochettes à leur cou, ils appartenaient à l'hôpital Saint-Antoine et ne pouvaient donc pas être abattus par les autorités municipales. Des dizainiers, armés de cannes à pointe d'acier, dispersaient les volailles ou s'efforçaient de faire cesser les jappements de féroces roquets au poil fauve. Le guet tentait, de son côté, de chasser une étrange créature, vêtue de guenilles blanc et noir, telle une pie. L'homme clamait à cor et à cri qu'il détenait, dans sa sacoche de cuir usé, quelques-unes des reliques les plus merveilleuses de la Chrétienté.

— Une dent de Charlemagne ! hurlait-il. Deux pattes de l'âne qui porta Marie en Égypte ! Le crâne d'un serviteur d'Hérode et des pierres que le Christ a changées en pains !

Athelstan s'arrêta pour calmer les gardes qui harcelaient le malheureux.

— Tu affirmes avoir des pierres que le Christ a changées en pains ? lui demanda-t-il en essayant de maîtriser son hilarité.

— Oui, mon frère.

Les yeux du vendeur de reliques étincelèrent à la pensée d'un éventuel profit.

— Mais le Christ n'a pas changé les pierres en pains ! Satan l'a mis au défi de le faire, mais Jésus a refusé.

Cranston, un sourire aux lèvres, s'approcha pour voir la réaction du charlatan. Celui-ci humecta ses lèvres sèches.

— Bien sûr, mon frère, répliqua-t-il à mi-voix, mais je sais de source sûre qu'une fois Satan parti, Jésus a réussi ce miracle, puis qu'ensuite il a rechangé les pains en pierres pour montrer qu'il n'allait pas succomber à la tentation de manger. Une pierre ne vous coûtera qu'un penny.

Athelstan sortit une pièce de son escarcelle.

— Tiens ! dit-il en la fourrant dans la main sale de l'autre, prends-la ! Je ne veux pas de ta pierre, je récompense simplement ton ingéniosité.

Le bonhomme en resta interloqué. Athelstan et Cranston poursuivirent leur chemin en riant encore de son esprit de repartie. Ils passèrent près de la porte Littlegate de Saint-Paul. Un frère convers y distribuait du pain moisi et du lard rance à des lépreux, comme le stipulaient les lois municipales édictées par les échevins, qui pensaient sincèrement que cette nourriture les aidait à combattre leur mal. Cranston les regarda avec répugnance.

— Croyez-vous qu'elle leur soit vraiment bénéfique ? demanda-t-il brusquement à Athelstan.

— Quoi, Sir John ?

— Cette nourriture. Profite-t-elle réellement à ces loqueteux ?

Le dominicain observa les silhouettes grises encapuchonnées, munies de bâtons et de sébiles.

— Je l'ignore, chuchota-t-il. Peut-être.

Les lépreux lui rappelèrent ceux qui rôdaient dans le cimetière de St Erconwald. Un souvenir lui traversa l'esprit, mais trop fugacement pour qu'il pût le retrouver, aussi décida-t-il de ne plus y penser. Ils tournèrent dans une ruelle donnant sur Friday Street et, d'une voix de stentor, Cranston demanda leur chemin aux passants. L'échoppe de Parchmeiner faisait l'angle de Bread Street, au rez-de-chaussée d'un étroit bâtiment dont le premier étage servait de logis. L'étal était abaissé, mais vide à cause des intempéries. Ils entrèrent donc immédiatement. Athelstan ferma les yeux pour mieux savourer le parfum de palimpseste et de vélin, qui lui rappelait vivement la riche bibliothèque et le calme scriptorium du couvent de Blackfriars, où il avait fait son noviciat. Des étagères couraient le long des murs chaulés de cette pièce exiguë et disparaissaient sous les rouleaux de parchemin, les cornes à encre, les pierres ponces, les plumes et tout ce qui était nécessaire dans une bibliothèque ou un cabinet de travail.

Geoffrey, assis à une petite table, se leva à leur entrée et les accueillit avec le sourire.

— Sir John, frère Athelstan, soyez les très bienvenus !

Il alla dans l'arrière-boutique obscure chercher deux tabourets.

— Veuillez prendre place ! Un peu de vin ?

Cranston — une fois n'est pas coutume ! — refusa.

— Je ne bois que pour accompagner Sir John, déclara Athelstan d'un ton moqueur.

Le parcheminier se rassit, l'air amusé.

— Eh bien, en quoi puis-je vous aider ? Je doute que vous désiriez acheter du parchemin ou du vélin, bien que je puisse vous proposer le meilleur sur la place de

Londres. Je suis membre de la guilde et tout ce que je vends porte sa marque.

Son visage affable, qu'illuminait un large sourire, se rembrunit soudain.

— Non, vous n'êtes pas venus acquérir quoi que ce soit. C'est cette affaire de la Tour, n'est-ce pas ?

— Oui ! Une simple précision, répondit Cranston en s'agitant, mal à l'aise, sur le minuscule tabouret. Le nom de Bartholomew Burghgesh vous évoque-t-il quelque chose ?

— Oui et non. Je ne l'ai jamais rencontré personnellement, mais j'ai entendu Sir Fulke en parler et, un jour, Philippa a prononcé son nom en présence de Sir Ralph. Celui-ci s'est mis dans une colère folle et est sorti en trombe. J'en ai demandé la raison à ma fiancée, bien entendu, mais elle s'est contentée de secouer la tête et de me révéler que c'était un vieil ennemi de son père. Elle n'a pas voulu m'en dire plus.

Athelstan observait le jeune marchand. Le jouvenceau nonchalant, aux manières affectées, pouvait-il être le justicier sanguinaire, ce terrible tueur qui traquait ses victimes dans la Tour ?

— Maître Parchmeiner ?

— Oui, mon frère ?

— Depuis combien de temps connaissez-vous demoiselle Philippa ?

— Deux ans environ.

— Et Sir Ralph vous aimait bien, n'est-ce pas ?

Le parcheminier esquissa un léger sourire.

— Oui, Dieu seul sait pourquoi. Je suis piètre cavalier et n'ai guère de goût pour les armes !

— Vous étiez bien avec lui, le soir de sa mort, hein ?

— Oui. Comme je vous l'ai dit, je lui ai tenu compagnie dans la grand-salle. Il était d'humeur chagrine, il avait le vin triste.

— Ivre ?

— Oh, que oui !

— L'avez-vous aidé à regagner sa chambre ?

— Là encore, oui et non. Messire Colebrooke m'a

donné un coup de main. Nous l'avons hissé jusqu'en haut de l'escalier du bastion nord, mais le couloir se rétrécit tellement que seul le sous-gouverneur l'aida jusqu'au bout.

— Et vous êtes resté avec demoiselle Philippa cette nuit-là ?

Le jeune homme, gêné, baissa les yeux.

— En effet. Si Sir Ralph l'avait su, il en aurait conçu une vive colère.

— Mais, intervint Athelstan, il voyait d'un bon œil la cour que vous faisiez à demoiselle Philippa, n'est-ce pas ?

— A mon avis, oui.

— Pour quelle raison ? aboya Cranston. Je veux dire, vous n'êtes pas fait pour être soldat, comme vous l'avez vous-même remarqué.

— C'est vrai. Je ne suis ni chevalier ni grand seigneur, Sir John, mais je me targue d'être négociant et bon négociant, même. Je compte parmi ceux qui prêtent de l'argent à notre souverain pour qu'il engage ses chevaliers.

D'un geste large, Parchmeiner montra ses étagères croulant sous la marchandise.

— Mon échoppe ne paie peut-être pas de mine, mais je réalise de substantiels bénéfices. J'ai pignon sur rue, Sir John !

— Autre chose, reprit Athelstan en souriant. Nous vous en avions déjà touché deux mots. C'est vous qui êtes allé réveiller Sir Ralph, n'est-ce pas ? Que s'est-il passé exactement ?

— Les gardes ont ouvert la porte du couloir et l'ont refermée derrière moi, suivant en cela les intructions du gouverneur. J'ai essayé de le réveiller. Comme il n'y avait aucune réponse, je suis retourné sur mes pas. Je l'ai signalé aux gardes et ai pris la clef de sa chambre. J'allais l'utiliser quand je me suis ravisé et ai préféré aller avertir messire Colebrooke.

— Pourquoi ?

Parchmeiner grimaça.

— Ce silence, le courant d'air glacé sous la porte... tout cela ne me disait rien qui vaille.

Athelstan acquiesça, se rappelant l'interstice sous la porte. Une personne se tenant dans le couloir aurait effectivement senti ce puissant courant d'air et compris que quelque chose n'allait pas.

— Pourquoi n'avoir pas ouvert vous-même ? insista Cranston.

Le jeune homme eut un faible sourire.

— Parce que j'avais peur, Sir John. Sir Ralph n'était guère aimé. En y réfléchissant, je craignais qu'il n'y eût un intrus dans la chambre.

— Et le soir où Mowbray a péri ?

— J'étais au dîner de demoiselle Philippa, saoul comme un cochon. Demandez aux autres.

— Et vous ne vous êtes pas absenté ?

Parchmeiner fit la moue.

— Sauf pour aller aux latrines dans le couloir, comme tout le monde. Quand le tocsin a retenti, je suis sorti voir ce qui se passait. Je n'ai guère été efficace. J'étais ivre et je déteste grimper sur le chemin de ronde. J'ai couru de-ci de-là en faisant semblant de m'affairer. Finalement, j'ai retrouvé Fitzormonde et Colebrooke près du cadavre de Mowbray.

Le parcheminier s'interrompit pour lancer un coup d'œil aigu à Athelstan.

— Je me doute de la raison de votre présence ici. Quelqu'un d'autre est mort, hein ?

— Oui.

Le dominicain lui raconta la fin tragique d'Adam Horne.

Parchmeiner se rencogna sur son siège en sifflant doucement.

— Je suppose, observa-t-il d'une voix lasse, que vous voulez m'interroger à ce sujet.

— En effet, confirma Cranston, nous aimerions savoir où vous vous trouviez la nuit dernière.

Parchmeiner haussa les épaules.

— J'ai travaillé dans mon échoppe, puis suis allé

m'enivrer dans une taverne proche, le *Griffon Doré*. Vous pouvez vérifier.

Athelstan sourit. « A quoi bon ? pensa-t-il. Nous ne connaissons pas l'heure exacte du crime. »

Il scruta les traits efféminés de l'artisan.

— Vous êtes natif de Londres ? s'enquit-il en essayant de lire le parchemin étalé sur la table.

— Non, mon frère. Ma famille est originaire du pays de Galles, d'où mon teint mat. Elle s'est établie à Bristol où mon père, parcheminier de son état, a tenu boutique près de la cathédrale. A sa mort, je suis venu à Londres.

Le jeune homme prit le rouleau sur la table.

— Ma sœur, mariée à présent, habite toujours Bristol. J'ai reçu cette lettre d'elle où elle s'invitait pour la Noël. Son époux et elle, ajouta-t-il avec une feinte solennité, apporteront un peu d'animation à la Tour... sans parler de leur nombreuse progéniture !

Il se tourna vers le coroner.

— D'autres questions, messire ?

— Aucune, maître Parchmeiner.

Le magistrat et Athelstan prirent congé du jeune marchand et ressortirent de l'échoppe. Il faisait un froid de chien dans la rue.

— Votre avis, mon frère ?

— Il réussira dans le métier. Et puis, il a une famille bien établie.

Le dominicain sourit :

— Oui, comme vous, Sir John, je me suis demandé s'il était le fils de Burghgesh. Mais je suis convaincu à présent qu'il n'en est rien.

Athelstan s'immobilisa, fixant le coroner droit dans les yeux.

— Nous recherchons un tueur sans famille, Sir John. Quelqu'un qui feint d'être ce qu'il — ou elle — n'est pas. Quelqu'un au courant de cette atroce trahison d'autrefois. Mais qui ?

— Bon ! s'exclama Cranston en frappant dans ses

mains. Ce n'est pas ici que nous l'apprendrons, mon frère, mais peut-être à Woodforde...

Le coroner se moucha d'un revers de main et regarda le ciel.

— Je ne veux pas rester à Londres. Lady Maude a besoin que je m'éloigne un peu d'elle, reconnut-il doucement. Et vous, mon frère ?

— Mes ouailles, répondit caustiquement Athelstan, survivront à une absence prolongée de leur pasteur.

Ils se séparèrent au croisement de Friday Street et de Fish Street, en se donnant rendez-vous dans une taverne près de la porte d'Aldgate, sur la route de Mile End, deux heures plus tard. Sir John partit lourdement, menant son cheval par la bride, tandis qu'Athelstan s'enfonçait dans Trinity et gagnait le Pont de Londres par Walbrook et Ropery. Heureusement, il n'y avait personne à St Erconwald à part Watkin, auquel il donna de strictes instructions pour veiller sur la maison de Dieu, et Ranulf qui lui rappela sa promesse de faire de St Erconwald l'église pastorale de la guilde des tueurs de rats, au cas où une telle corporation viendrait à voir le jour.

— Je te jure d'y réfléchir, Ranulf, affirma Athelstan, qui eut peine à dissimuler son amusement à l'idée de sa nef remplie d'une foule de tueurs de rats à la coiffe huilée, parfaits sosies de Ranulf.

Son interlocuteur au teint cireux lui dédia un large sourire, qui dévoila des dents très pointues dans sa face ratatinée, puis il dévala l'escalier, heureux comme un roi.

— Mon père, gémit Watkin.
— Oui ?
— Euh...

Le ramasseur de crottin se retourna sur une marche et montra le cimetière recouvert de gelée blanche.

— On n'a pas encore décidé des tours de garde !
— Pourquoi le faudrait-il ? Les pilleurs de tombes ont décampé ailleurs.

Watkin lui signifia son désaccord d'un geste.

— C'est point mon avis, mon père. J'ai ben peur que l' pire soit à venir !

Athelstan se força à sourire.

— Sottises ! Bon, écoute, Watkin ! Je serai de retour tard demain soir. Va porter un message au père Luke à Saint-Olaf. Prie-le de bien vouloir célébrer la messe demain matin. Tu sais où tout se trouve. Et demande à la veuve Benedicta de t'aider. C'est compris ?

Watkin hocha la tête et s'éloigna en maugréant contre certain pasteur qui ne voulait rien savoir des silhouettes sombres qui faisaient des choses abominables dans les cimetières de la ville. Athelstan le regarda s'éloigner et poussa un long soupir. Comment s'occuper de cette affaire de cimetière alors qu'il n'y avait apparemment pas de menace à l'horizon ? Il vérifia que l'église était bien fermée et pensa à Cranston. Le problème du coroner paraissait aussi ardu que celui de ces horribles assassinats. Quelle mouche avait donc piqué Lady Maude ? Pourquoi son époux ne l'interrogeait-il pas franchement ?

Athelstan se dirigea vers le presbytère, un sourire aux lèvres. « Comme c'est étrange ! songeait-il. Cranston, qui n'a peur de personne ici-bas, redoute les foudres de sa minuscule épouse ! » Après s'être assuré que la fenêtre et la porte du presbytère étaient closes, il plaça ses fontes sur Philomel, qui fit preuve d'une mauvaise volonté insigne, puis cavalier et cheval s'acheminèrent pesamment dans les rues verglacées. Athelstan s'arrêta à une auberge pour charger Tab le chaudronnier de dire à Watkin de fermer l'église après la messe et à Benedicta qu'elle pouvait emporter Bonaventure chez elle si elle en avait envie. Puis il reprit sa route, passant devant le prieuré de St Mary Overy, et s'avança sur le Pont de Londres. Au milieu, il entra dans la chapelle de Saint-Thomas-Becket pour se mettre sous la protection du saint, puis poursuivit son chemin.

Cranston l'attendait dans la petite taverne située dans Portsoken, au-delà de la porte d'Aldgate, qui jouxtait les fossés nauséabonds de la capitale. Le coroner semblait d'humeur joyeuse. Athelstan mit cela sur le compte du vin, en voyant un hanap vide devant son compagnon. En fait, avec moult rots et clins d'œil, Cranston s'en tint résolument à sa décision tacite de ne plus importuner Athelstan avec le récit de ses craintes et de ses tracas domestiques. Le dominicain se joignit à lui pour un dernier verre de vin épicé à la cannelle, réchauffé avec une tige de fer rougie dans les braises. Puis ils reprirent leurs chevaux à l'écurie et empruntèrent la route de Mile End.

Le crépuscule tombait, mais Cranston continuait à se montrer gai comme un pinson, aidé en cela par une gourde apparemment miraculeuse qui semblait ne jamais se tarir. Athelstan, las et courbaturé, priait et maugréait tandis que Cranston parlait à bâtons rompus en oscillant sur sa selle et en lâchant quelques pets. Finalement, le prêtre arrêta sa monture et agrippa le coroner par le poignet.

— Sir John, demanda-t-il d'une voix blanche, cette affaire de la Tour... nous n'avançons pas. Combien de temps pouvons-nous y consacrer ?

— Le temps qu'il faudra !

Les yeux larmoyants du magistrat étincelèrent.

— Par la mort diantre, mon frère, les ordres sont les ordres et je me moque comme d'une queue de cerise des dominicains ronchonneurs, des routes verglacées ou des voyages par temps de chien ! Au fait, vous ai-je parlé du repas de Noël que prépare Lady Maude ?

Athelstan secoua la tête en gémissant et talonna Philomel pendant que Cranston ne lui épargnait aucun détail du banquet : hure de sanglier, jeune cygne, venaison, tartes au coing et crème à la pomme.

Le coroner jacassa comme une pie tandis que faiblissait la pâle lumière d'hiver et que, sur la vaste campagne enneigée, descendait le crépuscule, semblable à de la poudre grise. Au loin, la forêt disparut dans la pénombre, et la brume s'abattit sur eux, trouée seulement par les rares points lumineux d'un hameau ou d'un bourg. Le vent ne soufflait pas, mais, par ce froid de loup, il régnait un silence mortel.

— Je suis sûr, marmonna Athelstan à part lui, que les oiseaux vont geler sur les arbres et que même les lièvres, sur les collines, restent tapis dans leurs terriers.

Ayant réussi à vider sa gourde — au grand étonnement d'Athelstan —, Cranston ne réagit que par une brève série de renvois. Ils franchirent un carrefour où pendait un cadavre noirâtre et gelé, au cou tordu, au visage méconnaissable après le passage des corbeaux qui avaient festoyé. Cranston s'arrêta et désigna une lueur qui clignotait au bout du sentier.

— Nous passerons la nuit là-bas, mon frère. Il y a une bonne auberge bien confortable, l'*Ami du Gibet*.

Il se pencha vers Athelstan, un rictus aux lèvres.

— Malgré son nom, je suis convaincu qu'elle vous plaira.

Et, de fait, l'auberge plut à Athelstan. Luisante de propreté, elle comportait des écuries bien tenues, une salle embaumant les herbes odoriférantes, une immense cheminée où ronflait un bon feu de bûches... et un énorme lit à baldaquin qu'Athelstan était censé partager avec le coroner. Cette perspective le fit frémir. Aussi chuchota-t-il au magistrat :

— Vous dormirez seul, Sir John. J'insiste.

— Et pourquoi donc, mon frère ?

— Parce que, mon cher coroner, si vous aviez la malencontreuse idée de vous retourner dans votre sommeil, vous m'écraseriez aussi sec !

Ils laissèrent leurs sacs dans la chambre et redescendirent dans la salle, en riant et plaisantant. La femme de l'aubergiste leur servit d'énormes tourtes au poisson, dont la croûte dorée et croustillante, arrosée d'une sauce savoureuse, masquait quelque peu l'odeur du poisson qui n'était pas de la première fraîcheur. Athelstan pria discrètement l'aubergiste de dresser un lit de camp dans la chambre, puis dévora son repas avec presque autant d'entrain que le magistrat. Il va sans dire que Cranston but comme un soiffard. Une fois repu, il s'appuya contre le pilier de la belle cheminée, rota et se proclama satisfait. Athelstan, le regard perdu dans les flammes, écoutait distraitement le vent, soudain levé, qui secouait en hurlant les volets soigneusement fermés.

— Mon frère ?

— Oui, Sir John ?

— Cette affaire de la Tour... Pourrait-il s'agir de magie noire ?

— Comment cela ?

— Eh bien, cette tête dans le sac que j'ai reçue...

Athelstan tendit les mains vers l'âtre.

— Non, Sir John. Comme je vous l'ai dit, nous n'avons pas à combattre un démon, mais quelque chose de pire : une âme qui se complaît dans le péché mortel. Mais laquelle ?

Il contempla le coroner qui avait enfoui son nez écarlate dans un autre gobelet de vin.

— Ce qui m'intrigue, poursuivit-il, c'est pourquoi maintenant ? Pourquoi l'assassin a-t-il choisi ce moment ? Et comment est-il au courant des circonstances dramatiques de la mort de Burghgesh ?

— Que voulez-vous dire ? éructa Cranston.

— Qu'il nous faut rechercher un homme ou une femme sans famille, un être qui apparaît soudain en scène. Le problème, c'est que tous ceux que nous avons interrogés ont une vie bien rangée.

Cranston hoqueta et dit d'une voix pâteuse :

— Je ne sais pas. Que Dieu me damne si je comprends goutte à cette toile d'araignée ! Cela pourrait très bien être de la magie noire. Et comme je l'ai confié à Lady Maude...

Il s'interrompit et plongea son regard dans son vin, sa bonne humeur envolée.

— Allons, Sir John, murmura Athelstan, il est temps d'aller dormir.

Cranston ne protesta pas, contrairement à son habitude. Il vida son gobelet et le reposa bruyamment sur la table, puis il se leva en vacillant un peu et en gratifiant son clerc d'un sourire bienveillant.

— Mais y croyez-vous, mon frère ?
— A quoi ?
— A la magie noire. A propos de ce qui se passe dans votre cimetière ?

Athelstan eut une moue dubitative.

— A vous parler franc, je redoute plus le cœur humain que la malice des démons. Venez ! Allons nous reposer !

Il se félicita d'avoir choisi le bon moment. Avant même d'arriver en haut de l'escalier branlant, Cranston dormait à moitié et pleurnichait parce que Lady Maude lui manquait terriblement. Athelstan le précéda dans le couloir sombre et froid, puis dans la petite chambre. Il l'aida doucement à s'étendre sur le lit, lui enleva ses bottes et l'installa aussi confortablement que possible. Le magistrat se tourna et, sur un dernier rot, se mit à ronfler sans scrupules. Amusé, Athelstan recouvrit l'énorme carcasse d'une couverture. Cranston endormi lui rappelait, plus que jamais, l'ours gigantesque de la Tour. Puis il s'agenouilla près de la croisée aux panneaux de corne, se signa et récita à voix basse le psaume de David :

— Je t'ai appelé du fond des abîmes, ô Seigneur ! Seigneur, entends ma voix !

A peine arrivé au quatrième verset, il fut incapable de se concentrer plus longtemps. Sir John avait-il raison ? Ce démon abominable, ce justicier sanguinaire, hanterait-il non seulement la Tour mais également son cimetière ? Yeux clos, il finit le psaume et s'allongea sur le lit de camp. Il écouta quelque temps les forts ronflements de Cranston, puis s'endormit. Presque au même moment, des ombres se glissaient dans le cimetière de St Erconwald, plongé dans les ténèbres, et se penchaient sur une tombe récente.

CHAPITRE XI

Dans son cauchemar, Athelstan naviguait sur un bateau de ténèbres. Beaupré, grand mât, voiles disparaissaient sous du crêpe noir. A la poupe, un squelette tenait la barre et penchait vers lui son masque blême au rictus narquois et menaçant. L'océan miroitait, lisse et net, comme du verre épais et sombre. Le ciel sans étoiles — drap violet-outremer — enserrait le bateau qui dérivait vers l'horizon où une lueur flamboyante illuminait les portes de l'Enfer. En haut du mât pendait une silhouette, agitée de soubresauts. Athelstan distingua la face noirâtre et torturée de Pike le fossier. Puis il se retourna : on lui avait tapé sur l'épaule. C'était son frère Francis. Ses traits étaient bleuâtres, exsangues, sous son épaisse chevelure noire. Un mince filet de sang serpentait à la commissure de ses lèvres. Sa poitrine n'était qu'une plaie ouverte, une masse sanguinolente et palpitante à l'endroit où il avait reçu le coup fatal.

— Tu as fui ton couvent, mon frère ?

Ses paroles résonnaient étrangement.

Athelstan tendit la main en murmurant :

— Je suis navré, Francis.

Puis il regarda autour de lui. Cranston n'était-il pas là ? Il entendait bien le son de sa voix, pourtant !

Il s'approcha de la cale. Une femme nue s'y tenait accroupie, le visage dissimulé sous un voile noir. Un crapaud immonde sortait de sa bouche et autour de son cou s'enroulait un serpent ambré dont les yeux fendus étincelaient comme des diamants. Un rat au ventre distendu était tapi près d'elle. Athelstan descendit dans la cale. Derrière la femme, toujours agenouillée, sévère et impassible, un chevalier en grande armure appuyait ses gantelets sur la garde de son épée à double tranchant. La cale puait la mort et Athelstan sentait une présence près de lui. Soudain, on lui saisit l'épaule et il se débattit violemment.

— Athelstan ! Athelstan ! Pour l'amour de Dieu !

Le dominicain ouvrit les yeux. Cranston l'observait avec une anxiété qui ridait sa large face.

— Que se passe-t-il, mon frère ?

Athelstan le regarda.

— Un mauvais rêve, mon cher Sir John !

Il passa une paume moite sur son visage.

— Oui, j'ai fait un rêve...

— ... pas très agréable, apparemment !

— En effet, un succube, aussi puissant que mille scorpions, s'est emparé de mon esprit.

Cranston eut l'air ébahi et Athelstan sourit malgré lui.

— Je plaisante. Je crois que mon cauchemar était dû à la table plus qu'au cimetière. Nous avons trop mangé hier soir.

— Hier, c'était hier. Aujourd'hui, c'est aujourd'hui, rétorqua pompeusement Cranston. Allez, mon frère, l'aube est déjà levée.

Athelstan se leva vivement et récita ses prières. Puis il fit ses ablutions en prenant l'eau glaciale dans une cruche d'étain fendillée. Enfin, leurs affaires à la main, ils descendirent dans la salle vide et froide. Le feu n'était pas encore allumé, ce qui donnait à l'auberge un air moins accueillant et gai que la veille. Après un rapide déjeuner de galettes d'avoine et de vin miellé, ils sellèrent leurs montures et regagnèrent la grand-route au bout du sentier.

La journée promettait d'être belle. Un soleil pâlot pointait, teintant la nuit de gris cendré. Leurs chevaux trottaient lourdement sur le chemin poudré de givre.

Les deux cavaliers redoutaient particulièrement les fondrières, qui parfois atteignaient la hauteur d'un homme et pouvaient causer la chute — voire la mort — de la bête et de son maître imprudent. Le silence régnait sur la campagne déserte. Athelstan frissonna en se rappelant son cauchemar et l'étrange immobilité de ce rêve atroce. Derrière les haies ployant sous la neige s'étendaient les champs gelés à la terre dure comme fer. Des corneilles affamées s'élancèrent bruyamment d'une chênaie dont les branches noires griffaient le ciel qui s'éclaircissait.

— Je regrette Londres, gémit Cranston. Je déteste cette maudite campagne, je déteste le silence.

Le dominicain aperçut une tache de couleur dans le fossé et s'approcha pour en avoir le cœur net. Un cadavre rigide gisait là, celui d'un vieillard vêtu d'une guenille lâche et élimée qui lui descendait seulement jusqu'aux genoux. Les yeux clos, Athelstan pria pour lui. Il avait eu le temps de voir les trous noirâtres, là où les corbeaux voraces avaient déchiqueté les membres émaciés et livides.

— Que Dieu lui accorde le repos éternel ! murmura Cranston. Nous ne pouvons rien faire, mon frère.

Ils traversèrent un village endormi et silencieux dont les seuls signes de vie consistaient en de rares panaches de fumée noire. Après avoir chevauché près d'une heure, ils approchèrent du village de Leighton. Au croisement, ils tombèrent sur des paysans agglutinés autour d'un gibet noirci. Heureusement, rien ne se balançait au bout du crochet et de l'anneau de fer. Les villageois entouraient un mort tandis que deux solides laboureurs attaquaient le sol gelé au pied de la potence. Ils creusaient, à la pioche et à la pelle, une fosse peu profonde, leur souffle suspendu dans l'air glacé. Athelstan échangea un regard avec Cranston. Celui-ci haussa les épaules, tout en s'assurant que sa dague glissait bien dans le fourreau, sous sa cape. Les hommes se retournèrent à leur approche. Une vieille, au teint cireux, ridée comme une reinette, se traîna vers eux, son corps décharné enveloppé dans une peau de bœuf élimée.

— Bien le bonjour ! s'écria-t-elle. Des voyageurs par ici ?

Elle braqua ses yeux voilés et matois vers Athelstan.

— Bonjour, mon père ! C'est pas souvent qu'on voit un prêtre dehors de si bon matin !

— La vieille, beugla Cranston en dégageant de sa cape le bas de son visage, je suis heureux de rencontrer quelqu'un par ce froid de gueux. Que faites-vous ?

— On enterre Eadwig.

— Ici ? s'exclama Athelstan. Vous n'avez donc pas d'église ni de cimetière ?

La mégère tendit une main osseuse.

— Venez voir ! Venez voir !

Ils talonnèrent leurs chevaux à contrecœur. Celui de Cranston s'ébroua nerveusement tandis que Philomel témoignait d'un vif intérêt pour le groupe autour du gibet. Les villageois s'écartèrent sur leur passage. Athelstan entrevit des faces rougeaudes et malpropres sous des tignasses hirsutes et lut, chez certains, de la haine devant leurs montures bien nourries et leurs capes de laine épaisse. Un seul regard au corps d'Eadwig suffit à Cranston qui s'éloigna rapidement en fermant les yeux. Le paysan était mort pendu. Dans son visage noirâtre, les dents jaunâtres mordaient encore la langue à moitié sectionnée. Un œil, sorti de son orbite, reposait grotesquement sur la joue meurtrie.

— Seigneur Dieu ! souffla Athelstan. Que lui est-il arrivé ?

— Il s'est tué, gloussa la vieille, et vous connaissez la loi, mon père ?

— Oh, oui, je la connais.

Il aperçut le pieu appuyé contre le gibet.

— Sir John, ne nous attardons pas ici !

Le coroner ne se le fit pas dire deux fois. Ils reprirent leurs chevaux en main, sourds aux ricanements étouffés derrière eux. Athelstan se recueillit et récita des versets de psaumes propres à chasser les peurs innombrables qui s'accrochaient au monde des hommes. Il entendit le son assourdi du maillet sur le pieu qu'on enfonçait dans le cœur du pendu.

— Christ miséricordieux ! chuchota Cranston. Pourquoi, vous les prêtres, ne changez-vous pas tout cela ? Dieu seul sait pour quelle raison le malheureux s'est suicidé, mais faut-il qu'un homme qui se donne la mort soit enterré près d'un gibet, à un carrefour, un pieu fiché en plein cœur ?

— Les évêques se sont efforcés de supprimer cette coutume, mais l'enseignement du Christ, dans certains endroits et sur certains êtres, est aussi frêle et précaire que la rosée du matin.

Ils traversèrent Leighton en suivant le sentier qui contournait la masse sombre de la forêt d'Epping et parvinrent à Woodforde au moment même où la cloche de l'église sonnait tierce. Le village n'avait rien de remarquable. Quelques villageois, emmitouflés dans leurs capes, le visage protégé par le capuchon, se hâtaient ici et là, en chassant les maigres poulets qui se trouvaient sur le passage des chevaux. Des gamins rapportaient l'eau du puits communal dans des seaux en piètre état, et des femmes vidaient dans la rue le contenu des pots de chambre. Même la taverne montrait porte et volets clos.

— On dirait un village de trépassés ! murmura Athelstan.

— Oui, ça y ressemble, mon frère, dit Cranston, la voix étouffée par sa cape relevée. Le travail des champs a dû cesser à cause de la neige.

Ils virent soudain surgir un enfant au visage bleu par le froid. Il serrait, dans sa petite main osseuse, un sac de toile crasseux, et, l'air solennel, se mit à les accompagner. Athelstan arrêta Philomel.

— Qu'y a-t-il, petit ?

Le jeune garçon, les yeux écarquillés, fixait la croupe de l'animal.

— Allons, fiston, qu'est-ce que tu veux ?

— M'man m'a dit de vous suivre et d'attendre que l' cheval lève la queue.

Cranston gloussa.

— Il attend le crottin de nos chevaux, expliqua-t-il. Cela fait du bon fumier et, quand il est sec, ça donne un feu bien ronflant !

Athelstan repoussa son capuchon en souriant, fouilla dans son aumônière et lança une pièce au gamin.

— Tu peux ramasser tout le crottin de nos bêtes, affirma-t-il avec le plus grand sérieux. Voici un penny pour ta peine. Tu connais les Burghgesh ? Ils habitent un manoir par ici, n'est-ce pas ?

— Oh ! y sont tous partis, répondit le petit, le regard toujours braqué sur la croupe de Philomel. Le manoir est loin du village, près de Buxfield, mais il est vide et tout fermé. Le père Peter vous l' dira.

Il désigna le toit de tuile de l'église et la tour en pierre meulière qui apparaissait au-dessus des arbres.

— Bon, ce sera notre prochaine halte, décida Athelstan en lançant Philomel au trot.

Ils pénétrèrent dans l'enclos paroissial par l'allée qui serpentait entre les arbres et les tombes négligées, et se dirigèrent vers l'église de style normand qui s'élevait au sommet d'une petite hauteur. Non loin se dressait un modeste presbytère couvert de chaume jauni, qui n'avait qu'un étage et de simples vantaux en guise de fenêtres. Athelstan jeta un coup d'œil en arrière. Le gamin le suivait toujours, une main crispée sur le sac, l'autre serrée sur la piécette, comme si elle lui ouvrait les portes du Paradis.

— Le père Peter est-il chez lui ?

— Oh, certainement ! répondit l'enfant. Et si vous me donnez une aut' pièce, j' garderai vos chevaux.

Athelstan acquiesça et une autre piécette vola dans l'air.

— Ce drôle ira loin ! remarqua le coroner tandis qu'ils mettaient pied à terre.

Il frappa à l'huis. Ils entendirent tirer le verrou et la

porte s'ouvrit. Le père Peter, visage glabre et affable, pointa le bout de son nez.

— Des voyageurs par ce temps ?

Il parlait avec un fort accent campagnard. En dépit de ses cheveux blancs comme neige et de ses épaules légèrement voûtées, il montrait une énergie et une gaieté peu communes. Sans attendre qu'ils eussent fini de se présenter, il les introduisit dans une pièce bien chauffée, aux senteurs agréables. Il jacassait comme une pie et ne cessait de leur poser des questions. Il prit leurs capes et les pria de s'installer sur le banc qu'il poussa près de l'âtre.

— Un coroner et un dominicain en visite chez moi ! s'exclama-t-il sur un ton d'étonnement exagéré, en s'asseyant près d'eux sur un escabeau.

Puis il sortit trois bols de grès d'un petit buffet près de la cheminée et leur servit de généreuses portions du brouet qui mitonnait dans une marmite suspendue périlleusement à la crémaillère.

— Un peu de poisson, des herbes et le reste de mes légumes...

Il plissa les yeux.

— ... Ah oui, et des oignons.

Le bol au creux des mains, Athelstan et Cranston goûtèrent l'épais ragoût qui leur brûla la langue et les lèvres, mais leur réchauffa le ventre. Le père Peter les observait en avalant sa nourriture. Athelstan lui sourit et reposa son récipient.

— C'est encore un peu trop chaud, mon père, s'excusa-t-il à mi-voix. Je ne peux même pas tenir le bol.

Cela ne gênait guère Cranston. Il engloutissait sa nourriture aussi bruyamment qu'un chien affamé, sauçant ce qui restait avec les morceaux de pain sec que le curé lui présentait sur un plateau de bois. Enfin, sur un claquement de lèvres accompagné d'un renvoi, il tendit son bol à leur hôte.

— C'est notre meilleur repas depuis longtemps, mon père. Nous vous remercions de votre hospitalité.

Il approcha ses larges mains des flammes.

— Nous ne resterons pas longtemps. Connaissez-vous les Burghgesh ?

Le père Peter le dévisagea sous des paupières étrécies.

— Bien sûr.

Athelstan commença à boire son brouet qui avait légèrement refroidi.

— Pourriez-vous nous en parler, mon père ?

Le curé haussa les épaules.

— Que dire ? Bartholomew Burghgesh et son épouse habitaient un manoir près de Buxfield. Sir Bartholomew ne pouvait rester en place. Il était né pour l'épée et le destrier plutôt que pour la charrue et les fermages. Il se rendit à Londres et entra au service de grands seigneurs. Au temps du vieux roi, il fit partie de la garnison de la Tour, puis s'embarqua avec d'autres pour combattre au-delà des mers.

— Et Lady Burghgesh ?

Le père Peter fit la moue.

— C'était une femme effacée, maladive. Ils eurent un garçon... comment s'appelait-il déjà ? Ah oui ! Mark.

Le curé soupira.

— Oh, ils n'étaient pas à plaindre. Un régisseur administrait le domaine et Sir Bartholomew leur envoyait de l'or. Et puis... il y a quatorze ou quinze ans, ils apprirent sa mort. Tué sur un navire arraisonné par les Maures en Méditerranée. Mark était devenu un jeune homme, alors. Il n'éprouva guère de chagrin, mais sa mère tomba malade et décéda moins d'un an après.

— Et Mark ?

— Le même tempérament que son père ! La tête farcie de hauts faits d'armes et des exploits de Roland et Olivier. Pendant quelques années, il remplit son rôle de seigneur du manoir. Puis, voyant les victoires du feu roi en France, il emprunta des fonds auprès des banquiers, s'acheta un destrier et une armure et se mit à la tête d'une petite troupe d'archers, constituée par des villageois de la même trempe que lui.

Le curé s'interrompit un instant, le regard plongé dans les flammes.

— Je me souviens de leur départ, reprit-il d'une voix rêveuse. Une belle matinée d'été. Sir Mark sur son destrier noir, ses cheveux châtain foncé bien peignés et huilés, précédé de son écuyer portant la bannière des Brughgesh et suivi de six archers aux casques d'acier, aux pourpoints rembourrés, armés de leurs grands arcs et de carquois pleins de flèches à plume d'oie. C'était beau à voir.

Le père Peter se balança doucement sur son siège.

— Aucun n'est revenu, murmura-t-il. Tous finirent dans la boue et le sang.

Athelstan étouffa une exclamation. Cela ressemblait tellement à sa propre histoire ! Francis et lui avaient rejoint une compagnie identique d'archers. Athelstan s'en était sorti, mais le corps de son frère pourrissait toujours dans un champ solitaire, là-bas, en France.

— Aucun n'en revint ? répéta Cranston.

Sa voix trahissait l'excitation qu'il s'efforçait de maîtriser.

— Donc, Mark Burghgesh pourrait être encore vivant.

Le curé, les yeux fixés sur lui, le détrompa.

— Oh non, Sir John. Je me suis mal exprimé. Aucun n'en revint vivant. Venez ! Je vais vous montrer la dernière demeure de Mark.

Ils se levèrent. Le curé leur tendit leurs capes et prit la sienne à une cheville en bois. Ils sortirent dans le froid. Le gamin, droit comme un soldat, tenait les rênes des chevaux, en contemplant avidement le tas de crottin fumant, obligeamment fourni par Philomel et la monture de Cranston. Le père Peter s'arrêta.

— Emmène les bêtes à l'écurie, mon garçon ! Tu y trouveras de l'avoine. Puis va avaler du ragoût au presbytère. Ne t'inquiète pas, les chevaux ne vont pas s'enfuir !

L'enfant jeta un coup d'œil interrogateur à Athelstan.
— Vas-y, mon petit, lui ordonna le dominicain. Tu attraperais la mort à rester planter ici. Et je te l'ai promis : tu auras tout le crottin.

Ils gagnèrent l'église et pénétrèrent dans la nef obscure et froide. L'air y était glacial. Athelstan remarqua les piliers carrés et massifs aux chapiteaux ornés de simples feuillages, comme à St Erconwald, mais moins beaux. « Il ne connaît pas d'imagier », pensa-t-il. Le père Peter avait suivi son regard et Athelstan eut honte de son orgueil déplacé.

— Quelle belle église ! murmura-t-il.

Le curé sourit.

— Nous faisons ce que nous pouvons, mon frère. Mais je donnerais une fortune pour mettre la main sur un bon artisan imagier !

Ils passèrent sous le jubé très sobre et traversèrent le chœur pour gagner la petite chapelle de Notre-Dame, dans l'abside. Une statue en bois de la Vierge à l'Enfant reposait sur un socle tandis que des pierres tombales, simples et carrées, sans aucune effigie ni décoration, s'alignaient le long du mur. Le père Peter tapota l'une d'elles.

— C'est ici que gît Mark Burghgesh, déclara-t-il posément. Sa dépouille fut renvoyée en Angleterre.

Cranston, déçu, fixait la pierre meulière grise.

— En êtes-vous sûr, mon père ?

— Oui. Les embaumeurs firent de leur mieux pour qu'elle soit présentable. J'ai regardé son visage avant que le couvercle ne soit refermé. Sir Mark avait reçu un coup mortel à la tempe — un coup de masse d'armes ou de hache de guerre —, mais je suis certain que c'était lui.

Athelstan cacha sa déception et, un peu désorienté, dévisagea Cranston. Ils avaient affronté le froid et la désolation de cette campagne d'Essex pour rien.

— Pourquoi vous intéressez-vous tant aux Burghgesh ? demanda le curé en les reconduisant.

— Un meurtre a été commis à Londres, mon père,

répondit le coroner en se mordillant la lèvre. Nous espérions glaner quelques indices en venant ici. Avez-vous noté des incidents inhabituels dans votre village ?

— Comme quoi, par exemple ?

— N'importe quoi, dit Athelstan d'un ton suppliant. Une nouvelle ou des commérages sur la famille.

Le curé fit signe que non. Athelstan et Cranston échangèrent un regard découragé en quittant l'église. Ils rentrèrent au presbytère où le gamin engloutissait son deuxième bol de brouet avec un appétit d'ogre. Il détala dans un coin à leur entrée. Le père Peter les pria de s'asseoir et leur versa de grandes rasades de bière qu'il prit dans une cruche posée sur le seuil de la minuscule arrière-cuisine.

— Non, répéta-t-il en s'installant sur le tabouret, les mains autour de sa chope. Woodforde est un endroit tranquille, et encore plus tranquille maintenant que se sont éteints les Burghgesh.

— Qu'est-il advenu de leur manoir ?

— Les autorités royales l'ont fermé. Personne ne s'y est rendu depuis.

Il toussa.

— Je suis le premier concerné. Le shérif de l'Essex me verse une modeste somme pour vérifier que les sceaux apposés sur les fenêtres et les portes ne sont pas brisés.

Il leva les yeux vers Cranston.

— Et ils sont toujours intacts. Après tout, il n'y a plus rien là-bas. Tous les meubles ont été emportés, les prairies et les champs vendus ; le toit s'est effondré.

— Pas d'autre héritier ?

— A ma connaissance, non.

Le curé écarta soudain sa chope de ses lèvres.

— Seigneur, si ! Il s'est passé quelque chose ! s'exclama-t-il. Oui, chuchota-t-il avec vivacité, il y a trois ou quatre ans, un étrange incident... comme un rêve. Voyons, quand était-ce ? Ah oui, au commencement de l'Avent. Je ne me souviens plus de quelle année. Après avoir célébré la messe, le matin, j'étais retourné au presbytère pour déjeuner. Puis j'étais revenu dans l'église pour ranger l'autel.

Le père Peter contempla les flammes dans l'âtre.

— En remontant la nef, j'eus la surprise de voir un homme, revêtu d'une cape et coiffé d'un capuchon, agenouillé à l'entrée de la chapelle de Notre-Dame.

— Là où est enterré Mark Burghgesh ?

— Oui. Comme je m'étais avancé silencieusement, l'homme ne m'avait pas entendu. Mais soudain il a bondi, resserré son capuchon et quitté l'église en me frôlant sans répondre à mon salut. Tout ce que j'aperçus, ce fut quelques mèches de cheveux gris et une barbe blanche bien taillée.

Le curé reprit sa chope et but une gorgée.

— Cela faisait des années que je n'avais pas vu Sir Bartholomew et je le pensais mort depuis longtemps. Pourtant, je suis convaincu que l'homme rencontré en cette froide matinée de décembre était Sir Bartholomew lui-même. Il avait l'allure, la démarche et le port de tête d'un homme d'armes.

Athelstan se pencha, le cœur battant, Sir Bartholomew serait-il encore en vie ? Était-ce lui, le justicier sanglant qui abattait impitoyablement ses victimes ?

— Continuez, mon père ! souffla-t-il.

— Eh bien, je n'en ai parlé à personne. Les villageois auraient pensé que j'avais bu ou que je perdais la tête.

Il adressa un sourire malicieux à Athelstan.

— Les ouailles aiment bien cancaner sur leur pasteur, n'est-ce pas, mon frère ?

Le dominicain lui rendit son sourire et coula un regard vers Cranston, qui restait abasourdi devant la révélation du curé.

— A la Toussaint suivante, poursuivit celui-ci, je me trouvais à la taverne du village. L'automne était apparu, la campagne perdait ses couleurs à mesure que gagnaient la froidure et les intempéries. Nous discutions de la mort et racontions d'épouvantables histoires de spectres. Le tavernier — que Dieu le recueille en

Son saint Paradis, car il est décédé depuis — prit soudain la parole en déclarant qu'il avait vu le fantôme de Sir Bartholomow Burghgesh. Bien sûr, les autres se moquèrent de lui, mais il n'en démordit point : à l'époque où, moi, j'avais cru voir Sir Bartholomew, il affirma que tard un soir un étranger était arrivé au village et avait fait halte à l'auberge pour s'y restaurer. L'homme, bien dissimulé sous sa cape et son capuchon, avait à peine prononcé deux mots, sauf pour commander son repas.

Le père Peter ferma les yeux.

— Il désirait manifestement qu'on le laissât tranquille, d'après l'aubergiste. Après tout, Woodforde est situé sur la grand-route de Londres. Beaucoup de voyageurs préfèrent qu'on ne s'occupe pas de leurs affaires. Bref, l'étranger allait partir lorsqu'une servante a laissé choir une chope. Il s'est retourné d'un bloc et le tavernier a vu son visage pendant quelques secondes. Il jurait que c'était bien Bartholomew Burghgesh.

Le curé soupira.

— Il va sans dire que je me suis tu, mais cette affaire m'intriguait. Je me rendis jusqu'au manoir, près de Buxfield. Si c'était Burghgesh, raisonnai-je, il serait certainement retourné chez lui. Pourtant, je constatai qu'on n'avait touché à rien.

Il eut un geste d'impuissance.

— C'est tout ce que je peux vous dire. Dieu seul sait si l'homme que le tavernier et moi avons aperçu est bien Sir Bartholomew. Je n'ai pas eu vent d'autres rumeurs concernant son brusque retour, que ce soit de l'étranger ou d'outre-tombe, alors j'ai oublié l'incident.

— Mon père, insista Athelstan, quand cela s'est-il passé exactement ?

— Il y a trois ou quatre ans.

Le curé contempla les flammes.

— Oui, c'est cela. Il y a trois ans. Et ce sont là tous les renseignements que je peux vous fournir, conclut-il avec affabilité.

Cranston lui saisit le poignet.

— Mon père, votre hospitalité n'a n'égale que l'importance de ce que vous nous avez révélé.

Le coroner échangea un coup d'œil amical avec Athelstan.

— Allons-nous-en, mon frère. Midi n'a pas encore sonné. Si nous ne lambinons pas, nous serons de retour à Londres entre chien et loup.

Il regarda le père Peter.

— Encore mille mercis pour votre gentillesse, mon père.

Il lança un penny au gamin accroupi dans un coin.

— Et toi, mon gaillard, tu finiras marchand ou écuyer hors pair !

Emmitouflés dans leurs capes, ils laissèrent Woodforde loin derrière eux dans l'heure qui suivit. Ils retraversèrent Leighton et repassèrent près du sinistre gibet au pied duquel ils aperçurent la fosse récente, creusée à la va-vite. Puis ils atteignirent la route de Mile End. Cranston, qui s'était arrêté à un estaminet pour emplir sa gourde miraculeuse, bavardait sans discontinuer en envisageant toutes sortes d'hypothèses.

— Il est possible, mon frère, claironna-t-il pour la énième fois, les moustaches rougies par le fruit de la vigne, très possible même que Sir Batholomew soit encore en vie et qu'il se cache soit dans la Tour, soit dans les environs pour accomplir dans l'ombre ses projets de vengeance.

— J'en demeure d'accord, Sir John, mais où se dissimulerait-il ? Sous le déguisement d'un membre de la garnison ? d'un cuisinier ? d'un marchand ayant ses entrées à la Tour ?

Cranston réfuta ces possibilités par un grossier grognement.

— Ou, poursuivit le dominicain, resterait-il tapi dans les bas-fonds de la capitale, telle une araignée dans sa toile, pendant que d'autres exécuteraient ses ordres abominables ?

Cranston retint son cheval.

— Remarquez, c'est étrange, marmonna-t-il.
— Quoi ?
— Eh bien, il y a trois ans, Whitton s'est montré bouleversé, agité, comme s'il avait vu un revenant. A la même époque, on aperçut un homme soigneusement dissimulé sous son capuchon, probablement Burghgesh, dans la taverne près de la Tour et à Woodforde.
— Vous prétendez donc que la nervosité de Whitton aurait eu pour cause la réapparition de Burghgesh ?
— Oui.
— Mais que lui est-il advenu, dans ce cas ?

Cranston et Athelstan confrontaient encore diverses hypothèses lorsqu'ils arrivèrent à Aldgate bien après le crépuscule. Ils se faufilèrent par la poterne de la porte de ville. Le coroner, le ventre plein de vin et la cervelle farcie de théories, était convaincu qu'ils avaient découvert la vérité. Athelstan ne le contredit pas. Au moins, se consola-t-il, ce périple avait-il chassé de l'esprit du coroner sa sempiternelle inquiétude quant au comportement bizarre de Lady Maude.

Tandis que les deux amis chevauchaient vers Londres, Fitzormonde, l'hospitalier, observait l'ours énorme qui engloutissait, dans sa gueule cruelle, des déchets de cuisine. Tout comme Athelstan, il éprouvait une fascination certaine pour le fauve et une secrète admiration pour Mains-Rouges, le dément, seul être qui osât en approcher. Malgré tous ses voyages, il n'avait jamais vu de bête aussi gigantesque. La plupart des ours étaient petits et bruns, ne dépassant pas la hauteur d'un homme. Cet animal hirsute et impressionnant lui rappelait les récits de certains chevaliers Teutoniques, habitués des forêts sauvages et noires du septentrion. Ils affirmaient avoir vu des cerfs deux fois plus grands que les cervidés anglais et des ours comme celui-ci capables d'étouffer un cheval de ses membres épais et puissants.

Le fauve cessa soudain de manger et lança un regard mauvais à l'hospitalier, ses petits yeux bouffis rougis de haine. Il ouvrit la gueule, révélant une rangée de crocs redoutables. Un grognement sourd jaillit de sa gorge. Il tira sur la grande chaîne de fer attachée à son collier. Fitzormonde s'écarta et l'animal se remit à dévorer en empilant sans soin et salement la nourriture, comme s'il soupçonnait le chevalier de vouloir la lui enlever. Celui-ci battit la semelle pour se réchauffer. Demain, songea-t-il, il partirait. Il l'avait déjà annoncé à Philippa quand il l'avait rencontrée en compagnie de son godelureau.

Il contempla les masques cruels des gargouilles qui ornaient la chapelle de Saint-Pierre-aux-Liens. Oui, demain, il ferait dire par le chapelain une dernière messe chantée en l'honneur de ses camarades décédés, puis il regagnerait la ville et demanderait à ses supérieurs de lui confier une mission ou une tâche qui l'éloignerait de cette maudite forteresse.

Il sursauta en entendant un vrombissement dans l'air. Il leva les yeux. Un corbeau ? Non ! Qu'était-ce donc ? Il recula soudain, pris de panique : l'ours, rendu furieux, le dominait de sa haute taille en griffant l'air de ses énormes pattes. Il rugissait de colère, son mufle noir et ses mâchoires massives couverts d'une bave épaisse. Fitzormonde porta la main à sa dague, tandis que le fauve dansait comme un démon en tirant sur la longue chaîne attachée au mur. Quelle mouche l'avait donc piqué ? Que s'était-il passé ?

Le chevalier s'apprêta à fuir, mais, au moment où il tournait les talons, il entendit la chaîne se briser et vit la bête se ruer sur lui. Il voulut dégainer son arme, mais c'était trop tard : la patte griffue lui fracassa le crâne aussi facilement qu'une coquille de noix. Rugissant de fureur, l'ours enfonça ses griffes dans le dos exposé du chevalier agonisant et le traîna sur les pavés, ses hurlements rageurs proclamant son triomphe.

CHAPITRE XII

Athelstan ne décolérait pas. La fureur lui nouait les tripes. Son cœur battait à tout rompre et le sang lui martelait les tempes. Pendant un court laps de temps, tout dans ce bas-monde lui fut égal : la règle de l'ordre recommandant la douceur, ou les préceptes de l'Évangile prêchant la bonté. La seule chose qui importait, c'était cette rage qui bouillonnait en lui au beau milieu du cimetière de St Erconwald. La neige s'était muée en une eau glacée et grise qui dégouttait des tombes, des arbres, des buissons et du muret, car le dégel se poursuivait sous le ciel limpide et le pâle soleil d'hiver. Athelstan lança une bordée de jurons, les plus salaces qu'il avait appris au contact de Cranston. Il frappa son gourdin contre des briques avec une telle violence qu'il aurait pu les réduire en poussière.

Oh ! il avait trouvé tout en ordre à son retour. Bonaventure, bien nourri, dormait roulé en boule dans l'église, tranquille comme Baptiste, tandis que Cecily balayait et nettoyait la nef. Benedicta et Watkin avaient dressé la crèche dans une nef latérale en y disposant les personnages sculptés par Huddle. L'imagier avait également achevé une fresque aux couleurs vives, au-dessus des fonts baptismaux, qui représentait l'Enfant Jésus dans l'étable de Bethléem. Même la truie d'Ursula avait renoncé à ses expéditions habituelles dans son potager et Pike avait dégagé l'allée de gravier devant l'église.

Athelstan avait pansé et abreuvé Philomel et, entre-temps, exprimé sa satisfaction et discuté de problèmes paroissiaux. Mais même alors, il avait perçu l'angoisse de ceux venus l'accueillir. Benedicta, Pike, Watkin, Cecily et Tab n'avaient cessé d'échanger, en catimini, des coups d'œil inquiets tout en répondant à ses questions et en le suivant, pas à pas, dans l'église.

Au début, il avait mis cela sur le compte d'une broutille ; Cecily avait peut-être recommencé à jouer les Jézabel, ou l'un des fils de Pike pissé dans l'église, ou Ranulf utilisé Bonaventure pour chasser les rats, ou les enfants de Watkin bu dans le bénitier. Les membres du conseil paroissial s'étaient empressés autour de lui comme poules caquetantes. A la fin, juste avant de refermer l'église, il s'était lassé de leurs cachotteries.

— Allez, dites-moi ce qui s'est passé ! leur ordonna-t-il tout de go.

Ils détournèrent le regard, raclant des pieds. Benedicta fut soudain fascinée par une tache sur sa robe.

— C'est le cimetière, mon père ! annonça enfin Watkin. La tombe de Tosspot a été profanée.

— Quand ?

— La nuit de votre départ.

Athelstan était monté sur ses grands chevaux, usant de mots si grossiers que même Pike avait blêmi.

— Peut-être Sir John interviendra-t-il à présent, avait remarqué Benedicta avec tact. Ou le chef du guet si nous l'appelons à notre secours.

— C'est ça ! avait rétorqué Athelstan d'une voix rauque. Quand les poules auront des dents et que les alouettes rôties nous tomberont dans le bec. Ceux qui commettent ces abominations sont des mécréants de la pire espèce ! Les serviteurs du Mal ! Ils ne craignent ni Dieu ni les hommes ! Même les païens respectent les morts. Même un chien ne s'acharnerait pas ainsi !

Ses paroissiens s'étaient discrètement retirés, plus effrayés par le courroux de leur prêtre, habituellement si doux, que par la terrible nouvelle qu'ils lui avaient apportée. Athelstan avait filé au presbytère et avalé une rasade de vin avec une célérité qu'aurait admirée

Cranston. Il avait passé une nuit blanche, ne pensant même pas à monter sur la tour de l'église pour étudier les étoiles. Il s'était tourné et retourné sur sa paillasse en pestant contre la profanation de son cimetière. Levé dès potron-minet, il avait ouvert l'église, nourri en hâte Bonaventure et célébré la messe rapidement en s'efforçant, pourtant, de se concentrer. Bonaventure, en chat perspicace, avait perçu le changement d'humeur de son maître et pris discrètement la poudre d'escampette. Avant le « *Ite, missa est* », Athelstan s'était adressé à ses fidèles en termes laconiques et tranchants :

— On a encore une fois profané notre cimetière. Moi, curé de cette paroisse, je déclare ceci et prends Dieu à témoin : aucun enterrement ne se fera tant que ce lieu n'aura pas été consacré de nouveau et ce problème résolu.

Il avait parcouru l'assistance clairsemée d'un regard flamboyant.

— J'irai voir les plus hautes autorités de ce pays — notre jeune souverain lui-même ou l'archevêque de Cantorbéry. On postera des sentinelles et — Dieu me pardonne ! — ces scélérats se balanceront au bout d'une corde !

Ses paroissiens étaient sortis de St Erconwald en silence, et Athelstan, calmé à présent, éprouvait une certaine culpabilité devant la tombe saccagée de Tosspot.

— Ton caractère de cochon, mon pauvre dominicain, ne s'est guère amélioré depuis vingt ans, se morigéna-t-il. Et tu as toujours la langue aussi bien pendue !

Il respira profondément. Oui, il s'était montré bien trop dur, bien trop brusque avec Benedicta et les autres, surtout avec la veuve, d'ailleurs. Elle s'était attardée quelques secondes après la messe, non pas pour bavarder, mais simplement pour lui dire que le chef du guet, messire Bladdersniff, lui avait parlé sur le chemin de l'église. Il désirait voir Athelstan à propos d'une affaire de la plus haute importance.

— Je vois, avait bougonné le dominicain. Messire

Bladdersniff arrive après la bataille, comme d'habitude !

Il sentit sa bile s'échauffer à nouveau. Si St Erconwald avait desservi une paroisse prospère, on aurait immédiatement posté des gardes et ce scandale ne se serait jamais produit. Même Cranston, ce coroner bien fessu, n'avait pas levé le petit doigt, accaparé qu'il était par des broutilles domestiques... et pleurnichant comme une donzelle ! Athelstan jeta un dernier coup d'œil sur le cimetière. Qu'il était sinistre par ce froid ! Il se rappela le père Peter, le curé de Woodforde, et lui envia sa petite vie tranquille.

— Maudit Cranston ! marmonna-t-il. Maudit criminel ! Maudite Tour ! Que soient maudits les cœurs des méchants et leurs actes impies !

Il donna du pied dans une motte de terre glacée.

— Je suis prêtre, dit-il d'une voix sifflante, pas le chien courant d'un quelconque shérif !

— Mon père ! Mon père !

Il se retourna et dévisagea avec irritation le messager qui se tenait derrière lui, bien emmitouflé dans sa cape.

— Oui. Qu'y a-t-il ?

— C'est Sir John Cranston, à la Tour, qui m'envoie. Il voudrait que vous le retrouviez à l'*Agneau de Dieu*, la taverne de Cheapside.

— Dites-lui, rétorqua Athelstan, que je m'y rendrai quand ça me chantera et qu'il a intérêt à ne pas être ivre.

Le jeune homme eut l'air surpris et vexé. Athelstan grimaça un sourire et s'excusa d'un geste.

— Seigneur ! je suis désolé. Dites au coroner que j'irai dès que je le pourrai.

S'approchant de son interlocuteur, il vit ses traits livides pincés par le froid et son nez qui coulait.

— Vous êtes gelé ! chuchota-t-il. Allez au presbytère ! Il y a une cruche de vin sur la table. Vous trouverez un gobelet sur l'étagère au-dessus de l'âtre. Buvez du vin épicé et réchauffez-vous avant de repartir.

Le messager décampa aussi lestement qu'un lévrier.

— Oh, à propos ! lui cria Athelstan. Je parlais sérieusement tout à l'heure : Sir John ne doit pas trop boire.

Le prêtre s'en retourna lentement à son église. Il monta les quelques marches menant au porche.

— Mon père ?

Athelstan sursauta. Luke Bladdersniff, chef du guet, avait surgi de l'obscurité, son visage maigre et terreux encadré par de fins cheveux blonds disparaissant presque sous son bonnet de castor miteux.

— Bien le bonjour, messire !

Athelstan observa l'homme : ses yeux très rapprochés, soulignés par des cernes, évoquaient encore plus qu'à l'habitude les trous que laissent dans la neige ceux qui y pissent, pour reprendre l'éloquente comparaison de Cranston. Le nez de Bladdersniff avait toujours fasciné Athelstan. Cassé et légèrement tordu, il lui donnait une allure comique qui ne s'accordait guère avec l'air vaniteux de cet officier imbu de son importance. D'un geste las, Athelstan lui signifia d'entrer dans l'église.

— Je suppose, messire, que vous venez m'expliquer la raison pour laquelle le conseil de quartier et le guet restent les bras croisés pendant qu'on pille les tombes et profane les cimetières ?

Bladdersniff hocha négativement la tête, tout en regardant, par-dessus son épaule, le porche plongé dans l'ombre.

— Qu'y a-t-il, mon ami ? Que voyez-vous là-bas ?

Le chef du guet ouvrait et refermait la bouche comme une carpe. Athelstan devint plus attentif. On aurait dit que l'autre allait vomir. Sa face, habituellement blême, était verdâtre et ses yeux noirs larmoyaient comme après de violentes nausées.

— Pour l'amour de Dieu, mon ami, que se passe-t-il ?

L'officier scruta à nouveau le porche.

— Tosspot ! bredouilla-t-il.

— Quoi ?

— Tosspot ! Ou du moins une partie de Tosspot, expliqua-t-il en faisant signe à Athelstan de le suivre.

Athelstan prit une chandelle et se dirigea vers un recoin obscur du porche. Bladdersniff s'était arrêté devant un sac de toile crasseux. Il l'ouvrit. Athelstan se détourna avec dégoût. Il y avait là une jambe humaine, ou plutôt un morceau tranché au-dessus du genou aussi nettement et sûrement que du tissu coupé par un maître tailleur. Athelstan se força à regarder le moignon ensanglanté et la peau marbrée.

— O Christ miséricordieux ! pesta-t-il.

Il sentit l'odeur de putréfaction qu'exhalait la chair légèrement gonflée.

— Recouvrez-le, mon ami ! Recouvrez-le !

Il éteignit la chandelle et alla sur la plus haute marche respirer à pleins poumons l'air vif de cette matinée d'hiver. Bladdersniff le rejoignit.

— Qu'est-ce qui vous fait dire que c'était Tosspot ?

— Rappelez-vous, mon père. Tosspot régalait toujours les clients de la taverne de ses histoires de blessures de guerre — il avait reçu une flèche dans la jambe. Il exhibait sa cicatrice à tout bout de champ comme si c'était une relique sacrée.

Athelstan en convint.

— C'est vrai. Chaque fois qu'il avait bu un coup de trop.

Le dominicain croisa le regard du chef de guet.

— Et cette jambe porte la même cicatrice ?

— Oui, juste au-dessus du mollet.

— Où a-t-on trouvé ce sac ?

— Vous voulez voir ?

— Oui.

Athelstan lui emboîta le pas. Ils longèrent Bridge Street, traversèrent Jerwald et arrivèrent dans Longfish Alley qui menait à Broken Wharf, sur la rive. Athelstan ne souffla mot durant tout le trajet et les gens qui le connaissaient s'écartèrent sur son passage en apercevant le visage fermé et déterminé de leur curé, habituellement si affable.

237

Athelstan ne voyait rien, hormis la neige sale des rues sordides. Il ne répondait pas aux saluts et paraissait ne pas reconnaître les marchands et les colporteurs qui hélaient le chaland derrière leurs enseignes et leurs étals éraflés. Même les malfaiteurs cloués au pilori ne suscitèrent point sa compassion habituelle. Quant à Bladdersniff, il le traitait comme s'il n'existait guère. Il avait l'estomac noué. Qui avait osé faire cela à ce pauvre Tosspot ? Quel bénéfice avait-on pu en tirer ? Ils arrivèrent à Broken Wharf près du fleuve. Bladdersniff agrippa le dominicain par le bras et lui désigna les vasières où mouettes et corbeaux se disputaient les détritus échoués. Athelstan contempla la Tamise. Les eaux boueuses et noires semblaient à l'unisson de son humeur. Il remarqua de gros morceaux de glace qui flottaient encore et s'entrechoquaient, emportés vers les radiers du Pont de Londres contre lesquels ils se fracassaient dans un bruit de tonnerre.

— Où avez-vous découvert cette jambe ?

— Là-bas, mon père, répondit abruptement Bladdersniff. Sur la vase, enveloppée dans ce sac. Un gamin qui cherchait du charbon l'a trouvée et apportée à un marchand qui a reconnu la cicatrice.

L'officier toussa nerveusement.

— J'ai entendu parler des profanations dans votre cimetière.

— Ah vraiment ? Bon !

Athelstan eut un sourire forcé.

— A votre avis, le sac a été déposé là-bas par le fleuve ?

— Oui. En temps normal, mon père, les eaux l'auraient entraîné en aval, mais la glace a ralenti le courant et il s'est échoué sur la berge.

— Vous affirmez donc qu'on a dû le jeter d'ici ?

— Oui, d'ici ou d'un endroit tout proche.

Athelstan scruta les vasières et les murs, sur la gauche, qui s'étendaient jusqu'au Pont de Londres. Trop à découvert, songea-t-il. Aucun criminel ne se risquerait à une telle vilenie dans un lieu où on le repèrerait facilement. Il contempla, sur sa droite, les jardins des grandes demeures qui descendaient jusqu'à la Tamise. Une pensée lui traversa l'esprit.

— Je me demande, dit-il entre ses dents, je me demande si...

— Quoi, mon père ?

— Rien, mon ami. Retournez à St Erconwald. Ramassez ce qui reste de ce pauvre Tosspot et enterrez-le à votre guise.

— Mon père, ce n'est pas à moi de...

— Faites-le sur-le-champ, lui ordonna Athelstan d'un ton sans réplique, ou vous en répondrez devant le coroner, Sir John Cranston.

— Ce n'est pas sa juridiction.

— Il peut l'obtenir ! Pour l'amour du Christ, mon ami, faites-le pour moi. Faites-le pour ce pauvre Tosspot, je vous en supplie !

Leurs regards se croisèrent et Bladdersniff acquiesça avant de s'éloigner à grands pas.

Athelstan revint à St Erconwald. Il avait reconnu l'une des demeures de la berge et se rappelait la netteté de l'amputation. Les souvenirs surgirent : ceux de son expérience de soldat dans les hôpitaux de campagne des armées du feu roi en France. Il repensa au cimetière. Où se trouvaient donc les lépreux ? Pourquoi n'avaient-ils rien remarqué ? Il se souvint des ladres près de Saint-Paul, le jour de sa visite à Geoffrey Parchmeiner. Leurs sébiles !

Il s'arrêta net, au beau milieu de Lad Alley.

— O Seigneur ! s'exclama-t-il *sotto voce*. Oh ! Que Dieu nous en préserve !

La craie qui collait à ses doigts après la messe quand le jeune Crim et lui avaient glissé les hosties par le trou aux ladres

... Il sentit ses jambes se dérober sous lui et s'appuya au mur souillé d'urine. D'autres souvenirs affluèrent.

— C'est évident ! balbutia-t-il. Voilà pourquoi il ne se passait rien dans le cimetière depuis quelque temps. Quand le fleuve était gelé, ils ne pouvaient pas se débarrasser de ce qu'ils avaient volé. Et puis le dégel est arrivé !

Ses traits se déformèrent dans un brusque accès de rage.

— Les maudits ! siffla-t-il. Les suppôts de Satan !

Il revint vivement sur ses pas dans Lad Alley et déboucha sur une artère animée, parallèle au fleuve. Un garnement qui courait après un ballon le heurta, mi-glissant, mi-trébuchant, sur la boue gelée. Athelstan l'empoigna par l'épaule. Le gamin grimaça de douleur.

— J' l'ai pas fait exprès, mon père ! J' vous l' jure !

Athelstan scruta le visage pâle de l'enfant.

— Je suis désolé, dit-il doucement. Je ne voulais pas te faire de mal. Mais vois-tu, mon petit, si tu me conduis chez le docteur Vincentius, je te donnerai un penny. Tu le connais, au moins ?

Le gamin fit signe que non, mais se précipita chez un artisan qui lui indiqua la bonne direction. Il guida alors Athelstan dans un passage qui aboutissait à une rue tranquille bordée de magnifiques maisons à colombages. Certes, la peinture commençait à s'écailler, mais, à leur façon muette et triste, les façades ternies témoignaient qu'elles avaient connu des jours meilleurs. L'enfant désigna la troisième maison de la rangée : les volets étaient fermés, mais on avait récemment repeint et renforcé de bandes d'acier étincelant l'impressionnante porte d'entrée. Athelstan lui remit la piécette et alla tambouriner à l'huis jusqu'à ce qu'il entendît un bruit de pas précipités et de verrous tirés. Il se trouva face à face avec un jeune homme aux cheveux raides et ternes, vêtu d'une cotte-hardie [1] bleue bordée de petit-gris ; ce dernier écarquilla les yeux de peur.

— Frère Athelstan !

— Comment connaissez-vous mon nom, scélérat ? cria l'ecclésiastique en le repoussant contre le mur. Où est le docteur Vincentius ?

---

1. Variété de surcot à jupe ample portée par les deux sexes du XIVe au XVIe siècle. (*N.d.T.*)

— Dans sa chambre.

Athelstan n'attendit pas que l'autre le fasse entrer. Il s'engouffra dans le couloir de pierres chaulées et ouvrit violemment la porte du fond. Vincentius était assis devant une grande table en chêne, dans une salle bien chauffée aux lambris sombres. Athelstan eut vaguement conscience qu'il y avait là des étagères croulant sous les parchemins, un zodiaque au mur, une odeur d'épices et d'herbes médicinales, et un modeste feu de bûches qui crépitait gaiement dans l'âtre. Le mire se leva. Son regard méfiant contredisait le sourire qui éclairait son visage au teint bistre.

— Frère Athelstan ! Que vous arrive-t-il ? Que désirez-vous ?

— Ceci, pour commencer !

Athelstan, de toutes ses forces, lui assena un coup de poing. Le médecin alla s'effondrer contre le mur après avoir renversé une petite table et fait tomber un crâne jaunâtre qui se brisa sur le plancher encombré de cartes. Vincentius se releva et, du revers de la main, tamponna une entaille à la commissure de ses lèvres. Ses yeux sombres défiaient le prêtre.

— Vous semblez en colère, mon père !

Athelstan entendit l'assistant se faufiler derrière lui.

— Ça va, Gidaut, murmura Vincentius. Mais il est peut-être temps de lever le camp, encore une fois.

La porte se referma doucement et Athelstan dévisagea le mire sans aménité.

— Vous êtes un scélérat, docteur ! Un mécréant ! Un profanateur de tombes ! Je viens de voir ce qui reste de ce pauvre Tosspot. Si le chef du guet avait eu un tant soit peu de jugeote, il vous aurait rendu visite avec ses gardes depuis longtemps. Seul un habile chirurgien pouvait amputer une jambe aussi proprement.

Il s'avança vers la table.

— Et ne mentez pas, vous et votre sbire...

Athelstan désigna la porte d'un mouvement de tête.

— Quels beaux compagnons ! Déguisés en lépreux, le visage recouvert de cuir enduit de craie, vous hantiez mon cimetière le jour ou une partie de la journée, pour surveiller ce qui s'y passait. Qui oserait approcher des lépreux ? Et même dans ce cas, vous aviez tout prévu : les masques, la peau des mains décolorée. Et, bien sûr, vous reveniez la nuit pour emporter ce que vous vouliez !

Athelstan avait le souffle court.

— Que Dieu me pardonne, bougonna-t-il. Je ne vaux guère mieux que les autres. Savez-vous que, quand un homme est reconnu lépreux, il assiste à sa propre mort ? Il est considéré comme déjà mort. C'est ce que j'ai fait, moi aussi. Les lépreux de mon cimetière n'étaient que des ombres, des haillons ambulants. Mais il leur manquait quelque chose : des sébiles. Ce n'est que ce matin que je m'en suis rendu compte.

Il toisa le médecin avec colère.

— Vous auriez dû vous montrer moins négligent, Vincentius. Vous enleviez les corps, et puis, la besogne achevée, jetiez dans la Tamise ce qu'il en restait. Mais ces derniers temps, le courant était moins fort. Ce matin, les témoignages macabres de votre activité impie se sont échoués sur la rive.

Le médecin, toujours dos au mur, surveillait le dominicain avec défiance.

— Votre esprit d'observation est remarquable, mon frère. Benedicta me l'avait dit.

Athelstan cilla devant l'expression qui se peignit sur le visage de son interlocuteur.

— Certes, reprit-il en s'asseyant lourdement sur le tabouret. Mais j'aurais dû être plus observateur. J'avais les doigts pleins de craie après vous avoir donné la communion par le trou aux ladres. Communier afin de dissimuler des actes abominables, c'est un sacrilège, vous savez ! ajouta-t-il avec une sourde colère. Oui ! J'aurais dû vraiment réfléchir un peu plus, gronda-t-il. Je ne vous ai jamais vu de sébile à la main. Je ne vous ai jamais vu mendier dans les rues avoisinantes.

Il se leva.

— Vous avez enfreint les lois de Dieu autant que

celles du royaume. Je m'en vais, mais je reviendrai avec le guet. Ce soir, vous coucherez à Newgate en attendant de comparaître devant le Banc du roi à Westminster.

— Benedicta m'a aussi confié que vous étiez large d'esprit. Ne voulez-vous pas connaître le mobile de mes actes, mon père ? demanda le mire d'un ton apaisant.

Son regard trahit soudain peur et suspicion.

— J'ai mal agi, reconnut-il en se laissant tomber sur sa chaise. Mais quel crime ai-je réellement commis ? Non ! Non !

D'un geste, il imposa silence à Athelstan.

— Écoutez-moi ! J'ai étudié la médecine à Bologne, puis en Espagne et en pays barbaresque, et enfin à la grande université de Salerne. Nous, médecins, ne savons rien faire, mon frère, à part utiliser les sangsues et saigner un patient à blanc.

Il posa les coudes sur la table, doigts entrelacés.

— La seule façon d'en apprendre plus sur le corps humain, c'est de l'ouvrir, d'en disséquer chaque partie, d'étudier la position du cœur, la circulation du sang ou la configuration de l'estomac. Mais l'Église l'interdit.

Il leva une main chargée de bagues.

— Je ne veux manquer de respect à personne, mon frère, je vous le jure, mais ma soif de connaissances médicales est aussi grande que votre désir de sauver les âmes. Et où aller ? Sur les lieux d'exécution ou les champs de bataille où les cadavres sont méconnaissables, tellement ils sont mutilés ? Alors, je suis venu à Southwark, en dehors de la juridiction de Londres. Oui ! Oui !

Il lut l'exaspération dans les yeux d'Athelstan.

— J'ai choisi une paroisse pauvre dont personne ne se soucie, comme personne ne se soucie des gamins affamés qui errent dans votre quartier.

Vincentius jouait avec un canif.

— Oui, j'ai revêtu les oripeaux des lépreux pour

espionner votre cimetière et emporter uniquement les corps que personne ne réclamait.

— Moi, je les réclamais ! s'écria Athelstan. Dieu les réclamait ! L'Église les réclamait !

— J'ai déterré les corps, poursuivit Vincentius, et les ai disséqués. Gidaut et moi les jetions dans la Tamise la nuit venue, mais nous avons dû cesser à l'arrivée des grands froids.

Il hocha la tête.

— J'ai mal agi, mais allez-vous me pourchasser ? J'ai fait du bon travail ici, mon frère. Promenez-vous dans les ruelles de Southwark, parlez à la femme que j'ai débarrassée d'un kyste à l'aine, à l'enfant dont j'ai soigné les yeux, au paysan dont j'ai remis la jambe en place. Si on me pend, qu'arrivera-t-il ? Qui s'occupera d'eux ? Les pauvres de la paroisse mourront et les médecins de Cheapside, qui soutirent vie et argent à leurs patients, applaudiront des deux mains en me voyant danser au bout d'une corde.

Athelstan se rencogna sur son siège, l'air las.

— Je ne désire pas votre mort. Je veux que les trépassés reposent en paix, selon la volonté du Seigneur. Je souhaite que vous partiez loin d'ici.

Il se leva en époussetant son habit.

— Je regrette de vous avoir frappé...

Il regarda le médecin bien en face.

— ... mais vous devez vous en aller. Je ne sais pas où et je m'en moque, mais j'exige que vous ayez quitté cette ville dans une semaine !

Il ressentit soudain un malaise dû à la fatigue et se rappela n'avoir rien avalé depuis belle lurette.

— Je suis désolé pour ce coup de poing, répéta-t-il, mais j'étais fou de rage.

Il se souvint tout à coup qu'il avait rendez-vous avec Cranston. Il scruta les traits du mire.

— Oh, éclairez-moi sur un point !

— Lequel, mon frère ? dit Vincentius en se détendant.

— Ou plutôt deux. Quelqu'un est venu vous consulter : Lady Maude Cranston. La raison de cette visite ?

Vincentius esquissa un sourire.

— Bien qu'elle ait la trentaine, Lady Maude est enceinte.

Athelstan n'en crut pas ses oreilles.

— Elle attend un enfant ?

— Oui. Elle est enceinte de deux mois. Le bébé et elle se portent bien, mais elle craint que Sir John ne la croie pas. Elle ne veut pas le décevoir. Ils ont déjà perdu un fils, il y a quelques années, n'est-ce pas ?

Athelstan le confirma d'un geste. Sa stupéfaction amusa le médecin.

— Elle m'a parlé de Sir John, enchaîna Vincentius. Je lui ai conseillé d'user modérément des plaisirs du lit. D'après ce que j'ai compris, son époux est une véritable montagne de chair.

— En effet, confirma Athelstan, encore abasourdi par la nouvelle. C'est le terme qui convient.

— Et le second point, mon frère ?

— Vous avez vécu en Orient ?

— Oui. J'ai exercé quelque temps dans les hôpitaux de Tyr et de Sidon.

— Quand on se rencontre là-bas, comment se salue-t-on ?

Ce fut au tour du médecin d'être surpris.

— En disant : *Salaam*, le mot arabe pour « La paix soit avec vous ».

Athelstan le remercia.

— Docteur Vincentius, je vous dis adieu. Je ne pense pas que nous nous reverrons.

— Mon frère ?

— Oui ?

— Vous réjouissez-vous de me voir partir à cause de ce que j'ai fait, ou parce que cela signifie que je ne croiserai plus le chemin de Benedicta ? Car vous l'aimez, n'est-ce pas, vous, un prêtre ? Vous qui lancez de si terribles accusations contre votre prochain !

— C'est faux ! protesta violemment Athelstan.

Mais en refermant la porte, il savait que, comme saint Pierre, il niait la vérité.

Sir John Cranston, coroner de la Couronne, était avachi dans un coin de l'*Agneau de Dieu* et contemplait Cheapside. Les yeux battus, il s'apitoyait sur lui-même après avoir englouti une bonne pinte de bière. Ne voyant pas arriver Athelstan, il décida de rentrer chez lui. Il s'adresserait à son épouse comme devait le faire un homme : en la pressant de questions et d'accusations en règle. Il regrettait l'absence du dominicain : son avis lui aurait été précieux.

Il s'appuya contre le mur et, paupières plissées, regarda la salle. Ce qui venait d'arriver à la Tour était horrible. Il avait vu la dépouille atrocement mutilée de Fitzormonde, la moitié de la face emportée et le corps déchiqueté, presque impossible à identifier. Cranston se frictionna la tempe. Colebrooke avait d'abord cru à un accident.

— Ça s'est passé au crépuscule, lui avait-il raconté. Selon son habitude, l'hospitalier était allé observer l'ours. Tout était tranquille lorsque soudain on eût dit que Satan et ses légions surgissaient de l'Enfer. L'animal avait brisé sa chaîne et tué l'infortuné chevalier. J'ai appelé les archers. Ils ont abattu le fauve.

Colebrooke avait ajouté avec un haussement d'épaules :

— Nous n'avions pas le choix.

— Était-ce un accident, avait demandé Cranston, cet ours qui s'est détaché ?

— C'est ce que nous avons pensé au début, mais, en l'examinant, nous avons trouvé cela dans son arrière-train.

Colebrooke lui avait tendu un petit carreau provenant du genre d'arbalètes qu'utilisaient les dames à la chasse.

— Qui se trouvait à la Tour ?

— Tout le monde. Moi-même, demoiselle Philippa, Rastani, Sir Fulke, le chapelain. Tout le monde à l'exception de messire Parchmeiner, qui était reparti pour son échoppe en ville.

Après avoir remercié le sous-gouverneur, Cranston s'était rendu dans le dépositoire près de Saint-Pierre-aux-Liens. Ce bâtiment, à l'aspect peu engageant, sentait le froid humide. Les restes lacérés de Fitzormonde y attendaient d'être enveloppés dans le linceul. La vue était insoutenable : ce n'était plus qu'un amas de chair broyée et sanguinolente. Cranston avait fui l'endroit aussi vite que possible, questionné des témoins et conclu que le carreau avait été tiré par un archer inconnu, provoquant la fureur de la bête qui avait brisé sa chaîne et attaqué Fitzormonde.

Cranston balaya la taverne du regard et ferma les yeux en soupirant. Cette affaire ne serait-elle jamais élucidée ? Et où diable se cachait ce foutu Athelstan ?

— Sir John ?

Il rouvrit les yeux.

— Où étiez-vous donc fourré, mon frère ? Et pourquoi ce sourire en coin ?

Le visage d'Athelstan s'illumina de plus belle. Il appela le tavernier.

— Deux chopes du meilleur bordeaux. Et quand je dis « meilleur », c'est meilleur.

Il s'assit, radieux.

— Sir John, je vais vous annoncer une grande nouvelle !

CHAPITRE XIII

Sir John Cranston, bien installé dans la chaire de sa vaste cuisine dallée, contemplait amoureusement son épouse qui remplissait des bocaux de dragées. Au début, il n'avait pas cru Athelstan. Ce n'est qu'après que le dominicain lui eût répété les révélations de Vincentius et que lui-même eût avalé trois autres verres de bordeaux que la vérité avait fini par s'imposer à lui.
« Enfin, pensa-t-il, cela se tient... »
Il coula un regard vers le ventre de sa femme : les jupes volumineuses pouvaient aisément dissimuler un éventuel épaississement de la taille ; même ses vêtements de nuit étaient matelassés, et, bien sûr, il n'avait jamais pensé avoir un autre enfant. Après que Matthew eut été fauché par la peste à l'âge de trois ans, bien des années auparavant, Cranston avait abandonné tout espoir d'héritier. Le coroner tambourina sur son accoudoir. Lady Maude, consciente de son attention, huma le contenu d'un bocal pour masquer son étonnement devant le soudain changement d'humeur de son époux. Était-ce le moment de lui dire ? se demanda-t-elle. Ou devait-elle attendre le jour de Noël, comme elle l'avait prévu ?

Elle avait été stupéfaite en constatant que son cycle mensuel s'était interrompu. Une amie lui avait recommandé le docteur Vincentius, et celui-ci, confirmant ses espérances, l'avait judicieusement conseillée sur ce qu'il convenait de boire et de manger, et sur la façon dont elle devait se ménager. Elle se vit obligée de repousser les avances de son époux, mais ne put se résoudre à lui en révéler la raison. Il lui fallait être sûre. Elle se mordilla la lèvre. Il y avait un autre motif : une fois qu'il saurait la vérité, Sir John ne lui laisserait pas une minute de répit. Il tournerait autour d'elle comme un molosse hirsute, en surveillant chacun de ses gestes et en lui servant d'interminables sermons sur le thème de « Soyez prudente, préservez votre santé ! ». Le visage baissé, elle fit une prière silencieuse : que l'enfant naisse solide et vigoureux ! Elle n'oublierait jamais la réaction de son époux devant la mort de Matthew. Lui qui avait un cœur de lion, il était resté prostré comme un petit garçon, sans un bruit, sans un gémissement, rien que des torrents de larmes muettes.

Les pensées de Cranston suivaient le même cours. Il avait solennellement promis à Athelstan de ne pas aborder le sujet avec son épouse, mais d'attendre qu'elle commence. Il lui avait aussi juré de laisser Vincentius quitter Londres sans l'inquiéter. Cependant, songea-t-il en plissant le front, il faudrait de nouveau réfléchir à la question. Peut-être que vers l'Épiphanie il enverrait des lettres à tous les shérifs d'Angleterre pour leur signaler ce docteur Vincentius et ses agissements abominables dans les cimetières. Il s'ébroua et regarda Athelstan qui conversait gaiement avec Leif, le mendiant.

— Resterez-vous pour souper, mon frère ?
— Non, Sir John. Je dois m'en aller. Une autre fois, sans doute.
— Et l'affaire de la Tour ?
Le dominicain se leva.
— Je suis assez perplexe, Sir John. Il vaudrait mieux, je crois, que vous soupiez et réfléchissiez à ce que nous avons découvert. Nous en discuterons demain.

Il jeta un coup d'œil aux bocaux que remplissait Lady Maude.
— Avez-vous des invités pour Noël, Lady Maude ?
— Nous en attendions, mon frère. Ma famille de Tiverton dans le Devon.

Elle feignit la colère en entendant son époux grommeler.

— Ils avaient l'intention de venir, mais les routes sont impraticables. Même les messagers ne peuvent passer. J'en parlais avec la femme d'un échevin qui m'a dit que le négoce de son mari avait beaucoup souffert. Tous ses apprentis en route pour le Sud-Ouest ont dû rebrousser chemin.

Athelstan sourit et Lady Maude se remit à ses dragées. Elle s'efforça de dissimuler son trouble lorsque le dominicain informa Cranston du départ définitif de l'un de ses paroissiens, un certain docteur Vincentius. Elle détourna le visage. Elle était navrée que le mire dût partir. C'était un excellent médecin. Elle soupira, les yeux rivés sur la table. Il lui faudrait dorénavant trouver un autre bon praticien, quelqu'un de bien meilleur que les charlatans de Cheapside.

Sur un dernier clin d'œil de connivence à Cranston, Athelstan prit congé de ses hôtes. Le crépuscule tombait. Il alla chercher Philomel aux écuries de l'*Agneau de Dieu* et se mit en route pour St Erconwald, en riant encore à la réaction du coroner quand il lui avait appris la nouvelle. Pourvu que Lady Maude l'ait entendu évoquer le départ de Vincentius ! « Allons, conclut-il à part lui, tout est peut-être pour le mieux. »

Philomel broncha soudain sur le verglas. Athelstan poussa un gémissement désespéré, puis mit pied à terre et, rênes en main, guida son vieux cheval dans les rues noyées d'ombre et bordées de façades aveugles et sévères. Devant chaque belle demeure de Cheapside brûlait une lampe à huile, mais lorsqu'il tourna l'angle de St Peter Cornhill et qu'il s'enfonça dans Gracechurch, puis dans Bridge Street, l'obscurité s'épaissit. Il lui fallut se frayer précautionneusement un chemin entre les tas d'ordures, le contenu des pots de chambre et les reliefs de nourriture où festoyait une armée de rats. Derrière lui une porte claqua et un oiseau de nuit surgit de son refuge, sous un toit, en glissant sur ses ailes sombres. Athelstan sursauta. Des mendiants quémandaient l'aumône d'une voix geignarde. Une fille publique, au coin d'une rue, protégeait de sa main une chandelle dont la lueur rendait encore plus grotesque la perruque orange qui s'effilochait sur sa trogne ravagée. Elle salua Athelstan d'un geste obscène en gloussant. Il fit un signe de croix dans sa direction. Un truand, appuyé à la porte d'une gargote, aperçut la silhouette solitaire et saisit la poignée de son coutelas, mais lorsqu'il distingua la tonsure et le crucifix d'Athelstan, il se ravisa.

Le prêtre poursuivit son chemin et vit avec soulagement les gardes du Pont de Londres, éclairé par des torches. Bien que les portes fussent fermées, ils le laissèrent passer, car ils avaient reconnu « le chapelain du coroner », comme ils le surnommaient.

Il s'engagea sur le Pont dont les planches sonnaient creux sous les sabots de Philomel. C'était une sensation étrange. Habituellement, l'endroit grouillait de monde, mais, à présent, l'épais brouillard qui montait du fleuve en faisait le royaume du silence. Athelstan avait l'impression irréelle de franchir un précipice séparant le Paradis de l'Enfer. Les mouettes s'envolèrent des arches en bois en lançant des cris rauques, vitupérant contre cet intrus. Il se souvint des grands corbeaux de la Tour. Encore une mort, même deux, si on comptait l'ours. Il ressentit de la pitié pour le fauve abattu.

— Cela vaut peut-être mieux, murmura-t-il. Je n'ai jamais vu animal plus malheureux.

Il se rappela les enseignements des Franciscains qui, suivant les préceptes du *Poverello*, prêchaient que tous les animaux étaient créatures de Dieu et ne devaient donc être ni maltraités ni gardés captifs.

Athelstan dépassa la chapelle de Saint-Thomas-Becket, au milieu du Pont, qui disparaissait dans une semi-obscurité ouatée. Les sentinelles, du côté de Southwark, le hélèrent, certains le prenant pour un fantôme. Athelstan se nomma, haut et fort, et elles s'écartèrent en plaisantant gentiment sur son apparition inattendue.

Il guida Philomel dans le dédale sombre des ruelles. Il se sentait en sécurité à Southwark. Tous le connaissaient et nul ne se serait permis de l'agresser. Il passa devant une taverne. Sous le porche, un jeune garçon à la voix harmonieuse chantait un cantique de Noël pour gagner quelques sous. Athelstan fit halte pour savourer les paroles promettant chaleur et joie. Il flatta l'encolure de Philomel.

— Où passerons-nous Noël, mon vieux ? lui demanda-t-il avant de continuer. Peut-être Lady Maude nous invitera-t-elle, maintenant que sa famille du Devon ne peut pas venir.

Il s'arrêta net.

— La famille de Lady Maude ! répéta-t-il dans le silence de la nuit.

Un frisson lui parcourut l'échine.

— Comme c'est étrange ! Un si petit détail, une simple écume sur les événements d'aujourd'hui !

Il se frictionna les joues. Les paroles de Lady Maude en avaient évoqué d'autres.

Il entraîna Philomel vers St Erconwald en le tirant presque. Le vieux destrier en renâcla de colère. Athelstan le pansa, s'assura que tout était en ordre dans l'église et se souvint, avec remords, de la fureur qui s'était emparée de lui dans la matinée. Bonaventure était apparemment sorti courir la gueuse. Le dominicain rentra au presbytère où il se fit du feu et décida de manger rapidement un bout de pain. Mais, après quelques bouchées, il le jeta dans la cheminée tant il était rassis, puis il se versa un gobelet de vin coupé d'eau et entreprit de mettre de l'ordre sur sa table de bois grossier. Il se mit alors à transcrire tout ce qu'il savait des crimes commis à la Tour ou dans les environs.

La pensée qui venait de réveiller ses souvenirs, réfléchit-il, pouvait être la clef qui lui permettrait de résoudre toute l'affaire. Il sourit en se remémorant l'axiome favori du vieux père Anselm, lors de ses cours de logique : « Si un problème existe, il existe aussi une solution. Le tout est de trouver la brèche. Parfois, c'est un infime point lumineux qui y conduit. » Le père Anselm fixait alors ses petits yeux perçants sur Athelstan. « Ne l'oubliez jamais, mon garçon ! Cette règle s'applique autant à la métaphysique qu'à la vie quotidienne. »

Athelstan se recueillit.

— Je ne l'ai pas oublié, mon père ! chuchota-t-il. Que Dieu vous garde !

Il disposa son écritoire, rassembla ses pensées, trempa sa plume d'oie grise dans l'encre... et jura en constatant que l'encre était gelée. Afin de la réchauffer, il tint la corne à encre près de la chandelle et relut rapidement ce qu'il avait écrit à la Tour. Une fois l'encre dégelée, il rédigea soigneusement ses conclusions.

Premièrement : Malgré une protection renforcée, Sir Ralph Whitton a été tué dans le bastion nord. Il dormait à l'abri d'une porte verrouillée, dont il détenait une clef et les sentinelles l'autre. La porte du couloir sur lequel donnait la chambre était également verrouillée. Là encore, la clef était dans les mains de gardes sûrs. Pourtant, ces précautions se sont révélées vaines. Le meurtrier s'est apparemment introduit dans la chambre en traversant les douves gelées et, grâce à des entailles dans la muraille, a escaladé la Tour, ouvert la fenêtre et assassiné Whitton.

Deuxièmement : Le criminel devait bien connaître la Tour pour utiliser ces entailles. Mais pourquoi le bruit des volets forcés et surtout celui de l'arrivée du meurtrier n'a-t-il pas réveillé le gouverneur ? On a retrouvé la boucle de botte de Sir Fulke sur la glace. Serait-il l'assassin ?

Troisièmement : C'est le jeune Parchmeiner qui fut le premier à vouloir réveiller Sir Ralph, mais c'est messire Colebrooke qui ouvrit la chambre. Le subalterne du gouverneur a-t-il joué un rôle dans son assassinat ?

Athelstan relut ce qu'il venait d'écrire, mais il hocha la tête en souriant.

— Non ! Non ! s'exclama-t-il à mi-voix. Tout cela doit attendre !

Quatrièmement : Mowbray a fait une chute mortelle du haut du chemin de ronde, mais comment a-t-il glissé ? Qui a sonné le tocsin ? Qui s'est absenté des appartements de demoiselle Philippa ? Deux hommes seulement : Fitzormonde et Colebrooke.

Athelstan hocha la tête derechef.

Cinquièmement : La mort de l'échevin Horne.

Il grimaça. Aucun indice, là.

Sixièmement : La mort de Fitzormonde. Selon leurs propres constatations, à Cranston et à lui, la chaîne de l'ours aurait dû être fixée plus solidement et le chevalier avait pris l'habitude d'observer le fauve. Mais qui avait tiré le carreau d'arbalète et provoqué ainsi la fureur meurtrière de l'animal ?

Septièmement : Sir Ralph et les autres ont payé pour leur atroce trahison envers Sir Bartholomew Burghgesh. Celui-ci est-il mort sur le bateau ou est-il rentré en Angleterre ? Le curé de Woodforde prétend l'avoir vu, tout comme le tavernier du village. Est-ce alors ce même homme mystérieux qu'a entrevu le propriétaire de la *Mitre Dorée* ? Si oui, Burghgesh a été reconnu par au moins trois personnes pendant l'Avent, il y a trois ans, au moment où Whitton paraît au comble du désarroi. Mais si Burghesh a survécu et est revenu au pays, où se cache-t-il et comment ? Et problème suivant : l'agitation de Sir Ralph s'était apparemment calmée, ce qui n'aurait pas été le cas si Burghgesh avait survécu. Seule la mort de ce dernier, il y a trois ans, aurait rasséréné le gouverneur.

Huitièmement : Celui qui a envoyé les menaces de mort à Whitton et aux autres doit avoir accès à la Tour. Burghgesh ou son fils se cacheraient-ils dans Londres et feraient-ils parvenir ces messages par des complices ?

Neuvièmement : A qui profitaient les crimes ? Colebrooke ? Il voulait de l'avancement et connaissait bien la Tour. Il était présent dans la forteresse au moment des trois meurtres. Sir Fulke ? Lui aussi avait gros à gagner à la mort de son frère. Sa boucle de botte avait été retrouvée sur la glace, près du bastion nord. La Tour lui était familière, à lui aussi, et il était là lorsque les deux hospitaliers avaient été tués. Rastani ? Un homme subtil et sournois qui pouvait fort bien s'être juré de se venger de Whitton et des autres. Lui aussi connaissait bien la forteresse et était présent lors de la mort des chevaliers.

Athelstan se sentit un peu découragé. Le même raisonnement s'appliquait à Hammond, ce chapelain peu affable. Ou y avait-il collusion entre demoiselle Philippa et son fiancé ? Et Mains-Rouges, ce dément qui était peut-être moins fou qu'il n'y paraissait ?

Athelstan leva les yeux en étouffant une exclamation. Mains-Rouges ! L'albinos bossu avait mentionné des cachots murés et Simon le charpentier avait confusément évoqué quelque chose de semblable.

Le dominicain s'accorda un moment de réflexion, la tête dans les mains. Il reprit sa plume, regarda la cuisine qui s'assombrissait et aperçut du houx dans un coin. Noël dans quelques jours, pensa-t-il. Il se leva pour réchauffer ses doigts gourds au brasero et regretta que Benedicta ne fût pas à ses côtés pour partager un verre de posset. Tout en contemplant les flammes, il se rappela ce qu'avait dit le docteur Vincentius sur son affection pour la veuve. Cela se voyait-il tellement ? Ses paroissiens se doutaient-ils aussi de ses sentiments ? Il secoua la tête pour clarifier ses idées. Il devait se concentrer sur le problème en cours. Un volet claqua et il sursauta lorsqu'une silhouette sombre bondit sur la jonchée.

— Bonaventure ! marmonna-t-il.

Le matou s'approcha à pas de velours et se frotta majestueusement contre sa jambe.

— Eh bien, maître grippeminaud, seriez-vous revenu pour manger ?

Bonaventure s'étira en faisant le gros dos. Athelstan pénétra dans la resserre, remplit de lait une écuelle d'étain. Il regarda le matou laper le lait et s'installer ensuite voluptueusement devant la cheminée. Athelstan alla fermer les volets. Fenêtres, portes, couloirs, songea-t-il en se remémorant les divagations de Mains-Rouges et les avertissements sinistres de Simon le charpentier. Il jeta un coup d'œil envieux à son chat.

— Eh bien, certains ont la vie belle ! grommela-t-il

avant de se rasseoir devant ses parchemins et de reprendre le cours de ses réflexions.

Il pesa le pour et le contre, nom après nom, comme s'il s'apprêtait à une discussion théologique.

Les heures passèrent. Il se frotta enfin les yeux avec lassitude. Il ne restait qu'une solution : celle indiquée par les remarques innocentes de Lady Maude qui l'avaient arrêté net sur le chemin de Southwark. Il esquissa un plan grossier de la Tour et considéra les conclusions auxquelles il avait abouti. L'aube allait poindre lorsqu'il s'estima satisfait. Il avait trouvé l'identité de l'assassin, mais c'était à peu près tout. Il lui faudrait Cranston pour découvrir le reste.

Le lendemain, Cranston, se tenant en selle aussi fièrement qu'un chevalier récemment adoubé, passa par Cheapside pour se rendre à la *Mitre Dorée,* près de la Tour. Il était sur un nuage. Le vent glacé du matin lui semblait aussi doux et tiède qu'une caresse de femme.

Il avait passionnément enlacé son épouse avant de se lever. Elle s'était agrippée à sa poitrine, les larmes aux yeux, en répétant qu'elle lui dirait tout le moment venu. Il lui avait murmuré des mots tendres en lui tapotant la tête avant de s'habiller. Il était descendu en réclamant de l'hypocras de sa voix de stentor pendant qu'un palefrenier sellait son cheval. Il ne se sentait plus d'orgueil à l'idée d'être à nouveau père. Il se récompensa d'une rasade de sa « gourde miraculeuse » — comme l'appelait Athelstan — et se délecta du nectar revigorant qui lui coulait dans le gosier. Il arborait un large sourire. Oh ! qu'il faisait bon vivre par une si belle journée !

Il jeta une poignée de piécettes à un groupe de mendiants transis à l'angle de Mercery. Il abreuva de joyeuses imprécations les volaillers qui vidaient et nettoyaient poulets, canards et autres oies dans leurs vastes chaudrons de fer en vue de la Noël. On emmenait une ribaude aux épaules nues et à la tête rasée sous sa coiffe conique blanche. Un cornemuseux la précédait et un gribouillis sur une note épinglée à son corsage crasseux la dénonçait comme fille publique. Cranston arrêta le cortège et ordonna qu'on la libère.

— Mais pourquoi, Sir John ? demanda le dizainier, dont la bouche évoquait le museum d'un rat.

— Parce que c'est Noël ! brailla le coroner. Et que l'Enfant Jésus, roi de Bethléem, va revenir parmi nous encore une fois !

Le dizainier allait soulever quelque objection, mais Cranston porta la main à son épée. L'homme d'armes sans plus barguigner trancha les liens de la femme. Celle-ci se sauva dans une venelle, non sans avoir fait la nique au dizainier et un geste obscène au coroner. Ce dernier s'engagea dans Petty Wales et gagna la taverne où il confia son cheval à un garçon d'écurie, avant d'entrer d'un pas conquérant dans la salle envahie d'alléchantes odeurs de cuisine.

— Sacré moine, où vous cachez-vous ? rugit-il en flanquant une frousse de tous les diables aux autres buveurs et en faisant accourir dare-dare le tavernier.

— Vous avez l'air bien joyeux, aujourd'hui, Sir John ! s'exclama celui-ci, les yeux écarquillés.

— Oui-da ! Autant qu'un pinson sur la branche ! claironna Cranston en lui lançant sa gourde. Remplis-la ! Frère Athelstan m'a donné rendez-vous ici, murmura-t-il.

Malgré le manque de lumière et la fumée, il aperçut le dominicain à une table, qui dodelinait de la tête, à moitié endormi.

— Apporte-moi de l'hypocras, des galettes d'avoine fraîches et une bonne tranche de jambon fumé.

Il claqua des lèvres.

— Et, pour frère Athelstan, un ragoût d'anguilles et de la petite bière qu'il ne refusera pas, je crois, bien que ce soit l'Avent.

Fier comme un paon, le coroner traversa la pièce et tapa sur l'épaule d'Athelstan.

— Réveillez-vous, mon frère ! brailla-t-il. Car, par la male mort, le Diable rôde et rugit comme un lion affamé.

— J'espère qu'il a la main moins lourde que vous,

Sir John, grommela le dominicain en ouvrant des yeux las.

Le magistrat se pencha vers lui.

— Je vous souhaite le bonjour, mon cher moine !
— Frère prêcheur !
— Bien le bonjour, mon cher frère prêcheur ! Pourquoi n'arborez-vous pas une mine plus réjouie à l'approche de Noël ?
— Parce que je suis transi de froid, recru de fatigue et complètement désemparé.

Athelstan allait poursuivre la litanie de ses malheurs lorsqu'il vit la lueur de malice qui dansait comme un feu follet au fond des prunelles de Cranston.

— Je me félicite de vous voir si heureux, Sir John. Je suppose que vous avez commandé notre repas ?

Cranston acquiesça, enleva d'un geste large son bonnet en poil de castor et s'affala sur le banc, en face du dominicain.

Ils se rassasièrent et Cranston eut le temps d'engloutir deux gobelets d'hypocras avant qu'Athelstan eût fini son compte rendu. Le coroner posa quelques questions avant de siffloter doucement d'un air dubitatif.

— Par la mort diantre, êtes-vous sûr de votre fait ? Vous avez conclu tout cela à partir d'une simple petite remarque de Lady Maude ?

Athelstan haussa les épaules.

— Les « simples petites remarques de Lady Maude » ont été cause de grande tristesse ces derniers temps, n'est-ce pas, Sir John ?

Cranston se leva en rotant et réclama sa gourde d'une voix tonitruante. Puis il paya le tavernier.

— Avez-vous transmis mes instructions, Sir John ? demanda Athelstan.
— Oui, mon frère.

Cranston s'étira en bâillant.

— Tous les suspects attendent dans la Tour. Parchmeiner arrivera un peu en retard. Vous désirez d'abord parler à Colebrooke ?
— Et Mains-Rouges ?

— Ah oui ! Mains-Rouges sera là, lui aussi.
— Avez-vous les mandats, Sir John ?
— Je n'en ai pas besoin, par le cul du diable ! Je suis Cranston, coroner de la Couronne, et ils doivent répondre à mes questions ou subir les conséquences de leur refus.

Ils quittèrent l'auberge en y laissant leurs montures et parvinrent, en empruntant tout un réseau de ruelles, à l'entrée béante de la Tour. Colebrooke les attendait à la porte. Athelstan remarqua qu'il portait haubert et jambières.

— Des ennuis en perspective, messire Colebrooke ?
— Les instructions de Sir John étaient fort strictes.
— Où est Mains-Rouges ?
— Pourquoi voulez-vous voir ce fou ?
— Parce que tel est mon désir, rétorqua Cranston.

Ils traversèrent la cour dont l'herbe rare perçait sous les vastes étendues grises de neige fondue. Deux soldats les suivaient. Le sous-gouverneur en expédia un à la petite porte située à la base de la tour Blanche. Le cœur dolent, Athelstan regarda le coin où avait été enchaîné le grand ours. L'endroit, à présent, semblait vide, abandonné, mais le sol portait encore des traces de griffes et des restes de nourriture s'éparpillaient tristement sur les dalles.

— Que l'âme de cet ours repose en paix ! murmura Athelstan.

Cranston se tourna vers lui.

— Les ours auraient une âme, mon frère ? Vont-ils au Paradis, eux aussi ?

Athelstan ébaucha un sourire.

— Si votre opinion du Paradis exige qu'il y ait des ours, Sir John, il y aura des ours ! Bien que, dans votre cas, le Paradis ne soit plutôt que des milles et des milles de gigantesques salles d'auberge et de tavernes !

Cranston se frappa la cuisse de son gantelet.

— Ah, vous me plaisez, mon frère !

Et il décocha un sourire radieux à Colebrooke qui en resta tout ébahi.

Soudain, la porte de la tour Blanche s'ouvrit violemment et le soldat réapparut, traînant Mains-Rouges par la peau du cou.

— Laissez-le ! cria Athelstan en se précipitant vers le bossu.

Il se pencha et lui prit la main. Fixant ses pauvres yeux troubles, il vit des traces de larmes sur les joues flétries.

— Tu pleures le grand ours, hein, Mains-Rouges ?
— Oui, l'ami d' Mains-Rouges est parti !

Du regard, Athelstan signifia au garde de s'éloigner.

— Je sais, Mains-Rouges ! chuchota-t-il. C'était une bête magnifique, mais il est plus heureux, à présent. Son esprit est libre.

Les yeux chassieux du dément se braquèrent vers Athelstan. Le pauvre hère sourit.

— Vous êtes l'ami d' Mains-Rouges, hein ?

Athelstan scruta le visage encadré de rares cheveux blancs et les oripeaux bariolés et grotesques. Il se rappela d'autres paroles de sagesse du père Anselm : « N'oublie jamais, Athelstan, que tout homme est à l'image de Dieu. La flamme qui brille dans une jarre brisée est aussi ardente que celle de la lampe la plus finement ouvragée. »

— Je suis ton ami, dit Athelstan. Mais j'ai besoin de ton aide.

Le regard du fou se fit méfiant.

— Je veux que tu me montres tes secrets, Mains-Rouges !

— Quels secrets ?
— Mais qu'est-ce que vous foutez, mon frère ?

Athelstan jeta un regard d'avertissement au coroner.

— Écoute, Mains-Rouges, reprit-il à mi-voix. Tu m'as parlé de cellules et de cachots murés.

Mains-Rouges tenta de retirer sa main, mais le dominicain ne lâcha pas prise.

— Je t'en conjure, Mains-Rouges ! Est-ce que Sir Ralph avait fait construire ce genre de cachots ? Si tu me le dis, je peux tendre un piège à celui qui est responsable de la mort de l'ours.

Il n'en fallait pas plus pour convaincre le bossu. Il se retourna.

— Attendez ! Attendez ici ! supplia-t-il avant de s'élancer vers la porte basse.

Il ressortit de la tour Blanche quelques minutes plus tard, tenant une clochette qui tintinnabulait.

— Suivez Mains-Rouges ! s'écria-t-il. Suivez Mains-Rouges !

Cranston lorgna son clerc avec incrédulité. Colebrooke paraissait fort en colère.

— Qu'est-ce que ce jean-foutre peut bien manigancer ? murmura Cranston.

Le dément, la démarche sautillante, leur fit traverser la cour en direction de la tour Wakefield et s'arrêta devant une porte bloquée par la rouille. Il s'inclina par trois fois en faisant tinter sa clochette.

— Qu'y a-t-il là-dedans ? s'enquit Cranston.

Colebrooke esquissa un geste d'agacement.

— Des cachots creusés au plus profond.

— Ouvrez la porte !

— Je n'ai pas de clef !

— Ne me mettez pas de bâton dans les roues ! rugit le coroner. Ouvrez cette maudite porte !

Poings sur les hanches, Colebrooke aboya ses ordres. Des soldats accoururent. Sur ses instructions, ils firent rouler un énorme bélier à tête de fer et entreprirent de marteler la porte jusqu'à ce qu'elle se fendît et sortît de ses gonds.

— Des torches ! commanda Cranston.

On apporta des flambeaux que l'on alluma en hâte. Mains-Rouges dévala un escalier visqueux qui se perdait dans une obscurité glaciale et aboutissait à un étroit couloir humide où l'on sentait la présence du Mal. A droite, rien que des murs dévorés de moisissure. A gauche, deux portes de cachot aux serrures rouillées. Athelstan se figea en entendant des petits cris et des bruits furtifs.

Pivotant d'un bloc, il devina une silhouette brune, au poil luisant, qui se glissait dans les ténèbres.

— Abattez ces portes ! gueula Cranston.

Les soldats s'attaquèrent au bois épais mais vermoulu ; une large brèche apparut. Athelstan prit une torche et pénétra dans le cachot. Rien, à part des rats qui s'affairaient avec force couinements sur un tas de paille pourrie, au fond.

— Par l'enfer, siffla Cranston, c'est vide !

Ils ressortirent péniblement dans le couloir où le coroner, la torche levée, examina le mur entre les deux portes.

— Regardez, mon frère ! Il y avait une autre porte, mais on l'a murée. Voyez : c'est un peu bombé et le plâtre est plus récent que sur le reste du mur.

— Vous l'avez trouvée ! Vous l'avez trouvée ! Vous l'avez trouvée !

Mains-Rouges bondissait en applaudissant comme un enfant ravi.

— Ils ont trouvé la porte secrète ! chantonnait-il. Ils ont gagné !

L'ancien maçon cessa de crier.

— C'est moi qui l'ai murée ! déclara-t-il fièrement. Sur les ordres de Sir Ralph Whitton. La porte a été verrouillée et j'ai muré l'entrée.

— Quand ? demanda Athelstan.

— Oh, il y a des années ! Des années !

Cranston claqua des doigts.

— Démolissez-moi ça !

Les soldats se mirent à l'ouvrage avec des marteaux et des maillets à tête de fer. Une poussière blanche et répugnante remplit bientôt le couloir.

— Une porte ! s'exclama l'un des gardes.

— Abattez-la aussi ! ordonna le magistrat.

Au bout de quelques minutes, le bois vermoulu se fendit et céda. Les soldats agrandirent la brèche pour que Cranston et Athelstan puissent s'y faufiler. Cranston réclama des torches et en brandit une.

— Seigneur ! murmura-t-il, les yeux rivés sur le

squelette qui tombait en poussière sur une paillasse décomposée. Qui est-ce ? Et quel foutu démon de l'Enfer a ordonné une mort aussi atroce ?

— Pour répondre à vos questions, Sir John, je pense que ce sont là les restes de Sir Bartholomew Burghgesh et que la responsabilité en incombe à Whitton, déjà coupable de meurtre.

— Regardez ! s'exclama le coroner d'une voix sifflante en levant brusquement sa torche près du mur où reposait le bras du squelette.

Athelstan distingua le croquis grossier d'une nef à trois mâts, gravé dans la pierre, le même que celui des menaces de mort. Cranston écarquilla les yeux de stupeur.

— Vous ne vous étiez pas trompé, mon frère.

— En effet, Sir John. Voyons, à présent, si mes autres conclusions sont correctes.

Ils demandèrent à Colebrooke de poster des gardes près du cachot et se hâtèrent de retrouver l'air frisquet de la cour.

— Qu'avez-vous découvert ? s'enquit anxieusement le sous-gouverneur qui les suivait.

— Patience, messire ! Nous avons une autre faveur à vous demander.

Athelstan prit Colebrooke par le coude pour l'éloigner des autres. Cranston les regarda s'entretenir calmement.

— Vous avez besoin de Mains-Rouges ? s'écria le bossu qui venait de surgir à grands bonds.

Cranston fouilla dans son aumônière en souriant et fourra deux pièces d'argent dans la main du dément, en lui tapotant la joue d'un air bonhomme.

— Pas encore, Mains-Rouges, mais nous te sommes très reconnaissants, moi, le régent, le lord-maire et la cité de Londres.

La joie dansa dans les yeux du fou. Il s'enfuit en sautillant de bonheur, gesticulant et narguant les corbeaux noirs qui le survolaient en croassant.

— Mains-Rouges a gagné ! Mains-Rouges a gagné ! hurlait-il.

Athelstan rejoignit le coroner.

— Le sous-gouverneur sait ce qu'il a à faire, murmura-t-il. Venez, Sir John, le drame va commencer.

La maisonnée de Sir Ralph attendait dans les appartements de Philippa. Sir Fulke était fort élégamment vêtu d'un habit amarante brodé d'or. Sur le coussiège, Philippa, en grand deuil, se penchait sur sa broderie. Rastani, accroupi près de la cheminée, faisait face au chapelain, assis sur un tabouret. Tous, hormis la jeune femme, levèrent les yeux à l'entrée de Cranston et d'Athelstan et leur décochèrent des regards peu amènes.

— Cela fait une heure que nous patientons ! pesta Sir Fulke.

— Bien ! rétorqua Sir John. Et, par la mort diantre, vous allez attendre encore une heure si tel est mon bon plaisir ! Nous sommes mandatés par le roi. Quatre hommes sont morts de male mort, et, parmi eux, Sir Ralph Whitton, officier de haut rang et scélérat sans pareil.

Philippa releva la tête. La fureur figeait ses traits livides. Athelstan ferma les yeux tandis que Cranston se répandait en excuses.

— Alors, allons-nous commencer ? s'impatienta Sir Fulke.

— Dans un moment, murmura Athelstan. Lorsque messire Colebrooke et le jeune Geoffrey seront là.

Cranston s'assit lourdement sur le coussiège près de Philippa, mais elle lui tourna le dos. Athelstan tira un tabouret et installa son écritoire, son encrier et sa plume sur la table. Colebrooke entra soudain en haletant.

— Tout est prêt, Sir John !

Il s'approcha d'Athelstan.

— Voici l'objet, mon frère.

Athelstan referma le poing et cacha dans sa large manche l'objet que venait de lui remettre le sous-gouverneur. Puis il parcourut la pièce du regard. Tous se taisaient.

« C'est ici, pensa-t-il, que nous allons poser nos leurres et capturer le criminel. »

CHAPITRE XIV

Cranston, le visage fendu d'un sourire, se tournait les pouces. Sous sa cape, comme le remarqua Athelstan avec un léger amusement, il portait un pourpoint et des chausses d'un vert bouteille soutenu avec des franges argentées et des lacets assortis. Ces beaux atours étaient le signe irréfutable de sa bonne humeur. Les habitants de la Tour, en revanche, se tenaient cois. Hammond fixait le sol, Rastani contemplait les flammes, Sir Fulke tapait du pied avec impatience tout en se mordillant la lèvre et Colebrooke s'agitait nerveusement. Quant à Philippa, elle s'escrimait avec rage sur sa broderie.

On entendit des pas s'approcher. La porte s'ouvrit à toute volée et Parchmeiner entra. Athelstan aperçut les sentinelles et se félicita de ce que Colebrooke ait eu le bon sens d'avoir des gardes armés sous la main. Le jeune homme, les joues rouges, reprenait son souffle. Il sourit à sa fiancée et alla l'embrasser doucement sur les lèvres avant d'interroger l'assistance du regard.

— Sir John, frère Athelstan, pourquoi cette soudaine convocation ?

Le dominicain se leva.

— *Salaam*, Geoffrey !

— Que la paix soit aussi avec vous, mon frère !

Le visage de Parchmeiner s'empourpra tout d'un coup. Athelstan prit un air engageant.

— Vous connaissez donc le mot arabe qui signifie « paix » ?

Le marchand haussa les épaules.

— Je suis négociant. Je parle plusieurs langues.
— Retroussez vos manches, messire !
Le jeune homme se troubla.
— Pourquoi ?
— Retroussez-les !
— Je ne comprends pas !
— Retroussez-les ! vociféra Cranston. Sur-le-champ !
Parchmeiner délaça ses manches brodées et Athelstan vit les marques blanches qui tranchaient sur le hâle de ses poignets.
— Comment expliquez-vous ces traces de chaînes d'esclave ? Par votre négoce ?
S'élançant avec vivacité sur le marchand, Athelstan s'empara de sa dague, passée à la ceinture, et la lança à Cranston.
— Et comment se portent vos parents de Bristol ? poursuivit le dominicain. Avez-vous reçu de leurs nouvelles ?
Parchmeiner plissa les yeux et Athelstan remarqua les contours fermes de sa bouche et de son menton. Le masque tombait. A l'avenir, se promit mentalement Athelstan, il accorderait plus d'attention aux physionomies.
— Ne mentez pas, Geoffrey ! Vous n'avez pas de famille à Bristol. Vous n'avez envoyé aucun message. Les provinces de l'Ouest sont isolées à cause de la neige et les routes impraticables : comment auriez-vous pu communiquer avec des gens de Bristol ?
Athelstan adressa un sourire triste à Cranston.
— Étrange, n'est-ce pas, qu'une simple remarque ait fait s'assembler toutes les pièces du puzzle !
Il s'avança d'un pas, conscient de ce que l'atmosphère avait brusquement changé. Philippa, debout, pressait son poing sur ses lèvres. Les autres, figés par la tension, observaient une immobilité de statues.
— Mais vous ne vous appelez pas Parchmeiner, hein ? aboya Cranston.
Athelstan s'approcha.

— Qui êtes-vous ? lui demanda-t-il doucement. Mark Burghgesh ?

Il vit Parchmeiner ébaucher un sourire, tout en tentant de se ressaisir.

— Quelles sont ces fadaises ? protesta l'artisan, acerbe. Philippa, nous nous connaissons depuis deux ans. Je viens de Bristol. Ma sœur y habite. Elle sera ici dans quelques jours.

Athelstan hocha la tête.

— Non, jeune homme. Cette voie-là ne mène nulle part, au propre comme au figuré. En outre, vous ne nous avez pas encore expliqué l'origine de ces marques autour de vos poignets.

Le négociant détourna le regard.

— Je portais des bracelets, autrefois, mentit-il avec aplomb.

— Mais c'est un tissu d'absurdités, intervint Philippa. Allez-vous accuser Geoffrey du meurtre de mon père ?

— Oui, déclara Athelstan.

— Mais l'assassin a escaladé la façade du bastion nord !

— Non !

Athelstan consulta Colebrooke.

— Messire, tout est-il prêt ?

Le sous-gouverneur fit signe que oui, l'œil agité par un tic nerveux.

— Alors, allons-y ! rugit Cranston. Colebrooke, vous avez bien posté des gardes armés et des archers dans le couloir et en bas, hein ?

— Oui, Sir John !

— Bon ! Qu'ils surveillent tout le monde ! Si quelqu'un tente de fuir, qu'ils l'abattent !

Cranston en tête, ils sortirent des appartements de Philippa, descendirent l'escalier et traversèrent la cour pour franchir la première courtine et arriver au bastion nord, solitaire et sinistre. Ils passèrent sous l'entrée voûtée et pénétrèrent dans la salle des gardes, où les deux soldats se tenaient sur le qui-vive. Sur le mur du fond était accroché un panneau de bois, muni de crochets où l'on suspendait les clefs.

— Bien, dit Athelstan aux gardes, le matin où on retrouva Sir Ralph sur son lit de mort... Racontez-moi à nouveau ce qui s'est passé.

L'un des soldats fit la grimace.

— J'emmène le jeune Parchmeiner en haut. Non ! d'abord, je prends la clef au râtelier. Puis je l'emmène, lui. J'ouvre la porte du couloir. Je l'y fais entrer, je la ferme et je redescends.

— Ensuite ?

— Ben, reprit l'autre soldat, voilà qu'on entend maître Parchmeiner appeler Sir Ralph.

— Et alors ?

— Le voilà qui revient et qui frappe à la porte.

L'homme désigna le haut de l'escalier.

— On l'ouvre, il descend et va chercher le sous-gouverneur.

— C'est inexact, l'interrompit Athelstan. Il s'est passé autre chose, d'après ce que vous m'avez raconté.

L'un des gardes gratta son menton mal rasé.

— Ah oui ! s'écria son compagnon. Je me rappelle. Messire Parchmeiner nous dit qu'il réveillerait Sir Ralph lui-même, et on lui a donné la clef. Alors il monte l'escalier, change d'idée, revient, nous redonne la clef et va chercher messire Colebrooke.

— Bien ! acquiesça Athelstan en souriant. Maintenant, Sir John, je vais retracer les pas de messire Parchmeiner.

Il décocha un bref regard au marchand, dont les yeux plissés, dans le visage pâle, reflétaient la plus extrême méfiance. Philippa le fixait comme un enfant qui ne s'explique pas le brusque changement d'humeur d'un adulte. La stupéfaction clouait sur place Sir Fulke et le chapelain, mais Athelstan remarqua que Rastani s'était approché de Parchmeiner, la main près de la garde du poignard serré dans son fourreau.

— Sir John, s'exclama Athelstan, avant de poursuivre plus avant, que tous remettent leurs armes, à l'exception de messire Colebrooke.

L'assistance protesta mollement, mais Cranston répéta les instructions de son clerc ; poignards et épées tombèrent en vrac sur le sol.

— Bien, allons-y ! décida Athelstan. Sir John, veuillez commencer à compter.

Le dominicain fit signe à l'un des gardes.

— Déverrouillez la porte en haut !

Cranston décompta de sa voix claironnante pendant qu'Athelstan gravissait l'escalier. La porte fut ouverte, puis refermée à clef derrière lui. Cranston s'arrêta quelques secondes à vingt en entendant Athelstan crier le nom de Sir Ralph. Puis il continua. Il venait de prononcer cinquante lorsque son compagnon tambourina à la porte, en haut de l'escalier. L'un des gardes se précipita pour lui ouvrir. Athelstan réapparut et descendit les marches d'un pas léger à la suite du garde.

— A présent, déclara-t-il, je veux la clef de la chambre de Sir Ralph.

Il décrocha une clef et remonta l'escalier. A mi-chemin, il hocha la tête et revint sur ses pas.

— Réflexion faite, dit-il, je préfère aller chercher messire Colebrooke.

Il rendit la clef au soldat.

— Dites-moi, ai-je mis plus de temps que le jeune Parchmeiner ?

— Non, ça se vaut. Il est resté longtemps dans le couloir, mais pas beaucoup.

Sir Fulke s'avança d'un pas résolu.

— A quoi cela rime-t-il ? protesta-t-il d'une voix impérieuse.

Athelstan sourit.

— Je vais vous l'expliquer. Messire Colebrooke, veuillez rouvrir la porte en haut de l'escalier. Nous allons tous monter.

Le sous-gouverneur obtempéra et ils le suivirent dans le couloir voûté et glacial. Il déverrouilla la chambre de Whitton et ils entrèrent. Dans la pièce aux volets grands ouverts régnait un froid de loup. Sir Fulke poussa immédiatement un juron, Philippa un cri bref : l'oreiller posé sur le matelas gris sale du lit à baldaquin avait été sauvagement lacéré et le duvet d'oie s'en échappait en une sinistre évocation de l'assassinat.

— Qui a fait cela ? Quelle est cette diablerie ? s'indigna Hammond.

Sans lui répondre, Athelstan se tourna vers Parchmeiner.

— Vous, vous avez compris ce que je viens de faire, n'est-ce pas ? dit-il doucement. La même chose que vous le matin du meurtre. Dois-je mettre les points sur les *i* ? Lorsque Sir Ralph a décidé de loger dans le bastion nord, vous avez joué votre rôle de futur gendre attentionné en l'aidant à transporter certains biens. En effet, on ne posta des sentinelles devant la chambre qu'après l'emménagement du gouverneur, pas avant. Cela vous permit de graisser soigneusement les gonds et la serrure, ce qui explique la présence des taches d'huile dans le couloir. Puis l'étage au-dessus fut bloqué et le couloir, au fond, encombré de débris de maçonnerie. C'est là que vous avez caché une dague, c'est là que j'ai prié messire Colebrooke de dissimuler celle de Sir John. Après avoir lacéré l'oreiller, je l'ai replacée sous les débris. La veille de l'assassinat, vous avez pris place près de Sir Ralph. Vous l'avez poussé à boire et avez probablement ajouté à sa boisson une drogue qui l'a fait somnoler. Puis vous l'avez aidé à se traîner jusqu'au pied de l'escalier. Les gardes l'emmenèrent ensuite à sa chambre et c'est à ce moment-là, n'est-ce pas, que vous avez échangé les clefs, en vous emparant de celle que Sir Ralph confiait aux sentinelles et en la remplaçant par une fausse. J'ai demandé à messire Colebrooke d'agir de même. Il m'a donné la vraie quand nous nous trouvions dans les appartements de demoiselle Philippa.

Athelstan s'interrompit un moment.

— Le lendemain, vous arrivez à la salle des gardes où les sentinelles vous fouillent. Vous n'avez rien d'autre que des objets ordinaires, en particulier, précisa

Athelstan en effleurant le flanc du jeune homme, un trousseau de clefs, ce qui n'est guère étonnant chez un marchand. Vous montez. Les gardes vous laissent passer et vous vous dirigez vers la chambre de Sir Ralph. Tout en criant et en tambourinant, vous ouvrez silencieusement la porte aux gonds si bien huilés... le reste ne présente aucune difficulté.

— Mais... intervint Colebrooke.

— Pas encore, coupa Athelstan, qui observait attentivement les yeux de Parchmeiner. A l'intérieur de la chambre, vous ne perdez pas de temps : vous repoussez les volets, l'air froid s'infiltre dans la pièce ; vous bondissez vers le lit et tirez la tête de Whitton en arrière. Il se peut que, dans sa torpeur, il ait entrouvert les yeux quand vous l'avez égorgé. Après avoir essuyé la lame sur les draps, vous verrouillez la porte, remettez la dague dans sa cachette et allez taper à la porte au bout du couloir.

Le dominicain décela un certain amusement dans le regard du parcheminier, qui ne se départit pourtant pas de son sang-froid.

— C'est alors, poursuivit-il, que vous détachez la vraie clef de votre trousseau. Vous descendez, demandez la fausse clef, remontez l'escalier et procédez à l'échange, le dos tourné. Vous rendez la bonne clef aux gardes. Je viens de prouver que les deux clefs se ressemblent. Et ensuite, vous allez chercher Colebrooke.

— Oh, non ! s'écria Philippa, le visage creusé et blême.

Elle s'affaissa contre Sir Fulke, les yeux rivés sur son fiancé.

— O Seigneur Dieu ! Non ! répéta-t-elle.

— C'est ainsi que cela s'est passé, déclara Cranston sans s'émouvoir. Mon clerc l'a démontré. Les gardes ont simplement vu et entendu ce qu'on voulait qu'ils voient et entendent.

— Frère Athelstan ?

— Oui, Sir Fulke ?

— Le corps de mon frère était froid à l'arrivée du sous-gouverneur.

— Pas étonnant ! rétorqua Cranston. Le brasero et le feu s'étaient éteints, ce qui nous pousse à croire que Whitton avait avalé une drogue. Le meurtrier a ouvert les volets et l'air glacé de la nuit a pénétré dans la chambre. Rappelez-vous, il gelait à pierre fendre ce matin-là, et, naturellement, messire Parchmeiner a pris tout son temps pour faire appel à Colebrooke.

Du coin de l'œil, Athelstan vit soudain un éclat coloré.

— Sir John, Rastani !

Le coroner agit avec une célérité surprenante, étant donné son embonpoint. Il se saisit du muet alors que celui-ci bondissait sur l'assassin de son maître.

Il souleva l'homme gesticulant par le devant de son surcot aussi facilement qu'il l'aurait fait d'un enfant.

— Et toi, mon garçon, l'avertit-il tranquillement, ne bouge pas tant que cette affaire n'est pas finie.

Il secoua Rastani comme une poupée de son.

— Compris ?

Le muet décocha un regard haineux à l'artisan.

— Compris ? répéta Cranston en affermissant sa prise.

Rastani ouvrit et ferma la bouche, avant d'acquiescer lentement. Cranston le reposa doucement par terre et deux gardes vinrent prendre position de chaque côté du Sarrasin.

— Surveillez-le ! leur ordonna sèchement Cranston. Dépêchez ! Épées au clair !

Pendant cet incident, Parchmeiner était resté de marbre, se contentant d'observer froidement le dominicain, qui se savait en présence d'un tueur, de quelqu'un qui n'avait pas laissé échapper l'occasion d'accomplir la plus atroce des vengeances.

— Messire Colebrooke, appela Athelstan sans quitter l'assassin des yeux, qu'on lui lie les mains et qu'on lui passe une corde autour de la taille !

Colebrooke aboya des ordres. L'un des gardes tira sans douceur les bras de Parchmeiner derrière son dos et lui lia pouces et poignets. Un autre soldat défit sa ceinture, en attacha un bout à celle de l'artisan, puis enroula fermement l'autre bout à son protège-poignet. Athelstan se détendit. Il embrassa du regard la chambre glaciale du mort.

— Pourquoi rester ici ? Autant retourner dans les appartements de demoiselle Philippa, suggéra-t-il.

La jeune femme ne dit mot, mais poussa un faible gémissement lorsque son oncle l'entoura de ses bras. Ils quittèrent le bastion nord. Lorsqu'ils traversèrent la cour, Colebrooke, conscient du danger, ordonna à un sergent de battre le tambour, pour mettre la garnison en état d'alerte. Des commandements fusèrent, on ferma les portes de la forteresse et, lorsque le groupe monta aux appartements de Philippa, Athelstan entendit hommes d'armes et archers prendre position dans la cour.

Il se retourna vers Cranston, un sourire aux lèvres.

— Mille pardons, Sir John. J'ai laissé votre dague dans les débris de maçonnerie.

— Aucune importance, maugréa le magistrat. Ce que j'ai vu vaut largement un millier de dagues.

Une fois dans les appartements, deux gardes entourèrent le parcheminier. Athelstan le dévisagea avec perplexité, car le jeune homme souriait comme s'il savourait une plaisanterie connue de lui seul. Les autres, captivés, ne pipaient mot. Rastani, prostré sur un tabouret entre deux solides sergents, leur opposait un visage morne et fermé. Philippa, éperdue de chagrin, laissait échapper de sourds gémissements, entre son oncle et le chapelain. Cranston se versa du vin. Athelstan s'accroupit près de l'âtre et tendit ses mains vers les flammes.

— Les autres crimes furent aisés à commettre, reprit le dominicain d'une voix égale. Le soir de sa mort, Mowbray monte sur le chemin de ronde près de la tour du Sel tandis que, vous tous, vous vous réunissez ici même pour souper. Je suppose que messire Parchmeiner arrive le dernier. Vous voyez, Mowbray, comme nombre de soldats, précisa Athelstan avec un petit sourire à l'adresse de Colebrooke, avait des habitudes bien ancrées. Considérons comme mensonge l'affirmation de messire Parchmeiner selon laquelle il est sujet au vertige. Mowbray, il le sait, se tient à l'autre bout du chemin de ronde, à son endroit de prédilection. Aussi se faufile-t-il en haut des marches et y place-t-il le manche d'une lance ou d'une pioche en le coinçant habilement entre les créneaux. Il gagne ensuite les appartements de sa fiancée et le repas commence.

— Mais il n'est pas ressorti, l'interrompit Sir Fulke. Il n'a pas pu sonner le tocsin !

— En effet ! reconnut Cranston. Messire Colebrooke, tout est prêt ? La garnison est bien prévenue ? Bon.

Cranston posa bruyamment son gobelet sur la table.

— Je dois aller me soulager. Je crois qu'il y a des latrines dans le couloir, non ?

Sir Fulke confirma d'un signe de tête, l'air intrigué. Cranston sortit par la petite porte. Les autres demeurèrent impassibles, comme les personnages d'une fresque. Soudain, tout le monde sursauta : le tocsin s'était mis en branle. On entendit des ordres et des bruits de pas précipités, puis ce fut le silence. La face fendue d'un large sourire, Cranston revint avec une nonchalance étudiée.

— Qui a sonné le tocsin ? interrogea le chapelain d'une voix de crécelle.

— Moi, répondit le coroner.

— Comment cela ?

— Ce que vient de faire Sir John, expliqua calmement Athelstan, le dos à la cheminée, c'est d'aller aux latrines. Un archer, portant une petite arbalète, l'a accompagné. J'avais remarqué que la fenêtre donnait sur la cour. En se tenant derrière le rideau des latrines, l'archer a tiré un carreau et touché la cloche.

Athelstan haussa les épaules.

— Vous connaissez le mécanisme : une fois mise en branle, même légèrement, la cloche sonne le tocsin.

— Mais il faisait nuit noire, objecta Sir Fulke.

— Non, Sir Fulke. N'oubliez pas les torches autour de la cloche.

— Mais on n'a pas retrouvé le carreau.

— C'est vrai. Il y avait une épaisse couche de neige intacte autour de la cloche. Le carreau s'est enfoui dans cette neige après avoir atteint son but. Les soldats de la garnison, soucieux de déterminer l'origine du tocsin, cherchèrent des empreintes de pas et non pas un carreau, pas plus gros que la main et enfoncé dans la neige et la glace.

— Et l'arbalète ?

Pour la première fois, Parchmeiner avait pris la parole d'un ton acerbe et saccadé.

Athelstan ne cilla pas.

— Tout comme la dague, vous auriez pu la laisser dans le couloir et, votre triste besogne achevée, l'y replacer ou la jeter dans le trou des latrines. Qui l'aurait remarquée ? Lorsque vous avez regagné cette pièce en hâte, c'était le branle-bas de combat, car le tocsin avait retenti. Nul n'aurait fait le rapprochement entre votre courte absence et le tocsin. Vous êtes allé aux latrines, et non pas en bas, et les sentinelles n'ont vu personne s'approcher de la cloche. Le reste fut facile, expliqua-t-il à voix basse. Dans la confusion et sous couvert de la nuit, vous avez couru au chemin de ronde et jeté le bois de lance par-dessus la courtine. Au cas où on vous aurait aperçu sur les marches, vous auriez passé pour un héros, recherchant les causes du décès de Mowbray.

Athelstan jeta un coup d'œil au coroner.

— Lorsque Sir John me parla du carreau retrouvé dans le corps de l'ours, je compris comment on avait pu procéder pour le tocsin.

Le dominicain, soudain las, se frotta les joues.

— Dieu seul sait comment vous avez attiré le pauvre Horne dans ce traquenard mortel, claironna Cranston en se plantant, jambes écartées, devant le prisonnier, mais je suppose qu'il vous fut aisé de jouer sur les peurs qui le rongeaient.

Il enserra la tête de Parchmeiner dans sa poigne de fer.

— J'ai vu le résultat immonde de votre forfait.

L'artisan se dégagea, un rictus aux lèvres, et cracha au visage du magistrat. Celui-ci essuya, de l'ourlet de son habit, le crachat sur sa joue avant de souffleter le meurtrier de toutes ses forces. Puis il se retourna et croisa le regard de son clerc tandis que Parchmeiner se débattait comme un beau diable entre ses gardiens.

— Ne vous inquiétez pas, mon frère ! dit Cranston. Je ne le frapperai plus, mais il l'a mérité pour avoir apporté le fruit de ses abominations sous mon toit, dans mon propre foyer.

Il remplit un autre gobelet et l'offrit à Philippa, assise près de son oncle, mais elle ne leva même pas la tête. Sir Fulke, quant à lui, détourna le regard, aussi Cranston s'avança-t-il au centre de la pièce en sirotant sa boisson.

— Et enfin, la mort de Fitzormonde.

Il grimaça.

— Cela fut un jeu d'enfant.

Il désigna le marchand.

— Notre jeune criminel, ici présent, fait mine de quitter la Tour. C'est le dégel : on s'affaire partout et personne ne le voit revenir en douce, vêtu différemment, sans doute. Cette forteresse recèle assez de recoins obscurs pour y dissimuler une armée. Tous les soirs, le chevalier va admirer l'ours. Parchmeiner saute sur l'occasion. Là encore, il utilise une petite arbalète. Le fauve, fou de douleur, se jette sur Fitzormonde. La chaîne, mal attachée, se brise et l'hospitalier rend son âme à Dieu. Quant à Geoffrey, il profite du chaos pour se glisser dehors par la grande porte ou une poterne, et échapper ainsi aux soupçons.

— Vous n'avez aucune preuve ! lança Parchmeiner. Aucune preuve formelle !

— Nous en obtiendrons, rétorqua Athelstan. Je peux démontrer que, si un homme est capable d'escalader le bastion nord au beau milieu de la nuit et en plein hiver, il peut difficilement redescendre. Je peux passer au crible les débris de maçonnerie, près de la chambre de Sir Ralph, et y trouver des traces de sang provenant de la dague, que vous y avez cachée et, sans aucun doute, reprise ensuite. Messire Colebrooke peut savoir qui a graissé la serrure et les gonds de la porte. On peut examiner la cloche pour y déceler la marque d'un carreau d'arbalète et fouiller la neige pour trouver le carreau enfoui. Nous pouvons vérifier où chacun se trouvait la nuit où a péri Horne.

Athelstan s'approcha de l'assassin livide.

— Nous pouvons également vous détenir dans un cachot jusqu'au dégel et faire des recherches approfondies sur vos prétendus amis et parents de Bristol.

— Mais pourquoi ? Pourquoi ?

L'angoisse dévorait les traits creusés de Philippa et des cernes soulignaient ses paupières rougies.

— Pourquoi ? hurla-t-elle.

— Il y a quinze ans, raconta Cranston, trop apitoyé pour la regarder en face, votre père et les hommes assassinés par Parchmeiner combattirent en Égypte. Leur chef était Bartholomew Burghgesh. Vous avez certainement entendu ce nom, n'est-ce pas ? Votre père et ses compagnons, enchaîna Cranston sans attendre la réponse, trahirent Sir Bartholomew de vile façon afin de s'emparer du trésor qu'il avait dérobé au calife. Sir Bartholomew quitta Chypre pour gagner Gênes, mais les autres, sur l'initiative de Sir Ralph, en informèrent secrètement le calife, qui fit arraisonner le navire.

Cranston se gratta la tête.

— Le bruit courut que Sir Bartholomew avait péri dans l'attaque, mais, nous le savons, à présent, il y a trois ans, juste avant la Noël, il vint voir votre père à la Tour. Sir Ralph, par force ou par ruse, le captura et l'emprisonna dans un cachot, situé dans les tréfonds de cette forteresse. Il fit murer la cellule par Mains-Rouges, le dément. Après tout, qui prêterait l'oreille aux divagations d'un fou ?

Cranston se retourna vivement : le parcheminier donnait du fil à retordre à ses gardes et s'écriait :

— Il est ici ? Le corps de Bartholomew est ici ?

Il s'effondra soudain.

— O Seigneur, soupira-t-il, si seulement j'avais su... !

Athelstan se précipita vers lui. Haine et arrogance

avaient disparu du visage du jeune homme, et le dominicain ressentit de la compassion devant les larmes qui brillaient dans ses yeux.

— Qui êtes-vous ? murmura Athelstan. Dites-le-moi ! Je vous donne ma parole que vous verrez le lieu où repose Bartholomew.

Parchmeiner, tête baissée, parla d'une voix lointaine.

— Burghgesh n'était pas mon père, mais j'aurais bien voulu qu'il le fût. Je me trouvais sur le bateau lorsque celui-ci fut capturé. Je n'étais qu'un orphelin, alors je me suis placé sous sa protection.

Parchmeiner ébaucha un faible sourire.

— Il me protégea, se mit devant moi et lutta comme un paladin jusqu'à ce que les Maures nous promettent la vie sauve s'il se rendait.

Le jeune négociant releva la tête en clignant des yeux.

— Ils tinrent parole, mais ils lui donnèrent la bastonnade jusqu'à ce que la plante de ses pieds fût à vif. Puis on nous vendit comme esclaves à un marchand d'Alexandrie. Sir Bartholomew s'occupait du jardin et moi je travaillais à la bibliothèque à ranger et restaurer des parchemins. Les années passèrent. Sir Bartholomew ne perdit jamais espoir. Il veilla sur moi, me considéra comme son fils et me défendit contre ceux qui voulaient me traiter en femme. Une nuit, il trancha la gorge de notre maître et pilla son trésor. Nous nous enfuîmes dans le désert jusqu'à Damiette où nous nous embarquâmes sur un bateau en partance pour Chypre, après avoir soudoyé un marchand. Ensuite, ce fut Gênes et la traversée de l'Europe jusqu'à Southampton.

— Quand cela s'est-il passé ?

— Il y a trois ans. Sir Bartholomew m'avait parlé de Whitton et du trésor, mais, dit le parcheminier d'une voix presque brisée, c'était un homme honnête et bon. Il ne pouvait croire que ses frères d'armes — il cracha ces mots — ses propres frères d'armes l'aient trahi.

Le jeune homme secoua la tête en marmonnant des jurons.

— Nous sommes arrivés à Londres. Sir Bartholomew avait conservé le trésor volé au marchand d'Alexandrie, des pièces d'or et d'argent, aussi avons-nous vécu sur un grand pied, dans une taverne près de Barbican Street.

Parchmeiner regarda fièrement Athelstan.

— Le croiriez-vous, mon frère ? Il refusait d'admettre qu'ils l'avaient trahi. Il me laissa à la taverne et se rendit à Woodforde, mais en revint accablé de chagrin. Son épouse et son fils étaient morts et le manoir tombait en ruine. Nous restâmes là quelque temps jusqu'à ce qu'il m'annonçât que ses compagnons devaient se réunir, comme à chaque Avent, près de la Tour.

Le jeune homme s'humecta les lèvres.

— Il apprit ce qu'il était advenu de chacun : deux avaient rejoint l'ordre des Hospitaliers, un autre était devenu marchand.

Parchmeiner éclata de rire.

— Que Dieu le bénisse ! Il fut même heureux de savoir que Whitton avait été nommé gouverneur de la Tour, et il me décrivit les moindres recoins de la forteresse.

Perdu dans ses souvenirs, l'assassin s'agitait sans cesse entre ses gardiens.

— Bartholomew décida de rencontrer Whitton. Il voulait savoir la vérité, quel que fût le prix à payer.

Une grimace douloureuse assombrit les traits du jeune homme.

— Il ne revint jamais et mes soupçons se confirmèrent. Whitton, qui l'avait déjà trahi, il y a quinze ans, profita de son poste de gouverneur pour le tuer.

Parchmeiner foudroya Athelstan du regard.

— Je me félicite de les avoir abattus. Je les ai avertis loyalement. J'ai tracé le croquis que Bartholomew et moi dessinions pendant notre captivité : la nef à trois mâts où le sort nous fit nous rencontrer.

— Et moi ? s'écria Philippa. Moi ?

— Eh bien ?

— Ne m'aimiez-vous pas ?

279

Il éclata de rire.

— Il faut un cœur pour aimer, Philippa. Je n'ai ni cœur ni âme. Bartholomew était toute ma vie.

Il toisa la jeune femme avec dédain.

— Je me suis servi de vous, poursuivit-il, sourd à ses lourds sanglots. J'ai utilisé l'or de Bartholomew pour comploter la perte de Whitton. Je m'y connaissais en vélins et manuscrits, aussi devins-je Geoffrey Parchmeiner. A propos, Geoffrey est bien mon prénom. Vous pouvez m'appeler Geoffrey Burghgesh. Je proposai à la Tour du parchemin d'excellente qualité pour un prix fort modeste. Je liai connaissance avec la fille du gouverneur et me fis aimer d'elle.

Il esquissa un sourire, comme pour lui-même.

— Vous avez observé le gouverneur, n'est-ce pas ? demanda Athelstan. Ses allées et venues ? Ses changements d'humeur ?

— Oh, que oui, mon frère ! Chaque Avent les voyait, lui et les autres traîtres, faire bombance et tirer gloire de leur félonie. Je suis devenu ce que Whitton voulait que je fusse : un riche marchand amoureux de sa fille, assez peu gâtée par la nature. Vous savez, mon frère, quand on a été esclave chez les Maures pendant toute sa jeunesse, on a appris à agir avec la ruse du serpent. C'est une question de survie.

— Mais pourquoi maintenant ? aboya Cranston. Pourquoi pas l'année dernière ?

Le jeune homme hocha la tête.

— Il me fallait tout organiser, Sir John, et étudier ma proie. J'ai choisi de frapper lorsque la Tamise a gelé. Oh ! j'y ai pris plaisir et m'en serais tiré si vous n'aviez pas été là, mon frère. J'ai expédié la tête de Horne à Sir John pour lui montrer que justice avait été faite.

Parchmeiner sourit à Cranston comme s'il racontait une bonne histoire et Athelstan comprit qu'il avait l'esprit dérangé.

— Bien sûr, reprit le parcheminier, mes stratagèmes auraient pu échouer, j'aurais alors ourdi autre chose. Après tout, plus d'un chemin mène en Enfer ! Et je me

suis armé de patience, car, comme vous le savez, la vengeance est un plat qui se mange froid.
— Scélérat ! hurla Sir Fulke.
— Suppôt de Satan ! renchérit Hammond.
— Peut-être, rétorqua Parchmeiner, mais ils méritaient la mort, tous tant qu'ils étaient.
— Non ! objecta doucement Athelstan. Ils ont commis un crime, mais au moins deux d'entre eux le regrettaient sincèrement. Vous auriez pu les traîner devant le Banc du roi. L'accusation à elle seule aurait entraîné la perte de Sir Ralph.
— Je suis la main de Dieu ! hurla Parchmeiner en lançant des regards noirs à l'assistance. Je suis leur destin. Horne l'a compris quand il m'a vu revêtu d'une armure semblable à celle de Bartholomew.

Il cracha en direction de Sir Fulke.

— Que Dieu vous damne, vous et votre famille ! J'ai même enlevé la boucle de votre botte pour la laisser sur la glace. Cela aurait été drôle, non, d'être pendu pour le meurtre de votre frère ?

Sir Fulke lui tourna le dos.

— Ce fut si facile, avoua Parchmeiner. Quand j'ai envoyé les menaces de mort, Sir Ralph a déménagé dans le bastion nord. J'ai graissé les gonds et les serrures de sa chambre et dissimulé une dague dans les débris de maçonnerie. J'ai échangé les clefs en aidant ce poivrot de gouverneur à rejoindre ce qui serait son lit de mort.
— Et les autres ?
— Je n'eus aucun mal pour Mowbray. Il méditait dans l'obscurité. J'étais monté plus d'une fois sur le chemin de ronde et il ne m'avait jamais repéré. J'ai bien caché une arbalète dans le couloir et l'ai utilisée pour sonner le tocsin, avant de la jeter dans les latrines.

Il ricana.

— Horne, cet âne bâté, fut victime de sa peur et j'ai mis Fitzormonde en garde contre l'ours.

Le jeune homme se mordilla la lèvre.

— J'aurais pu les exécuter autrement, mais une fois accepté par Whitton, je devais jouer le jeu.

Cranston s'avança vers lui.

— Geoffrey Parchmeiner, alias Burghgesh, proclama-t-il, je vous arrête pour meurtre. Vous serez enfermé à Newgate et, en temps voulu, jugé devant le Banc du roi pour vos crimes épouvantables.

Son regard se posa sur le sous-gouverneur, à qui il fit un signe de tête.

— Emmenez-le !
— Je veux voir l'endroit où est mort Bartholomew.
— Requête accordée ! s'interposa Athelstan. Messire Colebrooke, montrez-lui ce que nous avons découvert ce matin, mais veillez à bien le ligoter !

Sur un dernier regard féroce à Sir Fulke, l'assassin fut entraîné au-dehors par Colebrooke et les gardes.

Athelstan poussa un long soupir.

— Sir Fulke, demoiselle Philippa, je suis navré.

La jeune femme enfouit son visage dans l'épaule de son oncle et versa des larmes silencieuses. Sir Fulke détourna la tête.

— Sir John, dit Athelstan, nous en avons terminé.

Il rangea ses instruments de scribe dans sa sacoche, salua Sir Fulke et suivit Cranston qui descendait l'escalier, plongé à présent dans la pénombre.

Arrivé dans la cour, le coroner respira profondément.

— Rendons grâces à Dieu que toute cette affaire soit finie, mon frère !

Ils franchirent la porte de l'imposante tour Wakefield et attendirent qu'un serviteur courût au bastion nord pour y chercher la dague du magistrat.

— Un vrai tueur ! conclut posément Cranston.
— Certes. Fou ou possédé, poussé par la haine et le désir de vengeance.

Athelstan observa les grands corbeaux qui poussaient des croassements sonores.

— Il me tarde de sortir d'ici, Sir John. Cet endroit pue la mort.
— On l'appelle le Donjon du Bourreau.
— Très approprié !

Ils s'écartèrent sur le passage de l'escorte, conduite

par Colebrooke. Parchmeiner, étroitement ligoté, était presque dissimulé par les gardes. Le serviteur revint avec la dague du coroner et ils se dirigèrent vers la taverne la plus proche.

Cranston, bien sûr, réclama à boire pour se remettre de ses « tribulations », comme il dit. Athelstan vida autant de coupes que lui, jusqu'à ce qu'ils se séparent. Tandis que Cranston rentrait chez lui pour y poursuivre ses libations, Athelstan enfourchait un Philomel récalcitrant pour passer dans Billingsgate, franchir le Pont de Londres et regagner la solitude de St Erconwald qu'enveloppaient les ténèbres.

La veille de Noël arriva. Assis sur le banc derrière le jubé, Athelstan caressait son chat, qui, blotti sur ses genoux, ronronnait de satisfaction. Le prêtre contemplait son édifice : tout était prêt pour la Nativité. Dans le chœur d'une propreté immaculée, l'autel, paré d'une nappe neuve frangée d'or, était décoré de lierre et de houx dont les feuilles et les baies écarlates luisaient à la lueur des cierges. Les enfants avaient répété leur pantomime. Athelstan eut un petit rire en repensant à Crim qui, dans le rôle de Joseph, avait interrompu la répétition pour une brève bagarre avec l'un des anges. Cecily avait balayé la nef et épousseté les dalles. Demain, il célébrerait trois messes : l'une à l'aube, la deuxième au milieu de la matinée et la troisième à midi. Il se recueillit. Il se souviendrait, dans ses prières, de ses morts : ses parents, son frère Francis, ces hommes tués si brutalement à la Tour, et également le jeune Parchmeiner, qui allait sûrement être pendu.

L'évêque lui avait accordé l'autorisation de consacrer à nouveau le cimetière. Pike avait annoncé le départ du docteur Vincentius. La nouvelle avait bouleversé Benedicta et Athelstan se sentait encore torturé par un sentiment de culpabilité. Il embrassa distraitement Bonaventure entre les oreilles. Il s'était excusé pour sa mauvaise humeur le matin où il avait appris que la tombe de Tosspot avait été profanée.

Il soupira. Tout semblait en ordre, mais n'était-ce pas pure apparence ? Noël passerait, l'Épiphanie viendrait, avec son lot de problèmes. Peut-être organiserait-il une fête, un bon repas pour les membres du conseil paroissial afin de les remercier de leur gentillesse. Watkin lui avait offert une nouvelle cuillère en corne, Ursula un jambonneau, Pike une binette pour le jardin, Ranulf une paire de gants en taupe et Benedicta — que Dieu la bénisse — une épaisse cape de laine pour le protéger des rigueurs de l'hiver. Pourtant, demain, après la messe, il se retrouverait seul. Il fixa la flamme des cierges. Dieu se cachait-il derrière ces lueurs, se demanda-t-il ? Paupières closes, il se mit à prier.

— O Seigneur de la flamme cachée, pourquoi la solitude est-elle si terrible ?

Il sursauta soudain, puis sourit : la porte de l'église s'était ouverte à toute volée.

— Oh, mon Dieu, souffla-t-il, je connais la puissance de la prière, mais ceci tient du miracle !

— Mon frère, braillait Cranston, emmitouflé dans ses habits et dressé comme le colosse de Rhodes au fond de la nef, je sais que vous êtes là ! Où vous êtes-vous fourré ? Par la mort diantre, il est trop tôt pour aller observer vos maudites étoiles !

Athelstan se leva et passa sous le jubé.

— Sir John, vous êtes le très bienvenu.

Il dévisagea soigneusement le coroner.

— Pas un autre meurtre, n'est-ce pas ?

— J'espère bien que non, par le cul du diable ! rugit le magistrat en parcourant la nef et en se frottant les mains. J'ai le gosier sec. M'accompagnerez-vous à l'auberge ?

— Avec plaisir, Sir John. Mais cette fois, c'est moi qui régale.

— Un frère prêcheur qui paie son vin, s'écria Cranston, narquois. Oui, c'est bien Noël !

Athelstan prit sa cape, négligemment jetée sur les fonts baptismaux, et ils sortirent dans l'air vif de l'après-midi.

— Allons au *Cheval Pie*, suggéra Cranston. Un bon

ragoût brûlant arrosé de clairet nous revigorera l'âme et le corps !

Ils s'engagèrent dans l'allée et s'engouffrèrent bientôt dans la chaleur accueillante de la taverne. L'aubergiste manchot accourut à leur rencontre et les salua.

— Sir John, frère Athelstan !

Il les mena à une table près de la cheminée tandis que Cranston commandait à boire de sa voix de stentor. Le coroner se laissa tomber sur le banc et, la mine radieuse, regarda autour de lui.

— Avez-vous quelque affaire en train, Sir John ?

— Je recherche toujours Roger Droxford qui a tué son maître dans Cheapside. Il paraît qu'il se cache dans une auberge près de La Reole. Je m'y arrêterai peut-être en rentrant chez moi. Mais oublions le Crime, mon frère. Lady Maude vous invite à dîner demain à trois heures de l'après-midi, vous et Lady Benedicta.

Athelstan rougit. Cranston lui décocha un sourire diabolique.

— Ne vous inquiétez pas ! Elle viendra. Je reviens de chez elle où j'ai bu du clairet et l'ai embrassée pour vous.

— Sir John, vous vous moquez !

— Sir John, vous vous moquez ! parodia Cranston. Allons, mon frère, il n'y a pas de mal à aimer une créature de Dieu. Viendrez-vous ? J'aurai un cadeau pour vous.

Athelstan accepta et le coroner se demanda si l'astrolabe qu'il avait acheté plairait vraiment à cet étrange dominicain, amateur d'étoiles. L'aubergiste leur apporta le clairet et un ragoût de mouton fortement épicé.

— Donc, Sir John, tout est rentré dans l'ordre. L'assassin de Sir Ralph a été arrêté, le docteur Vincentius est parti, mon cimetière ne risque plus rien, et nous fêtons Noël demain. Tout est bien en ce bas monde.

Cranston avala gloutonnement son vin et fit claquer ses lèvres.

— Certes, mon frère, mais le printemps nous amènera certainement sa ration d'ennuis. Le Bourreau frappera derechef. L'homme détruira toujours son frère.

Il soupira.

— Je dois veiller sur Lady Maude et sur l'enfant à naître.

Tête baissée, il regarda Athelstan par en dessous, et laissa tomber :

— Ce sera un garçon et je l'appellerai Francis, comme votre frère.

Athelstan étouffa une exclamation et reposa son gobelet.

— Sir John, cela est très noble de votre part et très attentionné.

— Il sera chevalier, poursuivit Cranston avec enthousiasme. Ou juge, ou juriste.

Il s'interrompit.

— Croyez-vous qu'il me ressemblera ?

Athelstan sourit.

— Les premiers mois, certainement, Sir John.

Cranston perçut l'ironie dans la voix du dominicain.

— Que voulez-vous dire, mon ami ? demanda-t-il d'un ton menaçant.

— Eh bien, il vous ressemblera comme deux gouttes d'eau : pas un cheveu sur le crâne, rougeaud, buvant tout son saoul, pétant et rotant sans cesse, braillant continuellement et faisant de grands discours sans queue ni tête !

Les buveurs dans la salle se figèrent soudain et braquèrent des regards stupéfaits sur Sir John : le coroner de Londres, appuyé au mur, riait à gorge déployée, et les larmes ruisselaient sur ses joues. Athelstan rit plus discrètement jusqu'à ce que l'idée de devoir affronter deux Cranston lui traversât l'esprit. Il ferma les yeux.

— O Seigneur, murmura-t-il, et si ce sont des jumeaux ?

Imprimé en France sur Presse Offset par

BRODARD & TAUPIN

GROUPE CPI

La Flèche (Sarthe), 3889
N° d'édition : 3151
Dépôt légal : juin 2000
Nouveau tirage : septembre 2000